JN311850

軍師の境遇

新装版

松本清張

角川文庫
18107

目次

軍師の境遇

迷い

毛利《もうり》につくか？　織田《おだ》に味方するか？——

播州御着《ばんしゅうごちゃく》の城主小寺藤兵衛《こでらとうべえ》政職《まさもと》は、迷いつづけていた。彼だけではない。その重臣たちの会議も迷っていた。

天正《てんしょう》三年の夏のことである。

二つの大きな勢力に挟まれた小国はかなしい。自衛力がないから、どちらか一方の勢力を恃《たの》まなくては自立ができなかった。それで常に二つの勢力の実力を測定していなければならない。この測定を誤ると、負ける側について自滅の運命をくらうことになる。

はっきりと実力差の見えるときはよいが、両勢力が水を張ったように均衡を保っているときは、どっちについてよいものか、その判定がなかなか困難である。微妙なことにまで神経を使う。小さくても一国の興亡がかけられているのだから、こちらの側からいえば、その計算は真剣であった。

それも平時なら、まだよい。適当に即《つ》いたり離れたりしていれば、国は保てよう。

しかし両勢力の間に、決戦が迫ってくると、どっちの陣営に参加してよいものか、はっきりしなければならなかった。曖昧《あいまい》な態度は、いつまでも許されないのだ。

御着《ごちゃく》の小寺一党が、今、その困難に当面していた。

毛利輝元《もうりてるもと》と織田信長《おだのぶなが》との間に、早晩、衝突のあるのは必至であった。そのどちら側に従うべきか。

御着は姫路《ひめじ》のすぐ東にある。だから地理的にいえば、安芸《あき》、備後《びんご》、備中《びっちゅう》、長門《ながと》、周防《すおう》、石見《いわみ》、出雲《いずも》、伯耆《ほうき》、豊前《ぶぜん》、美作《みまさか》などの十州を領している毛利方につくのが順当であった。

現に、小寺の重臣たちの多くの意見は、

「毛利に頼るがよい」

に傾いていた。

しかし、どの会議にも少数の反対意見がある。それが、

「いや、織田こそ然《しか》るべし」

というのである。この対立のまま、数日の会議がつづけられていた。

小寺政職《まさもと》はどこか優柔不断なところがあった。彼は大勢の意見のまま、毛利依存に傾いていたが、織田の勢力も侮りがたいという議論にも惹《ひ》かれていた。この領主の決断力の鈍さが、毛利依存の空気を決定的にしながら、いまだに会議が迷っている理由であった。

「織田に頼るなど途方もないことだ。なるほど彼の名は近年、とくに著しい。話に聞けばなかなかの武将のようである。しかし、尾張《おわり》とは遠い。あまりに遠い。いざというときにはわれらを見継ぐことも叶《かな》うまい。そんな遠方の仁《ひと》をたのみにするより、毛利は隣国同然じゃ。すぐに間に合う。この近い大国を敵に回したらどのようなことになるか。あすにでも一押しされたら、この御着《ごちゃく》の城などたちまち踏み潰《つぶ》されるぞ」

毛利依存派は、そういう意見であった。そして、それは一番多くの人々の首をうなずかせる考え方であった。

それに対して織田説はやや弱い。

「この頃の織田信長の勢いは燎原《りょうげん》の火のようだ。浅井《あさい》、朝倉《あさくら》を滅し、伊勢《いせ》の一向宗《いっこうしゅう》を討ち武田勝頼《たけだかつより》を長篠《ながしの》に破るかと思うと、越前《えちぜん》にはいって本願寺《ほんがんじ》一揆《いっき》を平らげる。早晩、彼はこの勢いをさらに西に伸ばしてくることは分かり切っている。そのときは、毛利との衝突であろう。どっちが勝つか負けるか、今にわかに判じ難い。ただ地理的に近いというだけで毛利につくのは考えものだ。信長だって摂津《せっつ》あたりまでやって来たら、毛利と同じ位な距離になるではないか」

弱いが確かに一理はあった。畿内《きない》、東海《とうかい》、北陸を暴れ回っている織田勢の風聞はここまで聞えている。遠い地方の出来事と安心はしていられない。その旋風はしだいに西に向かって来るのである。

しかし、だからといって、

「毛利を離れて、織田につく」

という意見が大勢を引きずるわけではなかった。現実の恐怖の大きさはやはり隣まで来ている毛利にあった。が、織田も無気味であった。

会議は同じところをぐるぐる回った。いうことはいつまでいっても同じことであった。果てしがなかった。人々の顔に、疲労だけが目だちはじめていた。

「官兵衛《かんべえ》は、まだ来ぬか」

小寺政職《まさもと》は何度目かの同じ言葉をはいた。いらだった表情であった。

「まだ見えませぬ」

家来が答えた。その答も同じ何度目かであった。

使いは何回となく姫路に出してあった。ここから西へ二里あまり、馬ならたちまち駆けて届く距離である。

「ほどなく参上つかまつります」

使いの返事はけさから、きまって、それであった。

家老、黒田《くろだ》官兵衛《かんべえ》孝高《よしたか》。——

小寺政職《まさもと》がいらいらして待っている人物の名であった。
四、五日前から軽い病で姫路の城に引きこもっているのだ。姫路は官兵衛の居城である。地方の小豪族であった。政職に見込まれて、小寺家の被官となり、家老となった。年齢《とし》は三十である。

衆議が決定しないのも、家老の官兵衛が席にいないせいもあった。それをおこる重臣もいた。

「けしからぬ、この重大な際に欠席するとは。たとい病気でも、少々のことはがまんして出てくるのが当然だ。それがご奉公だ」

その言葉にだれも異存はなかった。同じ不満はだれの胸にもあった。

政職が官兵衛を待っている気持は、少し異なっていた。彼はいつも、官兵衛の明快な判断をききたかった。あまり明快過ぎて、独断的だという非難も重臣の間にあったが、少々独断でも、とにかく決定的な意見を聞きたかった。

温和な政職の今の気持は、半分は官兵衛にすがっていたといえる。毛利につくか、織田につくか、重臣たちの議論が出つくしてしまって、いつまでも会議は果てしのない迷いから抜けられないのだから、とにかく、官兵衛の出現が一刻も早く待たれた。

その官兵衛は、

「まだ少々、不快の気味ですが、それでは、ほどなく参上つかまつります」

という返辞をきのうからしている。それなのに、きのうもきょうも姿を見せない。矢のような催促の使いにも、行く、行く、というだけである。

「官兵衛はまだ来ぬか？」

「官兵衛はどうした？」

重臣たちは不満そうに、他の家臣に催促した。

譜代でなく、途中から被官として仕え、家老となった黒田官兵衛に、宿老たちはあまりいい気持をもっていない。ことに、病気とはいえ、このだいじな会議に姿を見せない彼に怒りさえ含んでいる。

来る、来る、といいながらいっこうにやって来ない彼の態度にも腹がたった。皆は夜を徹しての合議に、眼を赤くはらしているのだ。

暑い。その暑気は、夕凪《ゆうなぎ》どきの瀬戸内《せとうち》海岸の淀《よど》んだ空気にこもって、皮膚から汗がふく。そのたまらない暑さが、余計に皆の焦躁《しょうそう》をかりたてるのである。

「なるほど織田のことは聞えている。しかし遠い東国のこと、噂のどこまでが真《まこと》やら偽りやら分からぬ」

「毛利は今では、押しも押されもせぬ大国じゃ。それに輝元《てるもと》をはじめ吉川元春《きっかわもとはる》、小早川隆景《こばやかわたかかげ》の一門、智勇兼備にして龍虎《りゅうこ》を見るようじゃ。これを敵に回したら、えらいことになる。見られよ、備前《びぜん》の宇喜多直家《うきたなおいえ》でも浦上宗景《うらがみむねかげ》でも、赤松則房《あかまつのりふさ》でも、播州《ばんしゅう》の別所長治《しょながはる》でも、ことごとく毛利に加担する現状ではないか。この中で、ご当家だけが織田方に通じるとあっては、みずから墓穴を掘るようなもの、自滅も同然でござろう」

小寺政職《まさもと》の耳には、宿老連のなかで圧倒的に強い毛利依存説が重い。

やっぱり、この連中の意見通りに、毛利に頼るとするか。

政職は額の汗を拭《ふ》きながら、そう考えた。が、また思わず口に出た。

「官兵衛は遅いのう。まだ来ぬか」


織田はともかくとして、この播州《ばんしゅう》の一地方の小国をこのように脅かしている毛利《もうり》とは、どのような勢力か。信長のことは、よく知られているから、あまり知られていない毛利のことを書いておく必要があろう。

毛利は元就《もとなり》から興った。はじめ芸州《げいしゅう》の吉田《よしだ》という田舎で所領七十五貫の小さな豪族であった。それで山口の大内義隆《おおうちよしたか》に属していた。しかるに出雲《いずも》には尼子晴久《あまこはるひさ》が勢力を振っていた。大内、尼子の二つの強国にはさまれて毛利は苦労した。旗色のよい方を見ては、あっちにつき、こっちについた。

強国の間に挟まった小国の苦心は、いつも同じかたちである。

元就がいよいよ大内側にはっきりついて、しだいに勢力を伸ばしたときに、大内義隆は家来の陶晴賢《すえはるかた》のために殺された。その陶を元就は厳島《いつくしま》で全滅させて、防《ぼう》・長《ちょう》二州を取った。それから尼子を攻めて亡ぼし、出雲、石見《いわみ》、因幡《いなば》をわがものとした。

元就は策略に長じていた。いわゆるスパイ戦術であった。そのやり方がおもしろいから、例として陶を敗北させた厳島と尼子退治のことを書く。

陶晴賢は、勢力の大きくなった毛利を何とか除こうとした。家来の天野慶庵《あまのけいあん》という者に間者となって毛利方にはいり、様子を探れと命じた。慶庵は元就のところに行き、

「無実の罪で追われたから、こなたを頼ってまいりました」

といった。元就はその申し出をよろこんだ。

元就は、慶庵に向かって、声をひそめていった。

「陶方の江良丹後守《えらたんごのかみ》は、われらの方に内通している。その起請文《きしようもん》までよこしている」

偽の起請文を見せた。慶庵は内心で仰天した。江良は陶方の聞えた宿将であった。

それから元就は皆のいる前でよく嘆いた。

「もし陶が厳島を占領したら、われらの咽喉《のど》に刃《やいば》を突きつけられるようなものだ。海上の交通を抑えられるから、糧食の運送ができない。困ったものだ。何とかして陶を厳島に上陸させない工夫はないものか」

慶庵はこれも逐一耳に留めた。

ある日、元就は慶庵を呼んでいった。

「岩国《いわくに》の江良丹後守の所に行き、何とか陶晴《すえ》賢を引き出して討つ才覚はないものか、相談してまいれ」

「かしこまりました」

慶庵は、岩国に行かずに山口に行って、陶晴賢に一切を報告した。

晴賢は驚いて、江良丹後守を暗討《やみう》ちにした。のみならず、それほど元就が怖れているなら厳島《いつくしま》を占領して毛利の死命を制すべし、と厳島に大軍を率いて上陸した。

元就の計略は図に当たった。慶庵が陶の間者として送られて来たことは、彼には最初から分かっていた。その間諜《かんちょう》を逆に利用して、陶方で最も勇将である江良丹後守を晴賢の手で殺させ、決戦場として理想的な厳島に晴賢をおびきよせたのであった。近代戦争の逆スパイ戦術のかたちである。

なぜ厳島に誘ったか。毛利の兵力は三千である。陶は二万である。兵数のうえからいって問題にならない。広大な平地で闘えば勝算は千に一つもない。狭隘《きょうあい》な地域に敵兵を集合させて、奇襲でいくよりほかなかった。それで、周囲十里にも足らぬ、しかも山岳ばかりで平地のない厳島に引き入れたのであった。

時に十月晦日《みそか》の夜で、月はなかった。元就の軍は対岸の、地御前《じごぜん》から風雨をついて発船した。かがり火を禁じて敵に気どられぬように行動した。元就の船には、例のスパイの慶庵《けいあん》が乗っていた。海の途中まで来たとき、元就は慶庵の首を摑《つか》まえた。

「陶《すえ》への内通大儀である。おまえのおかげで勝ち戦となった」

太刀を抜いて海中に斬り落した。

無事に全軍は渡海を完了した。必死の覚悟であるから、船はことごとく漕《こ》ぎ帰らせて、一艘《そう》も残さなかった。

　その夜明け、元就は時刻はよしと貝を吹かせ、鬨《とき》をつくって陶《すえ》の本営を急襲した。陶《すえ》の兵はまだ眠っていた。彼らは毛利を侮って全く油断していた。不意の敵襲に大混乱が起った。陶《すえ》方は雪崩を打って、争って舟に乗って逃げたが、途中の海上で、毛利方の兵船に全滅させられた。

　晴賢は残兵を集めて一戦しようとしたが、みな逃げ足がたっているので命令をきかず、海にとび込んだが、溺死《できし》した者だけでも数千人もあった。

　晴賢は舟を探したが一艘も見当たらない。もはや、これまでと覚悟して、数人の部下とともに自殺した。晴賢は肥満してよく動けなかったという。

　元就《もとなり》は、こうして大内の所領であった周防《すおう》・長門《ながと》を手に入れたのであった。

　次の尼子《あまこ》征伐のときも、元就は謀略を用いている。

　尼子経久《つねひさ》に新宮《しんぐう》党という与党がある。勇猛であって、この一党がいる限り、元就も手が出なかった。何とかして尼子方から離す必要があった。

　まず密偵を出雲の領内に入れて、

「新宮衆は毛利家に心を寄せ、尼子に対して逆心があるらしい」

　という噂をたたせた。

　尼子経久は、これをきいて、

「まさかと思うが、不審な噂である」

と多少疑惑的な気持になっていた。

ところが、毛利方に、どうしても殺さなければならぬ罪人が一人いた。元就はこの者に巡礼の風をさせ、一書を入れた文箱《ふばこ》を首にかけて肌に納めさせ、出雲へ行くように命じた。

「この使命を果たしたら、一命は助けてやる」

というので、罪人はよろこんで出雲国にはいった。そのあとから、毛利方の武功の士がつけていた。

巡礼が出雲領の人目のない山中にはいるとあとから来た毛利の士は、巡礼を斬って捨てた。死骸《しがい》は血を流して草の上に横たわった。間もなく、それは里人に発見された。役人が来て死骸を検《しら》べてみると、文箱がある。中から重大な手紙が出て来た。役人は一目よんで顔色を変えて代官に訴えた。

尼子経久は、それを読んだ。毛利から新宮党に与えた密書であった。

「尼子経久を打ち果たしてくれたら、出雲、伯耆《ほうき》の両国のうち、お望みの地を進ぜよう」

との文意である。

「さては世上の取沙汰《とりざた》も嘘ではなかったか」

と経久は、疑いを強めた。

元就は、それだけの細工でも満足しない。さらに密偵にいいつけて、尼子の居城である出雲の富田《とんだ》城の裏手の、ちょっと普通の者が行けそうもない場所に、名前もあて名もない手紙を落させた。

「わたしは、こんど、毛利家に味方することになったから、これからは再びあなたにお会いすることはないでしょう。まことにお名残おしいしだいです」

誰かが愛人にあてる手紙を不用意に落したという格好である。この策略に経久は掛かった。

彼が人数を催して新宮党に押し寄せ、一党を滅亡させたのは、すぐその後であった。こうして彼は自らの手足を切ったのである。

時分はよし、と元就は出雲に攻め入った。尼子方の諸城を次々と落し、ついに経久を富田城に囲んだ。

富田城は要害堅固で力ずくでは落ちない。兵糧攻めにして落城させたが、三年もかかった。元就の粘り強さである。

その後、因幡《いなば》、備中《びっちゅう》、美作《みまさか》、但馬《たじま》、隠岐《おき》、豊前《ぶぜん》まで勢力範囲に入れた。毛利はこうして十州の大守といわれた。

元就は、よく民治に意を用いたから、他国をとっても、人心が離れることがなかった。はでな武将でなく、堅実なやり方は、頼朝《よりとも》、信玄《しんげん》、家康《いえやす》の系列の人間である。

元就は七十五歳の高齢で死んだが、三人の男の子がいた。長男は若くて死んだから、その孫の輝元《てるもと》が毛利の宗家を嗣《つ》いだ。次子が吉川元春《きっかわもとはる》、三男が小早川隆景《こばやかわたかかげ》。姓が違うのは、それぞれ養子に行ったからである。

元就はこの三人に遺戒して、極力、一家一門の団結を説いた。「当家をよかれと存候者は、他国のことは申すまでもなく、当国にても一人もあるまじく候」といい、周辺ことごとく敵であるはもちろん、自国の人心でもたのんではならぬ、真に頼るべきは自分だけである、と訓《おし》えた。三本の矢の有名な話は伝説である。

元就の子、吉川元春も小早川隆景も父に恥じぬ名将であった。この二人はよく、宗家を護《まも》って歴戦した。

だから当主の輝元が、この二人の叔父《おじ》を、

「親とも思い、兄弟とも相たのみまいらせ候」

といい、よくその忠言に服した。

強大毛利の勢力、この名将を得て、中国を圧している。

年齢からいえば、いま、小寺政職《まさもと》が御着《ごちゃく》城内で去就に迷って官兵衛を待っているその年天正三年は、毛利輝元が二十三歳、吉川元春が四十六歳、小早川隆景が四十三歳であった。

そして、これに衝突する一方の織田《おだ》信長《のぶなが》は四十二歳、その部将羽《は》柴《しば》藤吉郎《とうきちろう》秀吉《ひでよし》は四十歳であった。輝元の若年は別として、いずれも男ざかりの壮年だ。

毛利、織田の激突は時間の問題である。


「ご家老様、ただ今、ご登城なされました」

「何、官兵衛がまいったか？」

小寺政職はせき込んだ。

「すぐに、ここへ、ここへ通せ」

一座の老臣も、萎《しお》れた草が雨を得たように活気をとり戻した。

「官兵衛、とうとう来たな」

期待に眼を輝かす者もあれば、

「仕方のないやつ。今頃、顔を出しおって」

と舌打ちする者もある。いずれにしても、合議に倦《う》み疲れたこの場の空気は、官兵衛の出現に生色をとり戻して、小さなざわめきを起した。

黒田官兵衛はひとりでこの場にはいって来た。背はさして高くない。三十歳という年齢にしては、少し分別臭い顔であった。眼が大きく、唇が厚い。その目もとには、時々、とぼけたような愛嬌《あいきょう》が出るのである。

小寺政職《まさもと》の前に坐《すわ》って手をついた。

「遅参いたしまして申しわけありませぬ」

「どうじゃ。病気は？　きのうから、その方の来るのを、皆で待っていたぞ」

「何とも――。心はせいておりましたが、残念ながら気色の不快が止みませぬので」

「これこれ、官兵衛殿。気色の不快くらいでこもられては困ります。お家にとって重大な合議じゃ。どのような難儀でもおかして出て来られるが至当であろう。われわれはきのうの朝からつづけて、ゆうべもろくに眠っておりませぬぞ」

一人の宿老が官兵衛をたしなめた。

「これは恐れ入った。方々のご苦労、お察し申します」

「そんなご挨拶《あいさつ》を頂かなくともよろしい。貴殿のなされかた、少々、緩怠ではありませぬか。うけたまわれば、ただご不快とだけで大したことはないご様子。見ればお顔色もよろしいようじゃ。貴殿に誠意があれば、ご登城できぬことはありますまい」

宿老たちは、今まで待っていたむかっ腹が官兵衛の、案外平気そうな顔を見てから、さらに煽《あお》られたようになった。

「誠意は、官兵衛、各々方に負けておりませぬ。手前が病でお城へ登れなかったことを、どうおとりくださってもかまいませぬが、手前は手前なりに、ご当家のご運のことを苦慮いたしております」

官兵衛が落ちついていうと、政職《まさもと》が、

「おう、それを聞こう。その方の考えを聞きたかったぞ」

「それを申し上げます前に、方々のご意見はどう定まりましたか？」

「決着はせぬ。せぬが、毛利についたがよいということに決まりかけている」

「いや、それは、成りませぬ」

「ほう、官兵衛。その方の意見を申せ」

「されば」

官兵衛は膝《ひざ》をすすめて政職の顔をみた。

「今や関東には北条氏《ほうじょう》がおります。海道には徳川家康《とくがわいえやす》がおります。北越《ほくえつ》には上杉謙信《うえすぎけんしん》が蟠居《ばんきょ》し、九州には島津氏《しまづ》が威を振っております。手前から見ますと、北条氏は相模《さがみ》より起って今や関東一帯に勢力を張っておりますが、氏政《うじまさ》は暗愚で、北条家の行末は見えております。家康はなかなかしっかり者と聞き及んでおりますが、領国はまだ狭く、大成はまだ先のことでしょう。上杉謙信の武勇は世上に高く聞えていますが、何分にもその領国は僻遠《へきえん》の地で、旗を中原にたてるには、ちょっとむずかしい位置です。九州の島津氏はもっと遠い田舎のお山の大将にすぎませぬ。すると、残るものは、尾《お》張《わり》の織田と隣国の毛利だけでございます」

老臣の中には、官兵衛め、長々と要らぬ前置きをする、と思う者がいる。しかし、一座は静かに官兵衛の次の言葉を待った。

「毛利は十州をもった雄大な勢力です。元就《もとなり》以来の遺業によって、吉川《きっかわ》、小早川《こばやかわ》の両川《せん》の名補佐にたすけられ、今後も衰えることはないでしょう。しかし当主輝元《てるもと》のやり方をみますと、自国の領土を保守することばかり気を配り、遠国に出馬の催しがありませぬ。これでは、いざというとき、頼りになりません。目前の勢威だけに眼を奪われてはなりますまい。それに引きかえ、織田信長は尾張より起って今川《いまがわ》を取り、斎藤《さいとう》龍興《たつおき》を破り、浅井《あさい》、朝倉《あさくら》をたおし、ことしにはいって武田《たけだ》勝頼《かつより》を大敗させております。今や、東海、東山《とうさん》より畿内《きない》、北陸に及ぶまで、織田の旗印になびかぬものなく、京にはいって天下に号令せんとしております。海内を定める者は恐らく信長でありましょう。今こそ毛利依存の考え方を絶って、款を織田信長に通ずるが、ご当家ご運の開かせたまう最上策と存じます。もし、岐阜の信長のもとにその使者を出す思召《おぼしめし》があれば、官兵衛はその使者の役目をうけたまわりとう存じます。実は、もう、そのつもりで、姫路を出るときから、支度してまいりました。いつでも出立いたします」

岐阜への使い

天正三年七月。

炎天の埃《ほこり》っぽい道を東に急ぐ伊勢《いせ》参宮詣《まい》りの十二、三人の旅人があった。姫路《ひめじ》の城をとうに後にしていた。

変装しているが、黒田官兵衛の一行であった。

毛利に頼るか、織田に恃《たの》むか？　御着《ごちゃく》の城での評定で、官兵衛の主張した意見が通って城主小寺政職《こでらまさもと》の断で、

「織田信長に味方しよう」

となったのだ。

この評定に官兵衛は、わざと病気をいい立てて遅れて出席した。彼の腹は、織田依存に決まっているが、何しろ織田につくか、毛利につくかは微妙なところ、口うるさい老臣共と一緒の相談では容易に決定しないと思ったから、意見百出、会議が議論に疲れた頃を見計らって、のこのこと出席したのであった。

評議というものは、ああでもない、こうでもないと長い時間にいい合った末、いつか疲労困憊《こんぱい》した空気が沈潜する。そのとき、新しくきた人の強い意見が新鮮に思われ、一座を押し切ってしまうことが多い。官兵衛のこの計算は、図に当たった。そして、織田への使者の役を自ら買って出たのである。

官兵衛が、織田に頼るべしと主張したのは織田、毛利両家の実力と将来を見通してのことだが、もう一つ口には出さなかったが官兵衛がひどく織田方に惹《ひ》かれることが

あった。

まだ会っていないから、顔を見たこともなければ、声をきいたこともない未知の人であるが、木下藤吉郎という男が、織田家にいるからである。

官兵衛の藤吉郎についての知識は極めて乏しい。まだ高い身分ではないとみえ、柴《しば》田《た》だの丹羽《にわ》だの佐久間《さくま》だのという織田家の重臣のように度々耳にする名前ではなかった。しかし彼が非常な下賤《げせん》の出であるのに、異常に早い出世をして、今では一方の部将であるらしいことや、度々意表に出た作戦をしてこれまで成功してきたことなどを、ちらちら聞くにつれて、

「面白そうな人物だな。どのような人であろう?」

と思っていたのだった。もし、会ったらすぐにお互いが仲よくなれそうな気がした。

「そうだ。岐阜に着いたら、まず、木下藤吉郎を訪ねてみよう」

官兵衛は、使者の役目を自分で買おうと決心したとき、一番にその考えが胸にきたのである。

播磨《はりま》から美濃国《みののくに》岐阜までの道は、摂津《せっつ》、山城《やましろ》、近江《おうみ》で、途中は殆《ほとん》ど敵地を踏まなければならないのだ。普通のことでは、とても通行はおぼつかなかった。

官兵衛は、自分の部下から屈強の者ばかりを十何人か選んだ。宮崎重則《みやざきしげのり》、同重吉《しげよし》、小林重勝《しげかつ》などがその選にはいった。

「伊勢詣《いせまい》りという扮装《こしらえ》で行くから、その支度をせよ」

官兵衛は家来たちに、そう命じた。

田舎の百姓の信心者が集まって、伊勢参りに出かけたという格好である。手に手に長い金剛杖《づえ》を持っていたが、これには刀身が仕込んである。官兵衛は一行の中の後の方に包み込まれて、目立たぬようにした。

暑い、うだるような道中だが、絶えずあたりに気を配りながら、油断のならぬ旅行が四日つづいた。

美濃領にはいったときは、いずれも陽焼けして黒くなっていたが、げっそり瘠《や》せてもいた。

岐阜の城下に着いた。ここはもと斎藤龍興《さいとうたつおき》の居城であったが、現在は信長がはいっている。いま、上り坂にある織田家の武威を反映するように、この城下の町なかは活気を帯びていた。

「木下殿は今こちらでしょうか？」

ときいたのは、元来は、木下藤吉郎は浅井《あさい》征伐の功によって、与えられた近江の小《お》谷《だに》の城にいるからだ。しかし時々信長への伺候のため、この岐阜に出てくることがある。

「木下殿なら、確か、きのうこられたと聞いたが」

と、きかれた足軽らしい男は答えた。その宿舎まで教えてくれた。

「重則」

官兵衛は家臣で老練な宮崎重則をよんだ。

「おまえは、その書状を木下殿に渡るようにしてこい。必ず返事があると思う。どのように遅くなっても、待って、返事を貰《もら》ってくるのだぞ」

「心得ました」

命ぜられたように重則はひとりで、木下藤吉郎の宿所に行った。もとは斎藤家の老臣でも住まった屋敷らしい。相当に大きな構えだ。

門内をはいると、警備の兵が、

「何者だ?」

「怪しい者ではございませぬ。木下様にお目にかけたい書状を持参している者でござる」

「だれからだ」

「仔細《しさい》あって、それは申せませぬが」

「なに?」

「織田信長公のおためになることでございます。ぜひお取り次ぎを願いとう存じます」

「ならぬ。どこのだれとも名乗らない者を、取り次げると思うか」

「ごもっともだが、直々にこの書状をご覧に入れればご納得のまいられること。ご迷惑にはならぬ。お取り次ぎくだされ」

いい争っているので分からなかったが、ちょうど、騎馬四、五騎が外から戻って、乗り手が馬からおりたところであった。

「何じゃ？」
四、五人のなかで一番背の低い、風采《ふうさい》の上がらぬ男が声を投げた。番卒はあわてて膝《ひざ》を折った。そして、この男の乗っていた馬がうやうやしく他の者に轡《くつわ》をとられているところをみると、大将株らしかった。
宮崎重則は、とっさにこれを藤吉郎秀吉とみた。彼は地の上に匍《は》った。

「何者か？」

風采は上がらぬが、底光りのする目を、じっと重則の平伏した背に注ぎ、

「わしは藤吉郎じゃが」

と、少し、しわがれたような声でいった。

「は。手前は播州御着《ばんしゅうごちゃく》の小寺政職《こでらまさもと》の臣黒田官兵衛の手の者でござりますが――」

重則がいいかけると、藤吉郎は、ずかずかと寄ってきた。

「何？　もう一度申せ」

打って変わって大きな声であった。

「播州、播州と申したな？」

「御意。小寺の臣黒田官兵衛の手の者でござりますが、主人の書状を持参してまいりました」

「出せ！」

性急な、待っていたといわんばかりの手の出し方であった。まるで子供みたいな印象だった。

それから書状を受けとると、封の裏を返してその名前を眺め、口に出して読んだ。

「黒田官兵衛孝高《よしたか》」

びりびりと封を裂いた。封筒は無造作に懐に押し込んで、巻紙を繰りはじめた。文字に密着して一分の隙もない目付きであった。

平伏している宮崎重則は、頭上でかすかな溜息《ためいき》をきいたような気がした。と思うと、つづいて大きな声があった。

「わかった。官兵衛に今晩、ここにくるように申せ」

——亥《い》の刻（午後十時）に近かった。

書院の中に、官兵衛はひとりで待たされていた。置かれた燭台《しょくだい》の灯が、ゆらぎもせず焔《ほのお》を真すぐに立てていた。

家来が、しばらくお待ちください、といって退《さが》って、かなりの時間がたっていた。この辺は山が近いせいか、蚊が多かった。官兵衛は団扇《うちわ》を動かしていた。

かすかだが、遠くで湯を使う気配がしていた。ざぶっと湯が溢《あふ》れる音がする。

それから間もなく、廊下を踏んでくる足音が聞え、陽にやけた顔の小男がずかずかとはいってきた。

「これは、ようこそ。よう渡らせられた」

坐《すわ》りもせぬうちからの挨拶《あいさつ》だった。

湯上がりの帷巾《かたびら》を着ていたが、はだけた胸の方には、まだ拭《ふ》きもやらぬ滴がのこっていた。よほど、急いで湯から上がってきたものか、あるいは、なりふり構わぬ性格《たち》なのであろう。顴骨《ほおぼね》の出ばった、色のくろい貧弱な顔だが、くりくりとした目は、人なつこい童のような表情があった。

そういえば、言葉にしても、そうだ。まるで初対面の挨拶のようではなかった。十年の知己というか、親しい友だちが、一か月ぶりにきたというような、気軽い調子だった。

これが、官兵衛に初めて会った木下藤吉郎秀吉なのである。

気どりや、お体裁は少しも見られなかった。

官兵衛は、いんぎんに挨拶した。

「手前が播州御着の城主小寺政職《まさもと》の家老黒田官兵衛孝高《よしたか》と申します。何とぞお見知りおかれとう存じまする」

「名前は聞いている」

やはり相手は、らいらくな調子で応じた。

「播磨国姫路《はりまのくにひめじ》には黒田官兵衛ありとは、とうから聞かされていた。いつかは会えるものと思ったが、存外に早かったな」

官兵衛は、藤吉郎の顔を見上げた。その言葉の意味が、彼なりのすばやい判断でのみ込めた。

「さては播磨には、もうお目を留めておられましたか？」

「主君信長様は当代随一の武将であられる。名将という者は——」

と藤吉郎は信長について誇らしげにいった。

「名将という者は、ただに戦場の駈引だけを考えているものではない。戦場の地理、地形をよく心得ているように、次はどこ、その次はどこと、目ざす国々の情勢は手にとるように調べさせて、わが知恵としているものじゃ。とうから天下の掌握を志しておられ、いま、その成就の近い信長様が、何で中国の情勢をお忘れになっておられようか」

「と、申しますと？」

「官兵衛」

と、藤吉郎秀吉は一膝すすめた。

「いま、信長様に反抗しているのは一向宗一揆《いっこうしゅういっき》じゃ。これはなかなかに厄介。伊勢《いせ》の長島《ながしま》はじめ各地に起った一揆は、信仰があるだけに手強《てごわ》い抵抗をみせている。その元締は、石山《いしやま》の本願寺《ほんがんじ》よ。容易ならぬ法城じゃ。わしが思うに、信長様も石山には手を焼かれることであろう。しかし、いかに信心ある宗門衆の一致した抵抗であるとはいえ、小さな難波《なにわ》の片隅に、いま大河のいきおいのような織田勢を引きうけて屈せぬは、官兵衛、どういうわけか、その方の考えを申してみよ」

「恐れながら、その儀は」

官兵衛は答えた。

「西の方の毛利《もうり》から兵糧の救援があるからでございます。毛利は本願寺を助けて、織田方の力を少しでも殺《そ》ぎたいのでございます」

「わしの思うた通りを申しおる」

秀吉は満足げに微笑していった。

「わしだけではない。その方の申したことは信長様のお考えでもある。さればこの毒草の根にあたる毛利方とは早急の間に戦を開き、それこそ根こそぎにする必要がある。

そのことができて、はじめて一向宗一揆は屈伏し、天下は治まろう。毛利征伐はすぐにも始めねばならぬことじゃ。しかるに中国の様子を見ると、備前《びぜん》、備後《びんご》、播磨《はりま》、摂《せっ》津《つ》一円、毛利の強大さに恐れをなし、諸豪、いずれも毛利の旗先に屈しているそうな」

ここで藤吉郎は、ちらりと目を官兵衛に向けた。

「わけても播磨の地は毛利を攻めるときの足がかりの土地として、ことさらにわれらの心にあったが、御着の小寺殿のお気持は、昼頃いただいた書状で大体の察しはつくが、わしを取次人として信長様に目通りしようとしたのは、官兵衛、その方の計らいであろうな？」

「御意」

「それは、また何故じゃ？」

「織田様方ご家中にお人を求めるならば、木下藤吉郎様より外にはないと、かねがね信じておりました」

「で、今宵、はじめて本人のわしに会って、その方の心は裏切られなんだか？」

「なかなか、もちまして。かえって一段とお人柄が慕わしう存じました」

官兵衛の目には誠意の色が溢れていた。それは自分の最も傾倒できる人物に会ったときの感動でもあった。

「こいつ」

と、秀吉は、官兵衛のその熱の籠《こも》った目を眩《まぶ》しそうに外しながらいった。

「官兵衛、そちは飲《い》ける方か？」

「少々は嗜《たしな》みおりまする」

「それはたのもしいな。これから二人で大いに酌もうぞ」

自分で気軽に立った。うれしそうであった。次の間の襖《ふすま》をあけて、どなっていた。

「酒、酒を持て」

翌日。

岐阜城内の広間で、官兵衛は織田信長に謁していた。

信長の左右には、柴田勝家《しばたかついえ》、丹羽長秀《にわながひで》、滝川一益《たきがわかずます》、佐久間盛政《さくまもりまさ》、明智光秀《あけちみつひで》などの顔がならんだ。

このとき、信長は四十二歳である。仕事に対してもあぶらの乗りきった、男ざかりだった。精悍《せいかん》な顔をして、きらり、きらりと目を光らせながら、官兵衛の弁舌を聞いていた。

信長からみると、官兵衛は、三十歳という若さにかかわらず実にしっかりしている。主人小寺政職《まさもと》の使者というが、実際は彼が政職を動かして、この使いを買ってきたのであろう。信長は官兵衛の熱のこもった話しぶりに聞き惚《ほ》れながら、そんな想像をしていた。

紹介役でもあり、介添役でもある木下藤吉郎は、官兵衛から少し離れたうしろの方に坐《すわ》って、これも官兵衛のいうことを聞いている。

「恐れながら、信長公にはすでに東海、東山《とうさん》、北陸、近畿《きんき》の大半を征服あそばされ、今や天下統一の大業をなされようとされています。しかし海内にはまだ信長公の勢威を知らぬ者がございます。すなわち、摂津《せっつ》、播磨《はりま》、河内《かわち》、和泉《いずみ》に割拠する群雄は、あるいは三好《みよし》に与《くみ》し、あるいは毛利にたよって、ひそかに織田家に反抗を企てておりまず。しかるに、わが主人小寺政職は早くから信長公の威名を慕い、周囲の国々が毛利方であるのにもかかわらず、信長公の幕下につくことを願っているのでございます。そのためには、わたくしのあずかりおります居城、姫路城《ひめじ》を信長公に献じまして、忠誠《まこと》を誓いたいと申しております」

官兵衛は、ここで一息ついて、

「そもそも、姫路は播磨の要地でありまして東北に山を擁し、西南に海を控える、中国地方の咽喉《のど》くびでございます。いやしくも中国を征服しようと思えば、まずこの要地を手中に収めて根拠地としなければなりませぬ。なにとぞ、中国征討の令を下され、信長公のご名代ともなるべき大将一人を姫路に下したもうこそ肝要と存じます」

それから少し声を改めた。

「今、播磨の形勢を申し上げますと、明石《あかし》城主明石左近《さこん》、高砂《たかさご》城の梶原平三兵衛《かじわらへいざのひょうえ》のごときは、毛利の威を恐れてその去就を迷っておりますが、もし大将を姫路に下したもうと聞けば、彼らは相率いてお旗本に馳《は》せ参ずるでございましょう。また、志方《しかた》の城主櫛橋左京進《くしばしさきょうのしん》は、わたくしの姻戚《いんせき》でございますから、少しもご懸念には及びません。ひとり三木《みき》城の別所長治《べっしょながはる》は、毛利の股肱《ここう》（最もたよりとする部下）でございますから、これを征服するには多少の時日を要するでしょう。

また、西播磨の情況をみますと、作用《さよう》城には福原《ふくはら》があり、上月《こうづき》城には上月があり、彼らはみな別所の与党ですから、必ず織田方には反抗するものと思います。が、彼らを攻め落すことは容易なことであります。

ですから、もし播州《ばんしゅう》の過半が信長公のお旗本に降参しますと、三好《みよし》のごときは上国と播州の間にはさまれて、前後に敵をうけ、いきおい城を捨てて逃げるか、また城を枕に討死するか、どちらかその一つの運命に陥らざるを得ません。

また、大坂《おおさか》の本願寺は宗門の結束が固く、なかなかやっかいな存在でございますが、もし播磨をお手に入れられましたら、本願寺と毛利との連絡は切断されまして、互いに応援することができなくなります。このとき、信長公のご出馬をもってお旗を中国に進められたら毛利の征伐のごとき、いとやさしいことと存じます」

信長は始終沈黙して、官兵衛の弁舌を聞いていた。彼は、その間、言葉を一つ挟むでない、質問一つするでない。ただ、官兵衛のいうままに、放っていた。それは官兵衛の話しぶりを自由にさせていたといえる。

その官兵衛の長い話も終った。彼は、複雑な中国地方の現在と将来の見通しを、明快な分析図のように拡げてみせたのであった。

信長は官兵衛の方に向かって、その白目の多い三白眼を光らせて膝《ひざ》をにじらせた。

「うむ、まことにその方の申したことは、日頃われらがみていたところと、符号を合わせたようじゃ。姫路は中国の押えの地であるから、毛利を退治しようと思えば、まずこの地をわが手に収めたいとは、余もかねがね思っていた。その方の申し出《い》では、まことに神妙じゃ。

さきに武田勝頼《たけだかつより》を長篠《ながしの》に破ってより、関東は、ことごとくわが武威におそれて、降参する者多く、これに加えて、徳川家康を浜松《はままつ》に置いて東北の押えとしたからさらに後顧の憂いがない。しかし、近畿《きんき》、北陸はまだ降伏せぬ者もあり、この方を完全にわがものとするには少々ひまがかかるかも知れぬ。余は何よりもまずこの方を片づけて、毛利征伐に手をつけたい。その時こそは――」

と信長は、官兵衛の横に控えている藤吉郎の方に目をうつした。

「藤吉郎。その方を毛利征伐の大将とする」

「は」

と藤吉郎秀吉は頭を下げた。

信長は、また、目を官兵衛に戻した。

「その時は、木下藤吉郎を播磨に下すであろうから、その方は藤吉郎と力を合わせて中国征伐の勲功をたてるがよい。今から心がけておけ」

喜びが官兵衛の胸をこみ上げてきた。自分はいわば陪臣（臣下に仕えている者）の身分である。しかも信長には初の目通りであった。いうなれば、海のものとも山のものとも知れぬ男である。その自分を頭から信用してくれた信長という男に感動した。

「何ともありがたき仕合わせ。お礼言上の言葉もございませぬ」

しばらくは平伏して、声も出なかった。

藤吉郎に横から小声で、

「それでは」

と、ささやかれて、はじめて気がつき、改めて暇乞《いとまご》いの辞を言上すると、信長は、

「待て」

と、止めた。

「毛利征伐は、多少の日がかかっても、必ず実現させる。余が馬をすすめる日がきっとくる。そのときは、その方、先鋒《せんぽう》となり、存分の手柄をたてよ。さすれば、そちを

一かどの大名に取り立てるであろう。当座の褒美じゃ、これをとらす」

そういって信長は自分の佩刀《はいとう》を無造作にとって、官兵衛の方へ差し出した。

官兵衛は、いったん、平伏し、膝で進み、信長の前に行き、両手でその刀を、捧《ささ》げ受けた。

ずしりと重味が両手に落ちた。同時にそれは、官兵衛の心におちた欣喜《きんき》の重量感でもあった。

この刀は長谷部《はせべ》国重《くにしげ》の作、長さ二尺一寸四分の名刀で、「圧切《へしきり》」と名づけられた、世に名高いものであった。

——この刀の名には次のいわれがある。

信長が故あってこの刀で管内《かんない》という者を自ら斬ったことがある。そのとき管内は厨《くりや》に逃げて膳棚《ぜんだな》の下に隠れたので、信長は刀を棚の下にさし入れて、圧《お》えつけたところ、手にさほどの手応《てごた》えもないのに、刀がとおってたちまち管内は死んでしまった。そのことから、「圧切《へしきり》」という名をつけたのだという。(「黒田重宝故実《こじつ》趣意《しゅい》」より)

無限の喜びを胸に抱いて、官兵衛は岐阜城を退出した。

結果はどうかと宿所で心配していた家来の宮崎重則、小林重勝などの家来は、予想以上の主人の上首尾に歓声をあげた。

が、その宵、再び官兵衛の宿所へ、藤吉郎からの使いがきた。

「明朝はご帰国であろう。余もあすは小谷《おだに》に出発する。ついては、ちょうどよい機会《おり》であるからぜひ紹介したい人物がある。お疲れであろうが今晩すぐに自分の所にきて欲しい」

文字はへたながら、文面には藤吉郎の熱心が溢《あふ》れていた。

紹介したいという人物の名は、「竹中半兵衛重治《たけなかはんべえしげはる》」と書かれてあった。

相　客

藤吉郎秀吉の招きで、官兵衛は彼の宿舎を訪ねた。風が出て、いくぶん涼しい夏の夜である。

明朝はやく小谷《おだに》に帰る準備で宿舎はざわめいていたが、官兵衛が通された部屋は奥まっている部屋で、物音は少しも聞えない。

暗い庭をわたって風が座敷に吹いてくる。

官兵衛がはいってくるまで、秀吉は一人の人物とさし向かいで話していたが、官兵衛がその場にうずくまった姿を見ると、

「おう、これは、よう見えた。呼び立てて迷惑であったな。さあ、こっちへ進んでくれ」

と、例の人なつこい調子で、さあ、さあとすすめた。少しも気取りがなかった。

官兵衛はいわれるままに進んで、

「きょう、信長公ご前においての上首尾は官兵衛、身にとっての面目、これで私も遠路を使いにまいったかいがあったと申すもの。それもこれも木下様のおとりなしのおかげでございました。厚くお礼を申上げます」

といって低頭した。

「いや、いや」

秀吉は笑って、その礼をうけた。

「わしのせいではない。その方の真心なり、努力じゃ。それが、いささかの疑いも持たせずに信長様を感服させたのじゃ。その方のおかげで、わしまでお褒めにあずかった。かたじけない、と頭を下げるのは、こっちの方だぞ官兵衛」

「恐れ入りました」

「さ、もう挨拶《あいさつ》はよい。あすは、その方も播磨《はりま》に帰る。わしも小谷に帰る。きのう会《お》うてきょうがしばしの別れじゃ。今宵《こよい》はゆるりと酒など酌もう。その方はだいぶ飲《い》けたな。ここにいる半兵衛《はんべえ》は少しも飲けぬでな。――おっと、これはいけない、せっかく、呼びながら、ひきあわせるのを忘れておった」

秀吉は気づいたように、そこに坐《すわ》っている人、今まで彼と対坐《たいざ》していた人物の方をかえりみた。

官兵衛も、この座敷にはいったときから、その人のことは気づいていた。顔の皮膚の白い、痩《や》せた、静かな男である。秀吉と官兵衛との会話を、傍《わき》に坐って、微笑しながら黙って聞いていたのだった。

――ははあ、この人が手紙に書いてあった竹中半兵衛《たけなかはんべえ》だな。かねて秀吉の軍師として名は聞いていたが。

官兵衛も、今まで秀吉と話しながら、ちらちらとそう意識していたのである。

「これは竹中半兵衛重治《しげはる》と申して、信長様より、わしに付けられた軍師じゃ。戦のことはもとより、万事《よろず》の仕置（政務）についても、その進言にわしが全幅の信頼を傾けている男じゃ」

そういって、秀吉は、半兵衛の方に、

「こちらは黒田官兵衛。話したとおり、播州御着《ばんしゅうごちゃく》の小寺政職《こでらまさもと》殿の家老じゃ。お互いによい友だちになれるであろう」

といって、紹介を終えた。秀吉らしい飾りけのない言い方であった。

「手前、竹中半兵衛」

「申し遅れました。手前、黒田官兵衛」

「よろしく」

「よろしく」

二人は同時に頭を下げて挨拶したが、目を上げると、互いの顔を、じっと見合った。酒がすすんだ。

一番強いのは官兵衛だ。秀吉はすでに酔っていた。半兵衛は一滴も飲めないので、相変わらず白い顔をして、静かな笑いを漂わせながら、少しばかり迷惑そうに坐っていた。

というのは、秀吉が半兵衛のことについて官兵衛にしきりと話しているからだ。

「この竹中半兵衛と申すはな、父は美濃《みの》の斎藤龍興《さいとうたつおき》に仕えた、源氏《げんじ》の末裔《まつえい》じゃ。ところでこの半兵衛め、今はこうしてニヤニヤ笑いながら悧口《りこう》そうな顔をしているが、幼いときは少々薄バカに見えたらしい。友だちから嬲《なぶ》られ者であった。大きくなって、父のあとを嗣《つ》ぎ、龍興に出仕したが、だれも彼も半兵衛をバカにしておる。ことに家老の斎藤飛驒守《ひだのかみ》などという男は、半兵衛を軽蔑《けいべつ》し切っていた。小人という奴は仕方がないものでの、人間の奥の心を読みとることができぬ。さて、ある日のことじゃ――」

「殿」

と半兵衛が、てれ臭さに堪《たま》りかねて、とめようとするのを、酔い気味の秀吉は興がって、

「よい。よい。かまわぬではないか。のう、官兵衛。この半兵衛のことなら、その方も聞きたいであろうが？」

と、わざときく。

「されば」

と、黒田官兵衛も笑うより仕方がなかったが、実際は秀吉のいうとおり、聞きたかったのである。

「さて、ある日のことじゃ――」

と秀吉は話をはじめた。話というのは次のとおりである。

ある日のこと、竹中半兵衛が斎藤龍興の居城稲葉山《いなばやま》城の城門を通行しているとき、突然城門の楼上から、小便を半兵衛の頭の上に流した者がいる。

見ると、それは顔見知りの家中の一人であった。彼は嘲笑《ちょうしょう》をうかべながら半兵衛を見下ろしていた。

半兵衛は尿《いばり》をかけられた己れの顔を静かに拭《ぬぐ》った。彼はそのまま、すたすたとわが家に帰った。そして父にいった。

「きょうは、こういうことがありました。いままで私は何度も侮りをうけたが、もう我慢ができません。一つ、戯れに稲葉山城を襲撃して、奴らをおどかしてやりたいと思います。少々、家来を貸してください」

父は、びっくりして、とんでもない、変なまねはするな、と叱った。

ちょうど、そのころ、半兵衛の弟が城内で病気になって寝ていた。半兵衛は一策を考えついて、甲冑《かっちゅう》を箱に詰め、それを担いで城門近くにやってきた。

「弟が病気ですから、食事を運んできました。お通し願いたい」

半兵衛が門を固めている番士にいうと、番士は箱の中には食物がはいっているものと思い込み、

「よし、通りなさい」

と許した。

城内にはいった半兵衛は、人気のない所で箱を開けて甲冑をとり出し、それを身に付けて武装した。それから矢庭に喚声をあげて家老の斎藤飛驒守の居所を襲った。

おどろいたのは居合わせた兵士たちだ。天から降ったか、地から湧いたか、甲冑の武者一人が突如として暴れ込んだのだから、

「すわ、敵襲!」

とばかり右往左往した。まさか一人とは思わない。飛驒守も色を失って、あわてて逃げるところを、半兵衛は躍りかかって難なく斬り伏せた。

これを見て、いよいよ狼狽《ろうばい》したのは斎藤方の兵士たち。兜《かぶと》をかぶり、槍《やり》をふるって暴れ回っている武者を、奇襲軍勢の先鋒《せんぽう》のように錯覚した。半兵衛であろうとは夢に

も思わなかった。みな、散り散りに遁走《とんそう》した。

城主斎藤龍興も、兵士の騒ぎに泡を食って逃げまどい、水門に身を隠した。

半兵衛はすっかり溜飲《りゅういん》を下げた。少し薬が効きすぎたかなと思った位だ。彼は隠れている龍興を捜し出して、

「どうも失礼しました」

とわびた。龍興は、夢からさめたような顔になり、呆《あき》れて、半兵衛を眺めた。

「なんだ、おまえか」

日頃、薄バカと思っている半兵衛が、こんなことを仕出かそうとは信じられないという表情であった。

「別段、あなたに謀反を企てたわけではありません。傲慢《ごうまん》な家老を、あなたに代わって討っただけです。それにしても、私ひとりの姿に肝をつぶして逃げ出すとは、水鳥の音におどろいて遁走した平家の兵士にそっくり。お家の行末が案じられますな」

と半兵衛は、すました顔でいってのけた。

半兵衛のこの機略は、たちまち隣国まで評判となった。

「ま、こういう次第じゃ」

と、秀吉は話を結んだ。

「信長様がそれをお聞きになり、稲葉《いなば》家を退散した半兵衛を召し抱えられ、それを更

にこの秀吉に戦の相談相手とせよとお付けくださったわけじゃ。わしは何たる仕合わせ者であろう、日本無双の軍師がいつもそばに控えてくれているとは。のう、官兵衛、その方もわしと同様、この半兵衛と親しくしておいたがよいぞ。官兵衛、その方は幾つに相成る?」

「三十歳でございます」

「半兵衛は?」

「三十二歳でございます」

両人は、それぞれ答えた。

「おう、半兵衛が二つ年上か。おもしろい。どうじゃ、二人は友だちになっては。のう、官兵衛、そうせい」

思いついたら、すぐそのまま小児のように口に出してしまう、飾り気のない秀吉の言葉に、二人は顔を見合わせて微笑した。

人間は、初めて会ったときから、何となく好きになれない型の相手がある。これはその後、どう努力しても、結局親しめない。その反対に、初対面から心を許す好きな相手もある。初めの印象の正確さは恐ろしい位で、その後、何十年とつき合っても、その信頼が崩れないものだ。

いま、黒田官兵衛と竹中半兵衛の場合がそうだった。

官兵衛は、目前に、盃《さかずき》もふくまず女のようにおとなしく坐《すわ》っている竹中半兵衛の白い顔に、水のように漲《みなぎ》っている叡知《えいち》と闘志をよみ取った。それが決して表に出ているのではない。しかし官兵衛にはわかる。わかるだけに控え目な半兵衛の人柄が、奥床しく、好もしい。

「竹中氏《うじ》」

官兵衛は、親愛をこめた目を向けた。

「ただいま、お言葉があったが、それは私からも貴殿にお願いしたいこと。これからはどうぞお心安くご交際を願います」

「私こそ。よろしくお引き回しを願いたい」

半兵衛も、言葉少なに親しげな目を返した。この、静かな、やさしげな男に、今聞いたあの武勇話の闘魂があろうとは、ちょっと想像がつかなかった。それだけに官兵衛は心を惹《ひ》かれる。

秀吉は上機嫌である。

「よかった、よかった。わしも二人が弟のように思えてきたぞ」

その夜は更けるのも知らず、三人でおそくまで語り合った。

翌朝。――

官兵衛は家来といっしょに岐阜を発《た》った。往路と同じように、播磨《はりま》への旅は、伊勢《いせ》詣《まい》りからの帰りのように見せかけた変装だ。

往《ゆ》くときの胸の中の心配とはまるで変わり使命を果たして予期以上の成果に、晴々とした面持である。

木下藤吉郎秀吉という男を識《し》ったことが、官兵衛には何よりの喜びであった。想像していた以上の大きな人物である。たとえば海に向かっているような心のひろさと、大きさを感じさせる人であった。それに、針のような俊敏さをもちながら、春風に吹かれているような和やかさがあった。

——あの男こそ、将来の大物。出世すればまず天下に、一、二の人物ともなろう。

官兵衛は播磨につくまでの道中、そのことばかりが胸の中を去来した。

官兵衛の一行は無事に御着《ごちゃく》の城に帰った。

城主、小寺政職《こでらまさもと》は待ちかねていた。

「どうであった？」

早速、重臣をあつめて会議を開き、官兵衛の報告をきいた。

官兵衛は明かるい顔色で話しだした。明快な話の運びであった。織田の実力が聞いた以上に大きいこと、信長の性格が大そう積極的であること、彼の勢力の西漸《せいぜん》は必至であること、従って毛利との衝突は避けられないが、そのときは必ず織田方が勝利をおさめるであろうとの確信を、いよいよ強めたことなどを強調した。

「信長殿には、ご当家がお味方したことを大そう悦《よろこ》ばれ、私にまでこのような品を下されました」

と、「圧切《へしきり》」の名刀を出して見せた。

政職は笑いを、その人のよい顔にいっぱい浮かべた。

「ご苦労、ご苦労、よくぞ上首尾に使いをしてくれた。これからは万事織田方の手について行動せねばならぬ。官兵衛、その方に岐阜との連絡はよく頼むぞ」

と、政職はいった。こうなったら彼も官兵衛を頼るほかはない。

「心得ました」

官兵衛も、自分が主張して小寺家を織田方につけたのであるから、もとより責任があった。懸命につくすつもりだった。

老臣たちは、官兵衛の今度の使いを、

「よくぞなされた。お大儀であった」

と賞《ほ》めてくれ、労をねぎらってくれたが、それは半数で、あとの半分は、

――どうかな。官兵衛の口車にのって、織田方について大丈夫かな？

と批判的な疑問をもっているものと、

――官兵衛め。織田織田とひとりで有頂天になりおる。信長は近畿《きんき》の敵に縛られて、当分この辺にくることが叶《かな》わぬのを知らぬか。そんな信長をたよりにして、隣の毛利

の恐ろしさを知らぬとは、どうするつもりであろう。

と、官兵衛を冷たい目で見ている毛利依存派であった。

これは老臣だけではない、下の家臣の間もこの三つの感情に割れていた。

——困ったものだ。

と、この様子を見て、官兵衛は考え込んだ。

——主君《との》がもう少し押さえの利く方だとこんなことにならぬのだが。これでは毛利方に内通する者が出るかもしれぬ。はて、近いうちに一騒動起るかも知れぬぞ。

官兵衛のこの危惧《きぐ》は当たった。

早速、小寺家のこの情勢を毛利方にひそかに通知した者があるとみえ、

「毛利方では、大そうな憤り。すぐにも小寺征伐の軍勢が催される模様」

との情報がはいってきた。

きたな！　と官兵衛は思った。

小心な政職は、もう心配顔である。

「今にも毛利の大軍が押し寄せて来るぞ。織田の援兵は間に合うまい。官兵衛、どうしたらよい？」

「ご心配なされますな」

官兵衛はなだめた。

「毛利輝元という人は、どちらかというと引込み思案のほうですから、ご当家が織田方についたと聞いても、すぐに大兵を率いて侵攻してくるということはありませぬ。まず、攻めよせてきても、小当たりの人数でございましょう」

「小当たりと申しても、何しろ毛利の精鋭じゃ。官兵衛、大丈夫か？」

政職は、すっかり毛利恐怖症にかかっている。

「大丈夫でございます。わたくしにお任せください」

官兵衛は胸を叩《たた》いて、政職を安心させようとした。が、そういう彼も、実は内心自信があるのではなかった。彼もまた、

――毛利、強大なり。

という潜在観念から脱《のが》れることができないのだった。

――小寺の運命をここにもってきたのは俺だ。全責任は俺にある。

主家の危急を前にして、彼は、じりじりと冷たい汗が背に出る思いであった。

敵の兵数はどれ位でくるか？

陸からくるか？　海からか？

官兵衛は、ひとりでじっと考え込んだ。

中国征伐

天正四年五月の初め、毛利輝元《もうりてるもと》は小寺政職《まさもと》の違背を怒り、重臣浦兵部丞《うらひょうぶのじょう》に命じて、播磨《はりま》に侵入し、姫路城を攻撃することを命じた。その兵数五千。——という急報がはいった。

「五千？」

政職は、顔色を変えた。

「こちらは、みんなかき集めても三千人に足らぬ。とても真正面に戦っては勝ち目がない。籠城《ろうじょう》することが上策であろう。そして時をかせぎ、織田方の後詰（援軍）を待とう」

宿将たちは、政職のいうことにみな、もっともであると賛成した。

ただひとり、官兵衛は反対した。

「その仰せは一応ごもっともですが、敵は多勢、味方は寡兵でございます。寡兵をもって城に頼っても長続きがいたしませぬ。それに織田方の後詰も、早急には当てになりません。どうしても、城を出て戦うほかはございませぬ」

「官兵衛、その方に目算があるか？」

政職《まさもと》が頼りなさそうな顔をしてきいた。

「わたくしに五百の兵をください。やってみます」

「五百？　たった五百でよいか。敵は五千だぞ。十倍の兵数ではないか？」

政職は、おどろいて、官兵衛の顔を見詰めた。

「数少ないお味方の兵ですから、それだけで結構です。あとは備えに残しておいてください。報告によると、敵は英賀浦《あがのうら》に兵船を漕《こ》ぎ寄せ、上陸する模様とあります。陸からこずに海からきたのが、こちらの運の強いところです。まあ、わたくしに任せてください」

「よし」

政職も、こうなっては、官兵衛ひとりが頼りだから、いうままにそれを許した。

官兵衛は、すぐに五百人を引きつれて英賀浦に急いだ。英賀浦は姫路の西に当たる海岸である。途中、自分の居城である姫路にはいると、城下の家々に、

「一軒に一本、紙幟《かみのぼり》を必ず作ること」

をふれさせた。一軒に一本だから作るのにわけはなかった。それに城下の町中《じゅう》だから、おびただしい数が集まった。

「よし。ずいぶんできたな。これを海からよく見える山の方に立てならべるのだが、近在の百姓を集めよ」

英賀浦の海岸近い丘陵一帯の背後に、無数の紙幟と、かり集めた百姓の大群が伏せられた。

「よいか」

と、官兵衛は、やさしい微笑をしながら百姓共にいった。

「こちらが合図をしたら、一斉に鬨《とき》の声をあげて、この紙幟を立てるのだ。その方たちは姿を見せんでもよい。ただ、わあ、わあ、と声をあげておればよいのじゃ。うまくやった者には褒美を取らせる」

百姓たちは、これは気楽な仕事で有難い、と喜んでいた。官兵衛の指揮の下に、今や五百の兵は毛利勢の出現を、海岸に伏せて待ちかまえていた。

八月十四日の午《ひる》、焼けるような太陽が天頂に上った頃、ぎらぎらと光る瀬戸内海の静かな海面に波をおこして毛利の兵船団が島かげから現われてきた。

「きたきた」

緊張したどよめきが湧く。

「よいか。よく聞け」

官兵衛は、一同にいった。

「この海岸は遠浅だから、船を沖合ですてて波打際まで歩いてこなければならぬ。水の中を歩いてくるというのは、行動に不自由なものだ。それをむかえて、波打際で討ち取るのじゃ。鉄砲組は海の中を歩いている奴を狙って撃て」

四十何艘《そう》の兵船は、沖合一丁あまりのところにとまった。黒豆がこぼれるように軍兵が各々の船から海の中に降りた。遠浅だから、膝《ひざ》までの深さらしかった。

黒い豆の群れは、青い海に浮かんで、波に打ちよせられるように海岸に近づいてきた。重い鎧《よろい》をきて、膝から下は海に浸っているから、見ていて、ひどく緩慢な速度だった。

「よし、撃て」

鉄砲が鳴った。

「うわあ」

五百人が波打際に突進した。

五千の毛利勢は、相変わらず海水に足の速度を奪《と》られながらも、それでも確実に上陸の目的地点に向かって進んだ。

そのまま波打際に近づくにつれ、戦闘がはじまった。

「一人でも陸地にあげるな」

官兵衛は叫んで、激励した。

毛利勢は苦戦であった。それでも五千の人数であるから、小寺勢の抵抗をうけながらも指の間から水が洩《も》れるように、だんだん上陸してきた。激しい闘争が、焼けた白い砂浜の上で起った。

「うわあ、うわあ」

地響きするような鬨の声が上がったのは、このときであった。無数の幟が、それこそ俄《にわ》かに白い林か森かが出現したように、丘の上に立ちならんだ。

この突然の眺望は、たしかに毛利勢に大軍の錯覚を起させ、動揺を与えた。彼らの中のだれかが叫んだ。するとあっちにも、こっちにも、次々と絶叫が起った。

それが、敵方の、「退《ひ》け」という命令であることは間もなくわかった。海の上に黒胡麻《ごま》を撒《ま》いたような毛利勢が、沖の彼らの軍船に逆戻りし始めたからである。

五百の手勢で、五千の毛利勢の来襲に勝ったという捷報《しょうほう》は、安土《あづち》に届いた。当時、信長は、もう岐阜から、安土に移っていたのだった。

信長からは、官兵衛に当てて祝いの手紙と感状が届いた。

しかし、官兵衛は、

「こんなものをもらっても仕方がない。一日も早く、織田殿が、中国に下ることだ。下向が暇どれば暇どるほど、こちらの形勢が危うくなる」

と、思った。

実際、こんなに早く毛利方が攻めて来るとは思っていなかった。もちろん、今度のは、ほんの小手調べで、ほんとうの大攻勢が、次につづくことはわかっていた。

その大攻勢の気配があるからこそ播州《ばんしゅう》一帯の形勢は、颱風《たいふう》の前ぶれの海上のように、波立ちはじめた。

（しまった。遠い織田などにつくのではなかった。やっぱり毛利にたよっておるべきだったかな）

という後悔が、どうやら小寺政職《まさもと》を支配しはじめたらしい。

官兵衛は、政職の気の弱さを知っているから、その変心が一番気がかりであった。それに、毛利方に心をよせている家臣が圧倒的に多い。それらが、

「それご覧なさい。官兵衛などのいうことを聞いて、織田を当てにしていると、いまに毛利勢のために散々な目にあいますぞ。その時になっては、取りかえしがつきませぬぞ」

と、しきりに焚《た》きつけている気配もあった。

官兵衛は、ふらふら腰の政職が、一番気にかかった。

「大丈夫です。これから先の天下は、信長のものです。信長に頼っておれば、お家は安泰です」

官兵衛は、政職の前に出ると、そう力をつけているのだが、それがいつまで効目があるのやら、自信がなかった。

しかし、小寺政職の動揺も、無理はないのである。備前《びぜん》の赤松則房《あかまつのりふさ》、播磨《はりま》の別所長《べっしょなが》

治《はる》、摂津《せっつ》の荒木村重《あらきむらしげ》といった、織田に心をよせている大名たちに、毛利方は、密使を出して、こんな宣伝をしていた。

「信長という男は乱暴で礼儀を知らない。自分に少しでも利益があると思うと、親兄弟でも遠慮なく殺してしまう。だから、旧《ふる》くからの恩顧の家臣も、いつも信長の疳《かん》癪《しゃく》を恐れてびくびくしている。こんな、気まま者の信長を頼りにしたら大変なことになるぞ。それよりも、信頼のできる毛利に味方するがよい」

これは心理作戦であった。弱い国に対して強国がいつも用いる、巧妙な脅迫と狡《ずる》い笑顔であった。

強国と強国にはさまれた、小さい弱い国はいつも神経を尖《とが》らせている。どちらが強いかどちらの味方になったらよいか、そればかりを気にかけている。

毛利の神経戦は、どうやら功を奏して、摂津、播磨方面に大動揺を与えているらしい。

「いかぬ」

官兵衛は、頭を振った。

「一日でも早く、織田殿の中国発向を促さねばならぬ」

その夜、官兵衛はおそくまで短檠《たんけい》（ひくい燈火《とうか》）の下に坐《すわ》って秀吉へ長い手紙を書いた。

文面には、こちらの緊迫した情勢を伝え、織田勢の下向が何よりも急がれることを詳しく報じた。

使者に持たせてやったその手紙に対して、秀吉からは折り返して、返事があった。

正規の学問をしていない秀吉だから、文字も文章もへたくそである。

「内々の御状《ごじやう》うけ給候、いまにはじめざると申ながら、御懇意だんぜひにをよばず候、其方《そのはう》のぎは、我らおとゝの小一郎めどうぜんに心やすく存候間《ぞんじさうらふあひだ》、なに事をみなみな申とも、其方ぢきだんのもて、ぜしは御さばきあるべく候、此《この》くにゝ於《お》いては、せじよからば、御両人の御ちさうのやうに申なし候まゝ、其方も御ゆだん候ては、いかゞに候間、御たいくつなく、ぜし御心がけ候て、御ちそうあるべく候、御状のおもて一々心え存候　かしく」（原文のまま）

それから二伸として、

「この文みへもすまじく候間、さげすみ候て御よみあるべく候」（原文のまま）

とあり、ちくぜん（筑前守《ちくぜんのかみ》）と秀吉の署名があった。

おそろしく読みにくい文章だった。しかし官兵衛は心を打たれた。

「自分の弟と同然に思っている」と書いてあるが、それが少しもお世辞や、文章のアヤとは思われない誠意があった。

二伸に「この文は下手で読みにくいことだろうから、軽蔑《けいべつ》して読んでください」と書いてあるのも、いかにも秀吉らしい飾りのない率直さが出ていて、官兵衛は思わず微笑した。

彼は、秀吉が、ますます好きになった。何という素晴らしい魅力をもった人だろうと思った。

秀吉は、信長に意見を述べて、中国発向が一日も延ばせないことを、力説したようである。その意見の大部分が官兵衛の報告に基づいていたことは想像される。

官兵衛のもとに、

「信長はついに中国征伐を決意、秀吉をもって総大将とする。近日、出発の模様」

との報告がはいった。

官兵衛は、

「いよいよ、来るか」

と、思った。ずいぶん、前から待っていた人がいよいよ来る。たしかな足どりでやってくる、その人の足音が聞えそうであった。

長い間、待たされただけに、喜びは大きいのだ。

つづいて、それを追いかけるようにして、信長から、正式な通牒《つうちょう》があった。

それは小寺政職《まさもと》に当てたもので、

「備前面《びぜんおもて》に進発するに当たり、羽柴筑前守秀吉《はしばちくぜんのかみひでよし》を大将につかわす。ついては二心《にしん》なきよう人質を差し出すこと」

という文面だった。

小寺政職は老臣たちを集めた。

「信長殿からこのような通知があった。人質を出せとのことじゃが、どうであろう、倅《せがれ》の氏職《うじもと》では少し心もとないと思うが」

政職はそういって、皆の顔を見回した。彼の表情は、気のりうすに見えた。

政職の子の氏職は悧口《りこう》ではなかった。しかし人質に出せぬほどのばかでもない。政職がそういうのは、はじめから人質を出したくない口実だった。

彼の心のうちは、織田を離れ、毛利に傾いていたのだ。だから信長から人質を出せといわれても、渋るのは当然だった。

どうする、といわれても、老臣たちには返答のしようがない。主人がわが子を出したくない肚《はら》は、その顔つきでわかっている。

みな、もじもじしていると、官兵衛が進み出た。

「織田殿への人質は、なるべく急いだがよいと思います」

政職《まさもと》は、官兵衛を見て、煙い顔をした。

「しかし、氏職では、役に立つまい」

政職は、同じ言葉をくり返した。彼には人質を出す意志がない。そういう政職の煮え切らなさが、官兵衛には歯がゆいのだ。

「それならば、不肖でございますが、今年十歳になるわが子松寿《しょうじゅ》を、お身代わりとして人質に出しとう存じます。この儀、お許し願いとう存じます」

「なに、その方の子を！」

「はい」

政職は、じろりと官兵衛の顔を見た。

官兵衛がこれほどまでにして、織田方に恃《たの》んで小寺家を安泰にしようとしている努力は、彼には通じない。むしろうるさい位だ。

「よかろう」

と彼はいった。

「その方のよいようにせい」

まるでひとごとであった。

官兵衛は、苦笑しながら姫路の城に帰った。気の弱い主人にも、困ったものだと思っている。しかし、荒木でも、赤松でも、別所でもいまは織田方にはなっているが、毛利の勧誘で、だいぶん腰が砕けそうになっているという噂がしているので、性格の弱い政職が迷うのも仕方がないかな、とも考えた。

おれだけは、しっかりしておらねば、と思う。官兵衛は逆流の中を泳いでいるような気持だった。

姫路の城に帰った官兵衛は、わが子松寿を居間に呼んだ。

松寿は、父親に似てきかぬ気の、はげしい腕白ざかりの童だった。

「松寿。おまえも十になったから、もはや、父や母が傍におらぬでもさびしゅうはあるまい。どうじゃな」

官兵衛は微笑しながらいった。

「はい。さびしくはありませぬ」

松寿は、円い目で父親を見ながら、うなずいた。

「そうか。士は主家へつくすのが第一。わたしの主人は小寺政職《まさもと》さまだ。小寺さまのためには、わたしの子であるその方も忠義をしなければならぬ。どうじゃ、その奉公のために、しばらく安土《あづち》の織田殿のところに行ってくれぬか」

「それが、父上のおためになることなら」

と松寿《しょうじゅ》は答えた。

「喜んでまいります」

「ききわけのよい子じゃ。知らぬ国に行って父母とはなれて暮らすのも大事な修業だ。よいか。どこに居ても修業を心がけるのじゃ」

「はい、わかりました」

「そなたは母里太兵衛《もりたへえ》が送って行く。向こうに行ったら、病気をせぬよう、身体に気をつけるのだぞ」

父親らしい注意を細々と与えた。

母里太兵衛をよぶと、

「太兵衛、ご苦労じゃが、松寿を安土まで送って行ってくれ」

と、命じた。太兵衛は官兵衛の家来の中でも一番の武功者だった。

松寿は十四、五人の家来に護《まも》られて姫路の城を出発した。安土までの往復六日、太兵衛が戻ってきて報告するには、

「若様は信長公にご対面なされましたが、信長公はご覧ぜられて、十にしてはなかなかしっかり者じゃとお褒めでございました。それから羽柴《はしば》様に、松寿は、その方の城の長浜《ながはま》に留め置けよ、との仰せでございました」

「なに、松寿は羽柴殿に預けられたのか？」

「羽柴様は、わしがお預かりしたから、黒田殿に安堵《あんど》してくれ、とのお伝言でした」

官兵衛は二、三度うなずいた。口には出さなかったが、それをきいて親らしい安心感が身体中を浸してきたのだった。

羽柴筑前守《ちくぜんのかみ》秀吉は、天正五年十月十九日安土を発した。中国征伐の総大将だった。

彼はこのとき、すでに信長から播磨《はりま》一国を賜わっていた。まだ攻略もしない前から、領土を家臣に与えるのは、信長のいつものやり方である。

予定では、秀吉は二十二、三日頃、播磨にはいることになっていた。

官兵衛は、小寺政職《まさもと》の前に出て、

「羽柴殿が到着されます。国境までお出迎え遊ばしたが、よろしいと存じますが」

といったが、政職はいい顔をしなかった。

「織田殿ならばともかく、筑前守では、さほどのことをせずともよかろう」

と渋っている。その気持は、すでに織田を離れているのである。

官兵衛は情けなくなった。これほどまで、自分が勧めても、まだわからないのか。

しかし政職はどのようであろうとも、自分は秀吉への義理があった。いや、義理とか務めとか政策とか、そんな計算めいたものを遥《はる》かに超越した心である。友情といってもよいが、もっと男の打ち込んだ魂だった。

官兵衛は、これほど魅された男を知らなかった。——

秀吉は二十三日、播磨に到着した。官兵衛が出迎えた。

秀吉は道の脇に迎えている官兵衛の姿を発見すると、五、六間前から馬を下りて、せかせかした足どりで近づいてきた。

「官兵衛か。大儀、とうとうやって来たぞ」

秀吉は顔いっぱい、にこにこしていった。

(とうとう、やって来たぞ)

その一言に、秀吉の官兵衛に対する慰めと感謝と、激励が籠《こも》っていた。官兵衛にはそれがよくわかる。涙が出そうであった。

官兵衛は挨拶《あいさつ》の言葉が急に出ぬくらい、のどがつまった。

秀吉は、ふと周囲を見回した。何にもいわなかった。そして、播磨にははじめて来たが、なかなかいいところだと景色をほめた。

これも官兵衛には、すぐ、ぴんときた。秀吉は小寺政職《まさもと》の姿がないのを見て、不満に思っているのだ。が、その不満を露骨に口に出さないで、ほかの話に紛らわせているのである。それは間に立って苦しんでいる官兵衛への思いやりなのである。

その秀吉の心を感じて、官兵衛は、また打たれた。

(よし、この人のためには尽くすぞ)

官兵衛は、このような大将の下で働いたらどんなにやりがいがあるだろうかと思った。

「播磨の本営は、どうぞ姫路城をお使い願います。城は住み荒らしております故、掃除をいたします。その間、見苦しうございますが、私の住居の二の丸へおはいりください。これより直ちにご案内いたします」

官兵衛は秀吉にそういうと、馬に鞭《むち》うって真先に進んだ。

秀吉は、そのあとを馬でついて行っていたが、後から従っている家来の堀尾茂助《ほりおもすけ》を目で呼ぶと、官兵衛の後姿を指さした。

「あれ見い。あの男の才智は、尋常の人間のものではないぞ。おまえなんかよく見習っておけ」

と、囁《ささや》いた。

秀吉は、官兵衛といっしょに二の丸にはいった。

秀吉の軍隊は、城下にはいると、区割りしてある民家に、それぞれ宿営した。一万五千の大軍だが、官兵衛の手際よい準備で、混乱もなく、きちんとはいってしまう。

二の丸に秀吉ははいると、早速、一風呂《ひとふろ》浴びた。これも官兵衛が風呂好きの秀吉のために用意しておいたものだ。

官兵衛は自分から焚口《たきぐち》に屈《かが》んで、湯加減をみた。

秀吉は、気持よさそうに安土《あづち》からの旅の汗を流す。

「官兵衛」

秀吉は湯の中から話しかける。

「早く話そうと思っていながら忘れていた。その方の倅《せがれ》の松寿《しょうじゅ》じゃ。元気にしているぞ。長浜の城中でも暴れん坊じゃ。ははは」

わが子の無事な消息はうれしい。

「何かと、お世話をかけることと存じます」

「何の。世話はない。悧口《りこう》な子じゃ。あれは親父より上かも知れぬて」

よいしょ、とかけ声をかけて秀吉は風呂から出た。

本丸の掃除ができると、秀吉はその方に移った。同じ城にいることを官兵衛が遠慮して二の丸の居住から他に移ろうとすると、秀吉はその遠慮は要らぬととめた。

秀吉は、官兵衛を本丸によんで中国征定の軍略を練った。

大きな山陰《さんいん》、山陽《さんよう》の絵図がひらかれる。

それを、官兵衛は扇の先で指しながら、地形、道路、要害、城砦《じょうさい》の配置、群雄諸豪の勢力分布などを、いちいち説明した。

秀吉はすっかり聞き役である。猿に似ているという顴骨《ほおぼね》の出た浅黒い顔を、熱心に絵図の上にかがみこませている。

淀《よど》みのない官兵衛の説明はつづく。中国征伐は、どこから手をつけていくべきか。それを起点として、縦横の戦略が述べられていくのである。

それも平凡な戦略ではない。普通の者では思いもつかない、奇抜な着眼が多い。それでいて、ちゃんと不安のない、細かな計算の上に立てられているのだ。どこを押しても弱点の一つもない、理路整然とした戦術論であった。

戦略では、かなり自慢の秀吉も、心の中であっと声をあげて驚嘆した。

（これほどの人物をわが手で使うことができたら、どんなにしあわせであろう。それこそ自分には実力以上のことができるのだが）

と、思うと、矢も楯《たて》もたまらなかった。欲しいとなると、子供のように単純に行動するのが秀吉だった。

「官兵衛」

彼は、熱のこもった目で官兵衛を見つめて、いった。

「わしがここに来て、諸事、その方と相談して指図をうけるうえは、尋常の親しみでは互いにまだ遠慮があろう。これからは、わしとその方とは兄弟の親しみをいたそう。わしは十歳上の兄じゃ。よいか。わしは官兵衛を弟と思うぞ」

すぐ誓紙を書こう、と秀吉は性急に紙と硯《すずり》とを催促した。

秀吉は軍備に忙しい。毎日を、姫路城で過ごしている。

しかるに、小寺政職《まさもと》は御着《ごちゃく》の城に引込んでいて、いっこうに秀吉のもとに挨拶に行こうとする様子がなかった。

秀吉が播磨にきて以来、数日を経たが、全く顔を見せないのである。

（何というお人か。自分がこのように気をつかっているのがわからないのか）

官兵衛は、政職の頼りなさを、いまさらのように思う。

しかし、放ってはおけない。

ある日、官兵衛は姫路の城から抜け出ると馬を馳《は》せて御着に向かった。

政職の前に出ると、彼は例によって官兵衛の来たのが、あまりうれしくないらしい。

「官兵衛か。羽柴《はしば》殿の接待で疲れるであろうな」

と、それでも一応は労をねぎらった。

「いえ、さしたることもございませぬ。それよりも、殿が一刻も早く、羽柴殿にご対面なされるよう、お願いします」

「うむ、やはり、わしも会わねばならぬか」

と、大儀そうである。

「これは何ということを仰せられますか。羽柴殿は個人で来ているのではございませぬ。信長公の名代、中国征伐の総大将でございますぞ。姫路とは目と鼻の間にありながら、今日までご対面が延引したことさえ、私には心せかれてなりませぬ。ご当家のおためでございます。あらぬ疑いをかけられる前に、ぜひご対面に姫路にお越しになることが肝要でございます」

政職《まさもと》は困った顔になった。官兵衛にたたみ込まれて、ごまかす返事ができない。

「よい。それでは、わしもすぐに姫路にまいることにする」

政職は、たしかにそういった。このときは彼は嘘をいうつもりではなかった。が、官兵衛が再び姫路の城に去ると、老臣たちが、騒ぎ出した。

「官兵衛は、わが子を人質にさし出している程ですから、ちゃんと織田方と結んでいて、いわば秀吉の手先のようなものです。何を考えているかわかりません。官兵衛のいうことなど軽々しく信用して姫路城にお行きになれば、あとでどのような難儀になるかわかりません」

こういって、とめられると、政職《まさもと》も、

「そうか」

と、呟《つぶや》くように口の中でいって、やめてしまった。

政職の心は動揺している。織田方に最も忠実だった摂津《せっつ》の有岡《ありおか》城主荒木《あらき》村重《むらしげ》からの勧誘は、この頃は、とくにしきりなのである。

——信長は気まぐれな大将で、きょうは大事にしても、あすは首をはねかねない人だ。こんなお天気者の下につくより、しっかり者揃いの毛利《もうり》の勢力についたほうが身のためである。いまに、織田方は、毛利勢に蹴散《けち》らされるであろう。そのときになって毛利に詫《わ》びをいっても遅いから、今のうちに毛利に味方されたがよい。

政職の気持は、大きな石を懸けられたように、ぐんと村重の言葉に傾いていた。

官兵衛は姫路の城にかえったが、何日たっても、政職は出て来ない。約束と違う。

舌打ちしたくなる気持だった。

(だれかにいわれて、またお心が変わったな)

政職の人間的な弱さが、官兵衛には、同情よりもかえって腹が立つ。

さすがの秀吉も、黙っておられなくなったらしい。

「官兵衛。小寺殿はいっこうにこちらに見えぬな」

さり気ない口調だが、官兵衛には胸を刺す。

「はい。少しくからだが不調とのことで、失礼しておりますが、程なく参上いたしましょう」

「病気か。そうか」

秀吉は、うす笑いしていたが、鋭い目で官兵衛の顔をじっと見た。

攻　勢

なるべく兵を動かさず、戦争なしに相手を屈伏させるのは、兵家の理想である。後年の秀吉は、よくこの手をやったが、それは莫大《ばくだい》な兵力をわがものにしてからのことで、いまはまだ、信長麾下《きか》の一指揮官に過ぎない。

その秀吉が、官兵衛に、

「どうであろう、播磨《はりま》だけは戦によらずこっちの味方につけたいと思うが。官兵衛。そなたが一つ、働いてみてくれぬか？」

と、いい出したのは、早くも彼の後年の素質のあらわれともいえるし、官兵衛のすぐれた説得力を見込んだためともいえる。

「それでは、一つやってみましょう」

官兵衛はひきうけた。

身支度をして、では行ってまいります、と挨拶《あいさつ》にきた官兵衛をみて、秀吉が案外な顔をした。

「そんな格好でよいのか？」

と、思わずきいた。平常と少しも変わらない服装で供の家来は一人も連れていないのだ。

「このほうが身軽で結構です。なに、先方が私を殺そうと思えば、少々の人数を連れて行っても危険は同じことです。ひとりのほうがかえって相手に安心感を与えて、安全です」

官兵衛は、そういって笑顔を見せた。

彼は、そのまま単身で、明石《あかし》、梶原《かじわら》、別所《べっしょ》などという播磨《はりま》の東部地方の豪族どもを歴訪して回った。これらは、今まで毛利に頼ってきた連中ばかりだ。

それから十日あまり経って、官兵衛はひょっこり姫路の城に帰ってきた。どうであろうか、と心配していた家臣たちは、主人の元気のよい姿と晴れやかな顔色をみて、さては首尾よくなされたかと胸をなで下ろした。

官兵衛は、本丸にいる秀吉の前に出ると、

「只今《ただいま》、立ち帰りました。ご安心ください。明石左近《あかしさこん》も梶原平三兵衛《かじわらへいざのひょうえ》も、別所長治《べっしょながはる》もみなお味方に参加すると申しました」

と、報告した。秀吉は、子供のように瞳《ひとみ》を大きく開いて、

「なに、別所長治も承知したか？」

と、おどろいている。別所はこれまで毛利方に対して忠勤を励んできた家柄だ。第三者がみて、別所長治こそは播磨における毛利方の第一の与党であった。

「さすがに、官兵衛」

と、秀吉は舌をまいたが、次には、からからとうれしそうに笑った。

「いや、そなたの舌三寸の働き、十分に右府《うふ》様（信長）に申し伝えるぞ」

そのことは、十一月三日に使者を安土《あづち》に出して具申させた。

ところが、その使者が持ちかえった信長の返書は、

「東播磨平定はまことに珍重であるが、西播磨がまだ命に服していない。速かに討ち平らぐべし」

との指令であった。

この帰りの使者の一行の中に、往《ゆ》きにはいなかった新顔が一人ふえていた。瘠《や》せて、顔の白い、目の澄んだ男である。

官兵衛は、その人を見つけると、

「おお、竹中氏《たけなかうじ》」

と、声をかけて歩み寄った。

「やあ」

竹中半兵衛《はんべえ》が、なつかしそうに微笑して応じた。

その夜、官兵衛は、久しぶりに会った竹中半兵衛を招じて一夕の宴《えん》を催した。

半兵衛はあまり酒をのまないが、官兵衛との再会を心から喜んでいて、三、四杯の盃《さかずき》に赤くなりながら、たのしそうに話す。

その話の中で、官兵衛は播磨の情勢について語った。半兵衛は、しきりにうなずいてきく。そして時々、質問する。

およそ質問ほどその人の実力を率直にみせるものはない。意見にしても、議論にしても時には他人のものを借りたり付焼刃があったりして、いわゆるその場のはったりで胡魔化《ごまか》すこともできるが、質問はまさにその人の内容を窺《うかが》い知るに正確なのである。

半兵衛の質問は、言葉少なであるが、一つ一つ急所を衝《つ》いている。ききかたが、みんなつぼにはまっている。

官兵衛は今さらながら、竹中半兵衛という人物の内容に驚嘆した。

――こういう人にはめったに会えるものではない。その人と知己になった自分は何という仕合わせであろう。

と、官兵衛は思うのだった。自分よりすぐれた人、尊敬できる人と識《し》ることは、どれだけ心の中に充実感が湧いてくるかしれなかった。

――こういう人を軍師として、縦横に活躍できる秀吉は何と幸福な方であろう。

と、思った。秀吉自身の機略もそうだが、すぐ横で作戦指導している半兵衛の存在が、どのように羽柴《はしば》軍を気鋭俊敏にしているかわからないな、と感じた。

官兵衛のその感想を裏書きするように、それからの秀吉の播磨攻略は、一つは竹中半兵衛に、一つは黒田官兵衛に、と二つに分けた先手を両腕のように使って進められた。十一月末の寒風の中を瓢《ひさご》の馬印は、播州《ばんしゅう》の山野を駆けめぐった。

十一月二十六日には福原助就《ふくはらすけなり》の籠《こも》った佐用《さよう》城を囲んだ。

秀吉は、城の東方にある山上に陣営を張っていたが、じっと城をみつめていった。

「城中の抵抗も、だいぶん弱ったようじゃ。ここらが潮どきであろう。四方から同時に総攻めに掛かるとするかな」

官兵衛はその言葉をきくと、自分が今考えていることを口に出した。

「そうですな。しかし、城方も弱っているとはいえ、四方から攻め立てられては必死の抵抗を試みて、いわゆる窮鼠《きゅうそ》の猫を嚙《か》むのたとえ、お味方の損害も思わぬ数となりましょう。落城を目前にして、それではあまりばかばかしゅうございます。これは三方から攻めて、一方だけ逃げ口をつくってやります。ここから逃げていくところを待ち伏せて掛かれば、損害もなく、敵を討つことができると存じます」

秀吉は、官兵衛の顔をみ、それから半兵衛の顔をみた。半兵衛は、うなずきながら、

「まことに、至極の策と存じます」

と、賛同し、官兵衛の方をみた。その目には、

――官兵衛殿。うまいぞ。

という賞賛の色があった。官兵衛はうれしかった。

「よし。それでは官兵衛が、敵の退路を挟んで撃て」

秀吉が元気な声で命令した。

佐用《さよう》城は織田《おだ》方の少ない犠牲で陥落した。信長はこれを聞いて、官兵衛に感状をくれた。安土《あづち》からの使者が一枚の紙片を届けてきた。

「――尤《もっと》モ神妙ニ候。弥《いよいよ》戦功ニ励ム可《べ》キ事専一ニ候」

そういう文句が書いてあった。最後に信長の花押（署名）が印してあった。

官兵衛にとって、この一枚の紙はさして感動を伴わなかった。いってみれば、信長は彼には遠い人であり、その人からの感状よりも、秀吉が目を細めて喜んでくれるほうが、もっと彼に充実感を与えた。

「官兵衛、よくやった。よくやった」

何の飾り気もなく、小児のように天真爛漫《てんしんらんまん》に喜ぶ秀吉の顔が、どんなに官兵衛を勇気づけたかしれない。

官兵衛のこの自信は、次の上月城《こうづき》の攻略でも第一の働きをさせた。

上月城は毛利方の上月景高《かげたか》が守っていたのだが、十二月のはじめ、これを囲んだ。毛利の方では救援として浮田《うきた》直家《なおいえ》に三千の兵を以て増援させたので、城兵の士気はたかまり、にわかに城門を開いて打って出る始末である。そのため先鋒《せんぽう》は押されて後退しはじめた。

「危ないな」

秀吉は本陣から眺めて、牀几《しょうぎ》から腰を浮かせた。織田勢は退《ひ》き潮のように引いて行く。今や総崩れの危険があった。

危ない、官兵衛は本能的に立ち上がった。いつの間にか手に槍《やり》を持ち、馬を敵中に突込んでいた。彼の郎党がそれに続くのを意識した。

敵の渦の中に官兵衛は、捲《ま》き込まれようとしていた。彼の槍先に何人かがたおれていったが、敵兵の渦はいよいよ彼の周囲に逆流した。

「官兵衛を討たすな。かかれ、かかれ」

どこか遠いところから、そういう声がきこえた。空耳かもしれない。が、官兵衛は秀吉がそう叫んでいるのだと思った。

官兵衛を溺《おぼ》れさせそうにした敵の奔流は、今度は城門に向かって吸い込まれるように退却した。いつの間にか官兵衛の背後に味方の兵が充満していた。

危うく崩壊をくい止めた官兵衛の働きが、よほどうれしかったとみえ、秀吉は秘蔵の乗馬を官兵衛に与えた。

そのとき、秀吉は自分から庭に下りて立ち、馬の轡《くつわ》をとって、

「官兵衛。これへまいれ。予が秘蔵の馬であるが、この度の手柄に、当座の褒美として進ぜよう」

と、大声でいい、それから詰め合わせた諸将をかえりみて、

「このような美事《みごと》な馬が欲しかったら、官兵衛のように手柄せよ。この筑前《ちくぜん》は何も物惜しみはせぬぞ」

と、笑った。

上月城は十余日の包囲ののちに落ちた。城内に裏切者が出て、城主を殺して降参したのである。

秀吉は、上月城を山中鹿之助《やまなかしかのすけ》に命じて占領させた。鹿之助は毛利に滅ぼされた山陰《さんいん》の豪族尼子《あまこ》の遺臣で、主家滅亡後はわずかな残党と共に毛利に抵抗していたのである。

「あれが山中鹿之助か」

官兵衛は、栗毛の馬に跨《また》がって長槍を片手に、悠々と上月城に入城する青年武者の、苦労に憔悴《しょうすい》した姿をしばらく見送った。――

上月城の陥落で、西播磨《にしはりま》も一応平定したことになった。

信長から秀吉に、

「その報告に一度帰ってこい」

と、命令があった。

秀吉は、官兵衛に、

「それでは、行ってくるから、その間の留守を頼む」

と、いい置いて、安土《あづち》に向かった。これが天正五年も押し詰まった暮れのことである。

別所《べっしょ》反逆

翌天正《てんしょう》六年の春、二か月の休養をとった秀吉は、例の元気のよい顔をして姫路にもどってきた。

「お帰りなさい」

官兵衛が挨拶《あいさつ》すると、

「いや、留守中は大儀であった。別段、変わったことはないか？」

と、秀吉は張り切っている。官兵衛が、別段のことはないというと、

「官兵衛、いよいよ毛利《もうり》をやっつけるぞ。すぐに中国の諸将を集めて軍議を開く。その召集の手筈《てはず》をしてくれ」

と、目を輝かせていった。このようすでは安土で信長からだいぶんハッパをかけられてきたらしい。

間もなく、中国の諸将が姫路城に集まった。明石《あかし》、梶原《かじわら》、別所《べっしょ》など、その多くは官兵衛が弁舌をもって味方につけた者が多い。

その軍議の席に、別所長治《ながはる》の叔父《おじ》、別所賀相《よしすけ》、三宅治忠《みやけはるただ》の二人も参列していた。ところが、この二人はもとから毛利びいきなので、今、小男で風采《ふうさい》の上がらぬ秀吉が、しきりと毛利攻略を唱えているのが、少々、生意気にみえた。何だか、こんな男の手先になって使われるのがばかばかしいような気もする。

冷やかしてやれ、という侮る気が起ったのであろう。別所賀相が皮肉な目付きをしながら前に出た。

「あいや、先刻よりだんだん承りましたが」

と、彼はいい出した。

「少々毛利方の実力を甘くみくびられているように存ずる。粗忽《そこつ》に中国に向かいなさるとこれは由々しき大事となり申そう。まずはゆるゆると毛利方の枝城《えだじろ》を攻めかけ、よくよく虚実を窺《うかご》うてのち、大軍を発して討ち給《たも》うものならば、一挙に中国を定めることもあるいはできましょうが、さもなくば、毛利征伐はなかなか思いもよりますまい」

賀相は五十に近い歳だ。鬢髪《びんぱつ》にはすでに霜がある。その年齢《とし》の功にものをいわせて、どうだ、といわぬばかりに一座を見回した。

秀吉は、顔色を変えた。賀相の言い方は年よりの分別臭さのようだが、実は、小ばかにした態度だ。それが秀吉の疳癪《かんしゃく》を起させた。

「何を申す」

めったに怒らない秀吉が、額に青い静脈を浮かせた。

「貴殿がたは、この筑前《ちくぜん》の先手である。ただ筑前が命令のまま戦いなされ。すべて軍略は予の方寸（胸の中）にあること、要らざる節介は無用でござる」

鋭い語調に、別所賀相は思わず鼻白んだが、やがて隣の三宅治忠《はるただ》の方を向くと、

「のう三宅殿。どうやらこの席には、われらは無用のようじゃ。この辺でお暇《いとま》を仕《つかまつ》ろ

う。筑前守殿。それでは御免」

と、いって立ち上がった。一同、白けわたった中を、二人は畳を蹴《け》るようにして退出した。

この二人はまっすぐ三木《みき》城に帰ると、城主の別所長治に色をなして吹き込んだ。

「この度の秀吉の言動は、まことに傲慢《ごうまん》無礼で、われらをみること、まるで下人のようでござる。これは、察するに信長の意を受けたものでござろう。元来、信長は策略家で、まずわが一族の勢力を利用して、中国を征伐し、その後、われら一族を滅して三木城を秀吉に与えるつもりでござろう。信長の心、火をみるより明らかじゃ。しからばここで、われらより先を制して秀吉を討つこそ勝をとるただ一つの道でござろう」

別所長治はまだ二十一歳の若者だった。叔父の言葉をきくと、彼の血は燃え上がった。

「まことに叔父御のいうとおりじゃ。すんでのことに信長にたばかられるところであった。即刻、戦備を固めよ」

長治は、八千の兵で三木城にたて籠《こも》った。

「別所、織田に反抗」の報が伝わると、神吉《かみよし》、梶原《かじわら》、淡河《たんが》、長井、衣笠《きぬがさ》の播磨の諸豪は、われもわれもと織田方から離脱した。

さすがの秀吉も、少し調子に乗り過ぎて失言した。

本来の彼なら、別所賀相《よしすけ》のいうことなど、

「ああ、さようか、さようか」

と、軽く聞き流しておくところだった。それを大人気もなく、むきになって叱ったのは、秀吉が中国征伐にあせっている証拠である。

が、それにしてもまずい。せっかく、官兵衛が口先一つで織田方に付けたものを、秀吉の不用意の一言で、元も子もなくしてしまった。

あとで、秀吉は頭を掻《か》いて官兵衛に謝った。

「どうも、つい、詰まらぬことをいってしまって、その方の苦労をフイにしたよ」

官兵衛は、苦笑して、

「仕方がありませぬな。それよりも、こうなったうえは、早く別所の三木城を攻め落すことでございましょう」

「そうじゃ。信長様からも強《きつ》いご命令が出ている。半兵衛をこの席に呼べ。三木城攻略の軍議を開こう」

そこで秀吉を中心に、黒田官兵衛、竹中半兵衛の両智謀が額を合わせた。

三木城は播州美嚢郡《ばんしゅうみのう》の西部にあって、南は丘陵に拠《よ》り、北は三木川が流れ、東は繁茂して鬱蒼《うっそう》とした竹林がある。城壁の三面に空壕《からぼり》があり、さらに接して二塁がある。

城兵合わせて約八千。

「これはすぐには落ちませぬな。長陣《ながじん》にして気長く攻めたがよいと存じます」

半兵衛が蒼白《あおじろ》い顔を上げていう。

「手前も竹中氏と同じ意見。急攻めは不覚の結果となりましょう」

官兵衛が同じ感想を述べた。

「そうか。おまえたち二人がそういうなら、わしに異論はない。それでは長陣の作戦を練ってくれ」

秀吉が決定を下した。

その夜のことである。

官兵衛の部屋に、竹中半兵衛が遊びに来た。この頃の半兵衛は、少し顔色が前より悪い。瘠《や》せてもきたようだ。官兵衛は早くから気づいているが、彼は時々、気になる咳《せき》をする。

(どうも、からだがあまりよくないようだ)

官兵衛は、それを心配していた。それで、その夜も、対坐《たいざ》して四方山《よもやま》の話の途中で、

「ときに、おからだの調子は?」

と、きいてみた。すると半兵衛は、目だけ笑わせて、

「別段のことはござらぬ」

と、いう。何か隠しているように官兵衛には思えたが、それを強いて病人扱いもできないから、

「お互い、からだだけはだいじにせねばなりませぬな。秀吉殿も、あれでこまめな方じゃが健康に恵まれたお人ですな」

と、話を逸《そ》らした。ところが、その話から花が咲いて、いつか秀吉が官兵衛と義兄弟の契りをしよう、といい出して、その誓紙を秀吉にもらったことを、ふと話した。

半兵衛は、その話に異常に興味を覚えたとみえ、

「そのご誓紙をぜひ、私に見せてくださらぬか」

と、頼む。熱心に、そういうのである。

「それでは」

と、官兵衛が筥《はこ》からうやうやしく取り出して見せると、半兵衛は一礼して紙を披《ひら》いてみた。

「なるほど」

と、その文句を目で読み下していたが、突然、その紙を両手で引き裂いて火鉢の中に入れてしまった。鳥の子紙は音を立てるようにして燃え上がった。

官兵衛は、一瞬、あッと叫んだ。怒るよりも先に、呆《あき》れてしまった。

「何をする！」

と、口からようやく声が出かかったとき、半兵衛は静かな顔を官兵衛に向けた。

「かような誓文があるのは、結局、貴殿がこれに頼るようなことになり、心に不足も起り、勤めも緩怠になることになりましょう。さすれば、これは身のためにはなりませぬ。官兵衛殿、わかってくださるか？」

半兵衛の心は、

官兵衛は、半兵衛の顔を見つめ、うなずくばかりであった。

（秀吉は、今でこそ官兵衛に対してチヤホヤしているが、将来、官兵衛を疎ましく思うときもあろう。そのときになって、この誓文を心だよりにして、不平を起しては、かえって身の破滅である）というのである。

その年の五月、秀吉は前に攻め落した上月城《こうづきじょう》を、毛利勢に逆襲されて奪回されることになった。このときは毛利は五万の大軍で、兵力の差はどうにも仕方がなかったのである。

上月城が落城したとき、城主尼子《あまこ》勝久《かつひさ》は自殺し、一代の反抗児山中鹿之助《やまなかしかのすけ》は、毛利方に護送される途中で殺された。

この上月城攻めに不思議な現象があった。それは今まで無二の毛利方であった岡山の浮田《うきた》直家《なおいえ》が不参したことである。直家は出馬を催促されたが、病気と称して自分は出陣せずに、弟を代理に出している。

　この妙な現象を、官兵衛は、すばやく、

「浮田直家が迷いはじめた」

　と、読み取った。

　信長の命令は、浮田を滅ぼして毛利に当たれ、というのだが、秀吉は浮田の討伐が容易でないことを知っているから、

「どうしたものか！」

　と、官兵衛に相談した。

　官兵衛はそれに答えた。

「今、別所長治《べっしょながはる》の立てこもる三木城一つさえ落せぬのに、どうして備前《びぜん》、美作《みまさか》の二国を領有する浮田が討てましょうか。とても兵力をさし向けては失敗でございます」

「兵力で討てぬとしたら、何か調略でも用いるのか？」

「調略は用いませぬ。少し考えがありますから、手前に任せていただけませぬか？」

　秀吉は苦笑して、

「よい。思うようにしてくれ」

　と、許した。

　官兵衛には目算があった。それは「説得」という武器だ。

彼には、その緻密《ちみつ》な理論によって相手を屈伏させる自信があった。

自信。それはときとしてその人の弱点である。官兵衛さえも、その盲点から免れることができなかった。

恐ろしい、死さえ誘い入れる盲点から——

官兵衛は、密使を岡山の浮田直家に送った。彼の計算によると、

（直家は、毛利の催促をうけたが、病と称して、弟を代理として出軍させた。これは信長に内通しようとする下心があるとみていい。だから、この機会に説得したら、必ず織田方についてくるに違いない）

という推察であった。

それで密使に持たせた手紙の文句は、彼がその論理を、異常な情熱で書いたものだった。

「毛利輝元《もうりてるもと》は、大国を領有するが、覇を天下に唱える器ではない。さきに大軍を催して攻め上ったけれど、秀吉に勝つことができず、わずかに上月《こうづき》の痩《や》せ城《じろ》一つを攻め落したただけではなかったか。また、いつぞやは、わたしの城を攻めてきたことがあるが、わが少数の手勢に向かってすら、もろくも負けたではないか。しかるに信長は勇武卓絶、今や上洛して四方に号令し、その領土も二十か国に跨《また》がっている。旗本には智勇兼備の名将が雲のように集まっているから、天下に覇たる者、信長を措《お》いてほかにない。

あなたは今、毛利の旗本にあるが、元来、毛利の恩義を受けたことがないのだから、すぐに毛利を去って、信長に従われたほうがよいと思う。それが浮田家の長久を計る一番の上策であろう――」

こういう意味のことを、官兵衛一流の理論と気魄《きはく》で文章にした。

結果は、どうか、と待っていると、こだまが返ってくるように、反響はすぐにあった。

四、五日の後、岡山から、浮田の老臣花房志摩守《はなぶさしまのかみ》という者が、官兵衛の陣所に面会を求めてきた。志摩守は五十を越した、実直そうな男だった。

「黒田官兵衛殿でございますか？」

と、彼は鄭重《ていちょう》な礼を繰り返していった。

「主人浮田直家はお手紙を拝見して大そうな喜びでございます。仰せのようにただ今にも毛利とは、手切れにいたしますから、何卒《なにとぞ》、お手前様より織田殿によろしくおとりなしくださるよう、と、かように主人は申しております」

あまり早く、思う壺《つぼ》にいったので、官兵衛のほうが少々、拍子抜けであった。

「おお、左様か。それはご奇特なことでござる。織田殿へのとりなしは、この官兵衛よりも羽柴筑前守《はしばちくぜんのかみ》殿がよろしい。拙者が筑前殿へ取り次ぎをするから、すぐにお会いなされよ」

と、いうと、花房はお願い申します、といって低く頭を下げた。

官兵衛は、本丸の秀吉の前に彼を連れて行った。委細をいうと、秀吉も相好を崩して喜ぶ。

「浮田殿に安心なされよといってくれ。使いの儀は、大儀であった」

と、いって、その場で太刀一振りを取り出し、

「当座の褒美じゃ」

と、与えた。浮田の老臣は喜んで帰って行った。

あとで秀吉と官兵衛は顔を見合わせて、どちらが先ともなく、笑いが出た。

「浮田め、案外、早くあっさりと降参しおったな」

と、秀吉がいい出した。

「左様。少し頼りない位に、うまく運びました」

官兵衛は答えた。

「いや、それ位で重畳重畳。一兵も損せずに浮田を降《くだ》したときかれて、さぞ右府《うふ》様（信長）もご満足であろう。それにしても、何か工作でもしたのか？」

「いえ、委曲を尽くした手紙を使いに持たせてやっただけでございます」

「手紙一本で降伏させるとは、おまえは、恐ろしい男だな」

秀吉は半分、冗談のようにいって、官兵衛の顔に、不思議な笑いを投げた。

荒木《あらき》謀反《むほん》

浮田《うきた》直家《なおいえ》を、密書一つで招降させたことは、たしかに官兵衛に大きな自信をつけた。

「結局は理論だ。正しい理論と、熱意さえあれば、必ず相手は動く」

この信念を得た。

自信は疑問を拒絶した。叡知《えいち》の盲点である。その時々の情勢の検討を、軽くみたといってよい。

摂津《せっつ》有岡《ありおか》城の荒木《あらき》村重《むらしげ》は、もともと信長によって取り立てられた大名である。彼はもとは微族であったが、信長に従って戦功があり、信長も彼に見所ありと思ったのか、毛利と石山本願寺《いしやまほんがんじ》（大坂）の連絡を断つのに大切な摂津の地を与えたのであった。

その荒木村重が、公然と信長に向かって反旗を翻したのだから、信長も意外に思った。

なぜ、村重は信長に反《そむ》いたか。いろいろ説をなす者がある。

ある年の正月、村重がはじめて安土《あづち》に行って信長に会ったことがある。そのとき、信長はいきなり刀を抜いて三宝の上にある饅頭《まんじゅう》を突き刺し、これを食え、といった。村重は四つん這《ば》いになって饅頭をたべた。この侮辱を非常に恨んでいたという説。

村重の家来が、糧米を石山本願寺にひそかに売っていたことが信長に知れ、村重はその謝罪に安土に赴こうとしたのを、家老たちがとめて、信長は猜疑心《さいぎしん》が強いからいずれ無事には済むまい、といったのでついに謀反する気になったという説。

また、明智《あけち》光秀《みつひで》が村重の戦功を妬《ねた》んで、村重のことを信長に中傷したので、それがもととなって反いたという説。

いろいろあるが、要するに村重も、信長と毛利の中間地帯にあって、どっちについたほうが有利か、ふらふらと迷っていたのであろう。それほど毛利の勢力と信長のそれとは優劣の判断がつかなかった。それに毛利方からは、しきりと味方につくよう誘惑があったから、村重も信長から離れることになったのであろう。

村重は、信長から離脱することについて、自分だけではなく、御着《ごちゃく》の小寺政職《まさもと》にも共に行動するように勧めた。

「毛利についたほうが必ず有利である。信長の人物は私が一ばんよく知っている。頼りにできる人ではない」

密使をしきりと遣《や》って勧誘した。もとから弱腰の小寺政職はたちまちその気になって、

「承知」

と返事した。

村重は政職を味方につけたので、喜んでこれを宣伝した。それで、

「小寺政職、毛利へ味方」

の噂が、風のようにひろがっていった。

秀吉が、その噂をきいて心配しはじめた。

「官兵衛」

「はあ」

「御着の小寺殿は毛利へ味方する噂ではないか」

官兵衛も、それは耳にしていた。困ったお人だ、と心で舌打ちしていた時であった。いつまで経っても腰が据わらない人だと思う。秀吉も、さぞ軽蔑《けいべつ》していることであろう、と思うと、官兵衛はわが主《あるじ》ながら恥ずかしくなった。

「そのような噂をききますが、大丈夫でございます。私があれほどいっておりますから」

「そうか、大丈夫かな」

秀吉は心もとない顔をしている。

「それでは、もう一ぺんまいって念を押してきます」

「ご苦労だが、そうしてくれ」

官兵衛は、秀吉の前ではわざと軽くいったが、心では厄介なことになったと思った。

今度は荒木村重の強い勧誘があるから、政職《まさもと》の説得も簡単ではなさそうだった。しかし、これは、ぜひやらねばならぬことだった。あれほど信長と秀吉とに約束したことなのだ。いや、信長というよりも、自分を信頼しきった秀吉の期待を裏切りたくなかった。

官兵衛は御着《ごちゃく》についた。

政職に目通りすると、政職はあきらかに不愉快そうな顔色をしている。官兵衛からいろいろいわれるのが迷惑なのだ。

「私が、織田方におつきなさいと申し上げるのは、何も自分の子を人質に出しているからではありません。信長は必ず将来、天下に号令する人物です。この人についておれば小寺家の武運の末長いことは疑いないのです。前には信長につくと、はっきり仰せられたのですから、今頃になって、変な噂がとぶようなあいまいな態度は、ぜひ改めていただきとう存じます。武将の信義としても、ぜひお約束は守っていただきとう存じます」

官兵衛が諄々《じゅんじゅん》と説いていくところを、小寺政職は強いて逆いもせずにきいてはいるが、顔には、うすら笑いを浮かべているのだ。官兵衛は、この冷笑の表情をみると、これは、と思った。政職の決意は意外に固いらしい。

とにかく、その日はあまりくどいことはいわずに素直に退《さが》った。いったん、姫路に帰ってみることにした。

官兵衛が退出しようとするときに、

「もし、黒田様」

と、呼ぶ者がある。みると奥で召し使われている侍女だった。遠慮がちに近づいてきて、

「ご用はもうお済みでございますか？」

と、きく。官兵衛がうなずくと、

「お姫様が、ちょっとお目にかかりたいそうでございます」

と、ささやいた。

「なに、お姫様が」

と、官兵衛は目をみはった。今年十七になる波津姫《はつひめ》の美しい顔が瞬間に浮かんだ。小寺政職のひとり娘である。日頃親しく口をきく間ではない。その波津姫が会いたいというのだから、官兵衛はちょっと不思議な気がした。

「されば、どのようなご用か知りませぬが、お目通り仕《つかまつ》ります」

侍女のあとについて奥に通った。城の中は大体表と奥に分かれている。表が公式なところで、奥は城主の家庭である。

「お姫様、黒田様をお連れしてまいりました」

侍女が波津姫の部屋の前にきて、襖《ふすま》越しにいった。

「通りゃ」

と、中から声がする。澄んだ、きれいな声であった。

侍女が襖を開く。官兵衛は膝行《しっこう》して部屋の中にはいった。手を突いて一礼した。

姫は茶をたてていた。釜《かま》がかすかに鳴って梢《こずえ》をわたる風のようだった。

姫は官兵衛の顔をみて、かすかに微笑んだようだった。黒瞳《くろめ》がちの眸《ひとみ》を細めた。

「茶を進ぜます」

と、姫はいった。

「頂戴仕ります」

官兵衛は悪びれもせずに、客の座についた。

美しい横顔であった。皮膚が内部から明かりをつけたように輝いている。細く通った鼻筋と、花びらのような唇がある。が、その唇には微笑は消えていて、もの憂げな翳《かげ》りがあった。十七歳の透きとおるような皮膚に似ず、憂愁が濃かった。

官兵衛は、茶碗《ちゃわん》を掌《たなごころ》でかこって抱えた。苦い、甘い、茶の味が舌の先に転がっている。

「官兵衛」

姫はいった。黒い瞳《ひとみ》がじっとみていた。

「小寺家のために、そなたのいろいろなご苦労、うれしく思っています」

官兵衛は最後の苦茶を喫《の》みおわって、茶碗を置いたばかりのところであった。何を仰せられます、というかたちを低頭でみせた。

「父上が、あのとおりのお方ゆえ、そなたの心労も大ていではないと思います」

官兵衛は、きいてびっくりした。姫は、はっきりと、父を非難しているのだ。父の優柔不断さ、決断力のなさを、姫はその短い言葉の中に表現しているのだった。率直な人だと官兵衛は思った。同時に、親を思う子の真情が溢《あふ》れていると思った。

「これは、母上からのお言葉ですが」

と、姫は言葉を続けた。小寺政職の内室、波津姫の母は長い病床にあった。

「父上のこと、小寺家のこと、官兵衛ひとりが頼りです。ほかにだれと心に恃《たの》む者はおりませぬ。ただひとり官兵衛だけが杖柱《つえはしら》です。母上はそう仰せられておられます」

官兵衛は目の奥が熱くなった。

「そして、これは、わたくしの気持でもあります」

姫はその最後の言葉に力をいれた。まなざしも強いものになった。それは全身でよりかかっている人の表情であった。

「必ず……」

官兵衛は、気圧《けお》されたように、ようやく答えた。これほど政職の妻子から、殊に姫から信頼をうけているとは、今まで思っていなかったのだ。

「微力な身ですが、必ず小寺家のために尽くします。たとえ、他の重臣の方々がどのように申されましても、この官兵衛ひとりだけは、殿に誤りなきよう一生懸命に仕ります。なにとぞお心をお休めくださ い」

官兵衛の答をきいて、姫はかたちのよいおとがいをうなずかせた。いかにも安心したというふうなずきかたであった。

「父上は」

と、波津姫は口を開いた。

「お気のお弱い方です。いい人なのですが、ご自分の意見を強く徹すことのできない方です。今度も、老臣たちの意見で、荒木様のおすすめに傾いたようです。みていて歯がゆいくらいです。なぜ、もっと強くおなりになれないのかと――」

言葉はつつましやかだったが、女の強い気性があふれていた。

「母上は女の身、また、わたくしは子の立場から父上には何も申しあげられないのです。毛利へつくよりも織田様に従うほうが、小寺家の繁栄になることと、わたくしは信じています。父上は、まわりであまりいろいろというので、ご判断がつかなくなられたのです。官兵衛、どうか、父上を正しい方向にすすめてください。お願いです」

波津姫は手をついた。

官兵衛は、あわてて、その手をとった。

「何をなされます。この手をお上げください。官兵衛は仰せまでもなく政職様《まさもと》の被官、臣の道は尽くすつもりでございます」

「ほんとうですね？」

姫は目を輝かした。

「何の偽りを申しましょう。真実でございます」

「いろいろと困難があります。悪くすると、官兵衛の生命《いのち》にかかわるようなことも――」

「なんの、もとよりそれ位は覚悟でございます。姫、ご安心ください、官兵衛は降るような難儀に遇《あ》っても、きっと小寺家を安泰にいたします」

姫は、うれしい、と口の中でいった。澄んだ瞳がうるんでみえた。唇が微《かす》かに震えていた。いつの間にか官兵衛はそんな姫の近くに進み寄っていた。

気づくと、官兵衛は姫の手も握ったままだった。彼は、あわてて、その手を離した。

官兵衛は一まず姫路に帰った。

家来たちに一とおり小寺政職の変心を話すと、いずれも政職に望みはないという意見だった。のみならず、官兵衛が、このうえ、御着《ごちゃく》の城に引き返すことは、かえって身が危険だと口々にいった。

「みなのいうところはよくわかった。しかし」

と、官兵衛はいう。

「小寺殿に望みがないからといって、このままで傍観しておれば、世間は、われらのことを卑怯者《ひきょうもの》と思うだろう。自分の武運がまだ尽きずにおれば、危害をうけることもないし、また仮に小寺殿の猜疑《さいぎ》からわが身が殺されるようなことがあっても、それまでの運である。とにかく、わが思うとおりにして所信にたおれるのだから、むしろ本望だ」

「そのお覚悟ならば」

と、家臣の栗山善助《くりやまぜんすけ》が進み出て答えた。

「このうえ、何をおとめ申しましょう。どうぞ思召《おぼしめ》しのとおりにお働きください。われわれは殿の後備えとなり、姫路城一丸となって御末《おんすえ》をみまもっておりますから、心おきなく行ってください」

「頼むぞ、みんな」

あるいはこれが生死の別れかもしれなかった。さすがに官兵衛も胸が迫った。主従の信頼感は肉親以上であった。

あくる日、官兵衛は、また姫路を出て御着《ごちゃく》に登城した。きょうこそ、ぜひとも政職《まさもと》の心を翻させる決意だった。

官兵衛が、政職に会うと、きょうの政職はいつものように悪い機嫌ではなかった。むしろ官兵衛を待っていたという表情だ。

「官兵衛か、近《ちこ》う寄ってくれ」

と、政職は招いた。

「この間から、その方の諫言《かんげん》は、まことにうれしく思う。しかし、わしが信長に背いて毛利につく気持になったのは、荒木《あらき》村重《むらしげ》から誘われたためじゃ。だから、村重が心を改めて信長につくならば、わしも織田に従うことにしよう。それで、その方は有岡《ありおか》城に行って、村重をまず説いてくれぬか。この場合、わしよりも、村重の説得が一番じゃ」

政職の言い分は少しおかしいが、要するに気の弱い彼が、今さら村重にいやとはいえないので、官兵衛から説かせようというのであろう。官兵衛は素直にそう取ったから、

「左様なれば、すぐに有岡城にまいりまして荒木殿を説いてまいります」

と、いった。

「おお、そうしてくれ、そうしてくれ、たのむ」

と、政職は、やはり機嫌がいい。

が、官兵衛が退出したあとの彼の顔には、たちまち狡猾《こうかつ》なものがあらわれた。

「筆を」

と、いいつけて、すぐに手紙を書き、

「すぐに、これを有岡城に届けてくれ」

と、使者に命じた。他人にはわからぬが、荒木村重にあてたその手紙の内容は、

――官兵衛がそちらに行く。この男は織田方に通じている邪魔者であるから、貴殿の手で殺していただきたい。

という意味であった。

官兵衛は、荒木村重を説得する自信があった。前回に浮田直家を手紙一本で招降させた。彼の理論、彼の弁舌は、すでにその効力が、播磨《はりま》の諸将に対しても、実験ずみだ。

(なに、荒木でも、自分が出かけて行って説けば、従うだろう)

という自負がある。

有岡家は伊丹《いたみ》(今の大阪府伊丹市)にある。官兵衛は、だれひとり家来をつれず、単身で出かけた。いつもの彼の流儀なのだ。

伊丹に行く途中、官兵衛は秀吉に会った。

「なに、荒木を説伏に行くのか？」

と秀吉は、いつものように飾り気もなく、子供のように目をみはって、

「たったひとりで大丈夫か？」

と、いう。

「こういうことは、ひとりで行ったほうがよいのです。こちらの誠意をみせなければ、相手は動くものではございません」

秀吉は、微笑して、

「そうであろう。しかし、普通の者ではできぬことだ。そなたのように、機略と胆力をもった者でなければ、やれない仕事だ」

と、官兵衛の顔をしげしげとみて、

「手紙一つで浮田を降《くだ》した不思議な弁舌をもったその方じゃ。荒木の説得も必ず成就するであろう。あいつ、わしが前に何回もすすめても、いうことをきかぬ男だったがな。ま、しっかり頼む。が、油断はならぬぞ。心して行ってくれ」

と、激励した。

「心得ております。それでは、行ってまいります」

官兵衛は秀吉に挨拶《あいさつ》を残して出立した。

有岡城は遠くなかった。その日の夕刻には城の大手の前に官兵衛は着いた。

「いずれから？」

番兵がばらばらと駆け寄ってきく。

「播州御着《ばんしゅうごちゃく》城主の被官黒田官兵衛。荒木摂津守《せっつのかみ》殿に目通り願いたくてまいった」

官兵衛の答をきいて、一人が取り次ぎに城内に消えた。やがてもどってくると、

「お会いになるそうです。こちらへ――」

と、城内に導いた。

いくつもの曲輪《くるわ》を通行した。どの箇所も兵卒が槍《やり》、鉄砲をもって警固していた。この城全体が厳重な武装に身を固めていた。

「こちらへ、どうぞ」

本丸に近い曲輪にくると、別の兵士が三人寄り添ってきて、官兵衛を真ン中に挟んだ。官兵衛は平服である。歩きながら、

（おかしなことをする）

と、思った。客の扱いにしては、礼儀を失していた。

城中の一廓《いっかく》にはいった。足もとが暗い。かすかな光が遠くにみえるだけである。

「お気をつけなされ」

と、兵士がいった。その言葉と同時に官兵衛は背中を強く押されて前にのめった。身体が重心を失い、そのまま足を踏み外してころころと三間《げん》ばかり下の方へ転がって落ちた。

「しまった」

気がついたときには土牢《つちろう》の中にあった。

裏切られても

四囲はほとんど暗黒であった。官兵衛《かんべえ》は蹴落《けお》とされたまま、しばらく起き上がれなかった。彼は腹ばったなり、じっと目を闇の中に凝らした。

目がしだいに慣れてきた。真暗だった世界から、少しずつ形や色が浮かび上がってきた。下は板敷である。四囲は壁だった。小さい窓が天井近く一つあるだけで、そこから心細い光線が射していた。

(荒木村重《あらきむらしげ》め。これで本心がわかった)

と、官兵衛は思った。

とうてい、村重は織田《おだ》方に復帰する見込みはないのだ。もはや、彼が信長《のぶなが》に向かって引いた弓の矢は弦《つる》を放れているのだった。

それを、わが舌一枚で説得できると信じた自分は何というぅぬぼれであったろう。西播磨《にしはりま》の諸豪を勧誘し、浮田《うきた》を手紙一本で招降した彼の手腕が、知らずに自負の気持を起させていたのだ。

（思い上がっていた）

と、官兵衛は思う。おのれの知恵に頼り過ぎて、実態を摑《つか》むに盲目《めしい》になっていたのである。今、この方二間《ほうにけん》にも足らぬあなぐらに突き落されたことは、おのれの浅い知恵に落されたようなものだった。

（殺されるかもしれない）

それも止むをえぬと思った。これまでの寿命と思うよりほか仕方がない。ただ諦《あきら》め切れないのは、小寺政職《まさもと》の態度である。

ここまで追い落されてみると、官兵衛には小寺政職が何を考えて、自分を荒木村重の所へ遣《や》ったか、はっきりわかった。彼は村重と通謀して、自分を殺そうとしたのだ。あれほど、一生懸命に尽くした真情の報酬がこれである。自分ほど政職に奉仕した者はないだろう。損得を考えず、時には政職のために身の危険を忘れて、西や東へ使いした。この誠意はわかってもらえたものと思ったのに、この背信行為だ。人間のすることであろうか。

官兵衛は政職を恨んだ。真剣に誠意を傾けてきただけに、この裏切りは、一倍、憎かった。が、どこかで憎悪しきれないものが官兵衛にある。それは政職の気の弱さだ。あまりに性格が弱い。根は善良なのだ。彼の背信は村重の甘言と圧力によるのであろう。

（おれの考えは、甘いかな）

官兵衛は、そう考えて苦笑した。どこまでも自分は政職に甘いようである。こんな目にあいながら、まだ政職を弁護しようとしているのだ。

それは、どこからくるか。――官兵衛の瞳《ひとみ》には、政職の息女、波津姫《はつひめ》の顔が浮かんできた。あどけない黒い瞳、細く筋の通った鼻、小さな花びらのような唇。その瞳は熱をこめて一心に官兵衛を見つめているのだ。

「父上のこと、小寺家のこと、官兵衛ひとりが頼りです。ほかにだれと心に恃《たの》む者はおりませぬ。ただひとり官兵衛だけが杖柱《つえはしら》です」

波津姫はそういって、彼に頼りきっているのだ。

必ず、と彼はそのときにこたえた。いや、波津姫が手をついたときに、この姫のために政職を救おうと決心したのではなかったか。

政職に対する官兵衛の甘さは、してみれば官兵衛の心にある波津姫の影がそうさせているようであった。――


「官兵衛、来い」

そのあなぐらに一晩寝かされたあくる朝、荒木の家臣が迎えに来た。

「何だ」

「主君の上意だ、来い」

村重が会おうというのだ。おもしろい。殺されてもよい。村重の顔を見て、面罵《めんば》してやりたいと思った。

荒木村重は城内の一間にすわって、官兵衛が引き立てられてはいったときから、薄い笑いを浮かべて見ていた。

三十を越したばかりの壮年だが、頰鬚《ほおひげ》を蓄え、赤い顔をしている。太い目と厚い唇をもって、見るからに精力的なものが溢《あふ》れていた。

「黒田官兵衛とはその方か?」

ドスの利いただみ声である。

「そうだ」

官兵衛は、今更、説いてもむだだとわかるから、度胸をすえた。

「その方は、このわしに信長につけと説伏に来たのか?」

「今更、いっても始まるまい。おれをどうする気だ」

「ほう」

と、村重は笑った。

「気の強い男だな。その方を生かすも殺すもこのわしの手のうちにあるのだぞ」

「そんな、こけおどしには乗らぬ」

今度は、官兵衛が笑い返した。

「どうせ、お手まえのような畜生には道理を話しても通じはしない。普通の挨拶《あいさつ》はむだであろう」

「畜生とな!」

村重の顔から笑いが消えた。

「さよう、人間ではない」

官兵衛は動じぬ顔色で、目を真直ぐに村重にすえた。

「お手まえは、そもそも信長公のお目がねによって、これまで取り立てられてきた身ではないか。その義理を忘れ、多少の利を毛利方より食わされると、たちまち節を変じて、信長公に弓を引く。あまつさえ、他人を強要して、強引にわが味方につけるなど、それでも人間の道を心得たやり方であろうか。畜生と申しても、答えはあるまい」

「ぬかしおった」

村重は青くなった。怒りで言葉が吃《ども》った。

「お、おのれのような奴は、一思いで殺しはせぬ。も、もっと、もっと苦しめて殺してやるのだ、おい、だれか、こいつを——」

と、左右に声をかけると、見るもたくましい家来が、四、五人、ばらばらと官兵衛のそばに寄って来た。

「今、置いているところでは物足りぬ。裏の土牢へ放り込んでおけ」

村重の声に応じて、家来は官兵衛の両手をとった。

「無礼いたすな」

官兵衛が手を強く引くと、一人の大男が前によろめいた。

「こいつ！」
三、四人がどっとかかってきて、官兵衛の上に折り重なった。いずれも腕力のある、六尺にあまる男ばかりである。小男の官兵衛はどうすることもできなかった。
「立て！」

引きずるようにして運び出された。そのあとから、村重のはじけるような高笑いが聞えた。

有岡《ありおか》城の西北の隅には、鬱蒼《うっそう》とした竹藪《たけやぶ》がある。いったいに、この地方は竹林が多いのだ。繁った竹林は、中にはいると、さながら密林のように陽の光を透かさずに、始終、夕闇のように暗い。

有岡城の竹藪がそうだった。その中にはいると真昼でも妖怪《ようかい》変化が出そうに暗いのだ。

その藪の中に土で固めた、洞窟《どうくつ》のような牢があった。この牢は板も畳もない。壁も土、天井も土、床も土なのだ。その土も、陽が年中射さないせいか、始終、じめじめと湿っていて、いやな臭いがするのである。

そのはずである。土牢の三方は竹藪だが、一方は淀《よど》んだような陰気な沼が、無気味な泥水を湛《たた》えて、ひろがっているのであった。

「ええいッ、ここへ死ぬまではいっておれ」

官兵衛はそこへ投げ込まれた。きのうのあなぐらより、もっともっと悲惨な場所だった。

敵は官兵衛の手と足に自由を奪う枷《かせ》をはめて、笑いながら引きあげた。

官兵衛は有岡城の荒木村重の所に使いに出たままいっこうに帰って来ない。

「官兵衛は、まだもどって来ぬか？」

秀吉《ひでよし》は近侍に何度となくきいた。

「まだもどってまいりませぬ」

返事は、同じことが何度も繰り返された。

「おかしいな」

秀吉は、首を傾けた。まさか官兵衛が村重のために土牢に幽閉せられているとは考えつかなかった。

ここに、秀吉さえも官兵衛の知恵に対する過信があった。人間の既成観念は恐ろしい。官兵衛という人物に対する批評が決定しているのだ。絶対に失敗する男でないということである。

同時に、その知恵が、何となく薄気味悪くも思われているのだ。油断がならぬ男だという考え方も、一方にあるわけである。

二日たった。——三日たち、四日を過ぎた。官兵衛からは、何の連絡もない。帰るなら、とうに帰着しているはずなのだ。いつもならとっくに、あの白い歯を出して、ここにこと報告しているべきであった。

「どうしたのだろう」

秀吉は眉《まゆ》を寄せた。

村重のいる有岡城は、何の反応も示さずに依然として敵意をみせている。

秀吉は不安になった。不安は官兵衛の身辺ではなく、

(もしや、官兵衛が荒木に内通して、有岡城に籠《こも》ったのでは)

という危惧《きぐ》であった。

官兵衛の知恵が、ここでは災いしたといえるであろう。何となく薄気味悪い男だという印象が、秀吉にこんな気を回させたのである。それに、もう一つ秀吉が恐れたことがある。もし、官兵衛が、そうであったら、信長が秀吉自身に対して、どんな疑惑

をもつかわからないことであった。

信長は性来、猜疑心《さいぎしん》の強い性格であった。些細《ささい》なことから、あらぬ嫌疑をかけられた家臣は少なくなかったのだ。

秀吉はりこうだ。官兵衛の帰らぬのをみて、

（これは、危ない）

と、覚った。——直感すると、すぐそれを行動に移すのが秀吉の癖である。彼はすぐに安土《あづち》の信長のもとに、官兵衛のことを報告した。こんなことは一刻でも早く信長に知らせて、あらぬ疑いから逃れるに越したことはない、と思ったのだ。わざわざ早馬をもって知らせた。

信長は、この急報を読んだ。秀吉の推測したとおり、官兵衛が有岡城から帰らぬのは、荒木村重に応じたのだと、至極簡単に結論してしまった。

信長も官兵衛の知恵は買っていたのだ。それだけに、今度の官兵衛の行動を単純には解釈しなかった。信長は、顔を白くすると、眉の間にしわを立てて、

「半兵衛《はんべえ》を呼べ」

と、近侍に命じた。いらいらしていた。

竹中半兵衛《たけなかはんべえ》は、当時、秀吉の陣から一時、帰休していた。

それは彼の健康問題にかかっていた。

前から彼は胸を病んでいた。顔が青く、からだが瘠《や》せているのは、そのためである。近ごろは疲労が特にひどい。夕《ゆうべ》が近くなると、からだに火がついたように熱くなるのであった。それで信長に申し出て、しばらく休養のために安土に帰っていたのである。半兵衛は秀吉の直接の家来ではなく、信長が秀吉に付けた軍師であった。

半兵衛は、今、呼ばれて信長の前に出た。

「お呼びでございますか？」

「うん、半兵衛、黒田官兵衛の小伜《こせがれ》はたしか長浜《ながはま》の城に預けていたな？」

「御意」

「官兵衛はこのたび、荒木村重に同心して寝返りを打ったる憎いやつ。その方は人質たる官兵衛の小伜を長浜に行って殺してまいれ」

もの静かな竹中半兵衛も、ぴくりと眉を動かした。

「黒田官兵衛が謀反？　それは、どういうわけでございますか？」

「官兵衛は、村重の所に使いに行くと称して出かけたまま、いまだに帰って来ぬそうじゃ。村重に味方したに相違ない」

信長は険しい顔をして、ぷつりといった。

半兵衛にとっては、それは信じられないことだった。黒田官兵衛という人物を、半兵衛は、高く買っている。その人がら、叡知《えいち》は、岐阜での初対面のときから半兵衛を感心させている。その後、会えば会うほど、官兵衛という人物の大きさが、半兵衛の心に驚嘆を与えてきたのである。

半兵衛は、荒木村重という男も知っている。官兵衛とは人物がまるで違うのである。知恵もないし、人間も遥《はる》かに小さい。官兵衛が同心する相手ではない。

「恐れながら、これは何かのまちがいではないかと存じます。黒田官兵衛は裏切りするような人物とは思えません。いま、しばらく様子をごらんあそばしたらいかがでございましょうか？」

「官兵衛め。かねて油断がならぬ男と考えていたが、あの知恵で何を企ておるかわからん。猶予は禁物じゃ」

信長は、一歩もひかない。

「お言葉を返して恐れ入りますが」

半兵衛は食い下がった。

「官兵衛がもどらないのは、必ず深い仔細《しさい》があると存じます。官兵衛ほどの知恵の回る男が、どうして強いご当家を捨てて、弱い荒木づれに味方するわけがございましょうか。今その実否も確かめずに、軽々しく人質を殺せば、姫路《ひめじ》の官兵衛の一族の恨みを買い、かえって、毛利に投ずることになりましょう。そうなれば、中国征伐も容易ではございますまい」

半兵衛は理論をすすめて信長を説いた。

が、憤怒に燃えている信長は、それをきく余裕がなかった。

せっかちな彼は、足を踏み鳴らさんばかりにして、半兵衛を睨《にら》み、

「えいッ、つべこべ申すことはない。予の指図のとおりに、すぐ官兵衛の小倅を殺すのじゃ」

と、どなりつけた。

もう何をいってもむだであった。こちらのいうことは、ばねのように弾《はじ》き返されるのである。半兵衛は一礼すると、信長の前をさがった。

半兵衛は信長の命令どおりに、安土から長浜に来た。城にはいると、

「上様の命令じゃ。黒田官兵衛の倅、松寿《しょうじゅ》を出してもらいたい」

と、求めると、すぐに松寿を連れてきた。

まだ幼い少年だが、父の官兵衛の面ざしが目にも、鼻にも、口もとにも宿っていた。

半兵衛は何となく微笑した。

「これから、おじさんと遠い所に行く。よいか？」

と、いうと、疑いもせず、

「うん」

と、いって、うなずいた。

「どうじゃ、父や母に会いたくないか？」

「父上が、帰れと仰せられるまでは会いたくない」

と、いう。半兵衛は、頭をなでて、

「よい子じゃ。よく、父上の言いつけをきいているな。それでは、わたしといっしょに来るがよい」

「それは、父上の仰せか？」

と、きく。子供ながら人質の身分を知っていて、おとなの都合しだいではどうなるかわからぬと覚悟しているようだが、そんな心細い中にも、やはり父の命令でないと梃《てこ》でも動かぬといった顔付きだ。

「そうじゃ。父上が申された」

と、いうと、

「そんなら、行く」

と、答える。勝気な少年の気性が、半兵衛にはいじらしかった。

半兵衛には、この少年が殺せなかった。信長がいうように、官兵衛が裏切ったとは思えない。彼はだれよりも官兵衛を信じている。が、信長はいっこうに受け付けないのだ。

竹中半兵衛の領地は、美濃国《みののくに》の山奥であった。彼は、確かな家来を付けてやって、松寿《しょうじゅ》をおのれの領地へ匿《かくま》った。濃州不破《のうしゅうふわ》郡岩手《ぐんいわて》といえば、山また山の奥である。ここに隠しておけば、他人の目には触れない。

信長には、

「官兵衛の伜は仰せのとおりに殺しました」

と、復命した。信長は満足して、このことを秀吉にも通告する。

それで、信長も秀吉も、官兵衛の伜、松寿はこの世に亡いものと信じ込んでいた。

孤囚

信長は、荒木村重を征伐に、十一月に摂津《せっつ》に下って有岡城を囲んだ。が、さすがに村重は城を堅固に構えて決死の防戦をしたから、すぐに落城する模様もなかった。

それでは長陣にして陥落させようというので、城を包囲して各所に城砦《じょうさい》を築き、諸将に命じて堅く守らせ、

「みだりに進撃してはならぬ」

と、戒めて、ひとまず安土に帰った。これが天正六年の暮れのことである。

この間に、信長は摂津の高槻《たかつき》城主高山右近《たかやまうこん》と、茨木《いばらき》城代中川清秀《なかがわきよひで》とを総攻撃して下している。荒木村重の勢力は、播磨《はりま》の東部と摂津にわたっていたから、この二つの城

が落ちたことは、村重にとって大そうな打撃であった。

しかし、村重の恃《たの》みは毛利である。いまに毛利の大軍が、軍船に乗じて瀬戸内海を押し上ってくるものと夢みている。だから、たとえ、高槻と茨木の二城が降参しても、

「いまに、毛利の援軍が大挙して来るから」

と、城兵にいいきかせて士気を鼓舞し、自らも奮いたっていた。

こうして、その年は暮れた。——


寒い。実に寒い。

土牢《つちろう》の中にある官兵衛のからだには寒気が食い入るようである。

無理もない。雨戸を閉し、畳の上に厚い蒲団《ふとん》を敷き、綿入れにくるまり、火桶《ひおけ》に手をあぶっていても寒い冬である。それが、畳はなく、蒲団はなく、火の気はなく、着ている着物が秋以来の薄物一枚なのだから、寒いのは当然であった。

四囲の壁と床とは土なのだが、それも普通の土ではない。一方が古沼になっているのでそこから絶えず湿気を吸っていて、土がじめじめと濡《ぬ》れているのである。

その陰湿な穴の中で、官兵衛は、昼とも夜ともわからぬ毎日を過ごした。すわったままで立ち上がって歩くこともできない。手と足とに枷《かせ》をはめられて、その自由を全く奪われているのだ。

初めの何十日間かは狂気のように暴れた。わめいて、どなり散らした。

「殺せ、殺さぬか！」

が、その声は空しい。どこにも届きはしなかった。竹藪《たけやぶ》の中か、沼の上を消えていくだけである。

一日に三度の食物を運んでくれた。やっと生きるに耐える最低の質と、最少の量だった。初めのうちは、口から吐き出した。とうてい食べられるしろものではない。稗《ひえ》を握って塩をかけてあるだけである。

が、五日も六日も空腹では辛抱ができなかった。少しずつ食べてみた。習慣の恐ろしさは、とうとうそれを平気で食べられるようになった。

その穴の中で三十日も暮らすと、官兵衛はしだいに柔順になっていった。人間は環境に適応性をもつ。が、それだけでは片付けられない。そこにくるまでには、観念の変化も必要であった。

官兵衛はいっさいを諦《あきら》めてしまった。どう騒いだところで、出られることではないと悟った。それなら、虫のように生きているほかはないのだ。

戦局がどうなったかを知りたい。秀吉はどうしているか。姫路に遣わした家臣たちはどう暮らしているか。人質に出した、わが子、松寿《しょうじゅ》はどうしているであろう。

そんなことを気にしていたら、神経がたまらなかった。いらだって一秒でも、じっとしておれないのだ。ほんとうに発狂しそうで、われながら恐ろしかった。

いまにして、一思いに殺さなかった村重の意図がわかった。

何も考えぬことだ。動物のように思考を不能にして、空気だけをまちがいなく吸っていることである。

年が変わって、正月になったことも官兵衛にはわからない。日も月も、いっさいの時間は奪われ、実在するのは、土に仕切られた空間だけであった。

すわったままの足は、土の湿気に侵されてどうやら腐りかけてきたようである。

黒田官兵衛が有岡《ありおか》城に行ったまま、消息を断ったことに、いちばん心配しているのは、秀吉でもなければ、信長でもない、姫路城にいる官兵衛の家臣たちであった。

「殿は、どうなされたのか？」

と、互いにからだをすり寄せて、官兵衛の身を案じた。

「官兵衛、むほん」

のうわさは、織田方の陣営から流れて来はしたが、もとより家臣たちは、受け付けはしなかった。

「そんな二心《ふたごころ》を持つお人ではない」

と、信じ切っていた。

だから、家臣たちが心配したのは、官兵衛の生死の問題であった。有岡城にはいって、いまだに連絡がないところを見ると、あるいは荒木村重のために殺されたのではないか、という懸念である。

「このまま、じっとすわって待っていても、様子はわからない。だれか、有岡に行って、殿の安否を探って来ぬか？」

ということばが、おもだった家来たちの間から唱えられた。

だが、これはたいへんな冒険である。有岡の城下に紛れ込むことが既に危ない仕事なのに官兵衛の安否を突き止めるとなったら、城内まで忍び込まなければならない。戦時の厳重な警戒の中で、これは命がけだった。

ところが、その困難な任務を、

「ぜひ、私に」

と、申し出たひとりの若い家臣があった。

「おお、おまえは栗山善助《くりやまぜんすけ》」

重臣は、その男の顔を見ていった。

「だいじょうぶか？　なにか心あてでもあってのことか？」

「はあ」

善助は若い目を輝かせていった。

「少々、もくろみもございます。もとより、それもしかとは申せぬおぼつかないものですが、死は覚悟の前、ぜひ、私を有岡城にやらせていただきとうございます」

よい、と重臣は考えた末、許した。それは善助のかねてからの人物を見込んだからであろう。

善助が、目算がある、といったのは、まるきりあてがないではなかった。有岡城のある伊丹《いたみ》に、銀屋新七《しろがねやしんしち》という金銀細工を商う者がいる。善助は新七とかねて面識があった。新七は商売柄、有岡城にも出入りしている。善助は、それに目を付けたのだ。

面識とはいうものの、さして深い間柄ではなかったが、一か八か、当たって砕けろ、という決心で、善助は伊丹の町にひそかにはいって、銀屋新七に面会した。

新七は商人とはいえ、三十過ぎの血気盛んな男、町人ながら乱世の人間だ。腕を組んで善助のいうことを聞いていたが、やがてひざをたたいた。

「よろしゅうございます。この伊丹の町にもだれやら城内に押し込められているというわさがあります。さては、それが黒田様でしたか。私も城内に多少の手づるがありますからひとつ、できるだけ探ってみましょう」

と、彼はいってくれた。

「そうか。かたじけない。頼む。ぜひ、頼み入る」

善助は手を突かんばかりだった。

「うまくいくかどうか請け合えませんが、やってみます。それまで、あなたは、ここに隠れていて下さい」

と、新七はいう。

善助は、そのことばどおりに、銀屋《しろがねや》の奥に潜伏することになった。

すると、それから二日目。

新七が明るい顔をして、善助に報告した。

「ようやく黒田様のありかが知れましたぞ」

「なに、殿の御様子がわかったか？」

と、善助は身を乗り出した。

「城中の確かな筋から聞いたのですが、黒田様は、城内の土牢の内に、押し込められておられるそうです」

「なに、土牢？」

「はい。たったひとり、いずれはのたれ死にするように、けだものの巣のような穴住いだそうです」

「おいたわしや」

と、善助はつぶやく。

「なんとかお救いする方法はないものか？」

と、性急に聞いた。

「とんでもございませぬ」

と、新七は、頭を振って、

「ありのはい込むすきもない城内の警固では手も足も出ませぬ」

「だめか——」

と、善助はいったん、肩を落したが、

「それでは、せめて、殿のお顔が見える所まで近づけぬものか。このまま、おれがすごすごと姫路に帰られようか。新七。なんとか工夫してくれ」

と、必死の色を見せて訴えた。

新七は、しばらく考えていたが、

「黒田様の土牢《つちろう》は、城内の池のすみで、三方が竹やぶ、一方が沼でございます。もし、近づくなら、この沼を泳いで渡るよりほかはありませぬな」

と、低い声でいった。

「そうか、それなら行けるのか?」

「いや、それも危ない芸当。万一、雑兵の目に留まりましたなら、それでおしまいです。それに、沼の底をくぐるというのがなかなかの難儀で、水の底には藻が林のようにはえており手足に巻きつき、自由を奪われますぞ。それを恐れてあの沼では、だれも泳いだ者はありませぬ」

と、いう。むろん、それで思いとどまる善助ではなかった。

「たとえどのような難所でも、必ず抜け通って見せる。新七、そなたには、段々の迷惑ながら、ぜひ私をそこまで連れて行ってくれ。頼む」

と、手を突いて頭を下げた。

新七の目が大きく見開いた。男らしい目だ。

「わかりました。こうなれば、私も乗りかかった舟です。いっしょにお供をしましょう」

彼は、きっぱりといった。

善助は銀屋の職人といった風采《ふうさい》に身を変えた。内ふところ深く、小刀を忍ばせる。

「こっちへ、おいでなさい」

さすがに、地理には慣れたもので、銀屋新七は、人目にかからぬよう、間道や、道のないやぶの中をくぐったりして、有岡城の西北方に出た。

「あれです」

新七が指さしたほうを見て、善助も息を呑《の》んだ。

黒い、無気味な古沼が前面に広がり、その向こうにうっそうとしたやぶが瘴気《しょうき》（毒気）を含んでおい茂っている。土牢は、さだかに見えぬがどうやら、そのやぶと沼との境にあるらしい。この荒涼とした風景には、天日もかげったように、薄暗い。

その上、見回りの敵兵の姿がちらちらしている。

「ううむ」

と、さすがの善助もうなった。顔色が緊張のあまり青くなった。

しかし、いつまでもためらっている善助ではなかった。その場に着物を脱ぎ、草むらの間に隠すと、静かにからだをすべらせて水の中にはいった。

よどんだ沼の水が、初めて動いて、波を起した。

新七は、じっとその波紋のゆくえを見つめ油断なく、あたりへ目を放った。――

善助は無我夢中で水の底を泳いだ。水練に達者な彼も、からみついてくる藻には悩まされ続けた。それはまるでへびのように巻きついてくる。足を取られ、手を縛られそうになりながら、必死の思いで、むちゃくちゃに泳いだ。そのうち足が、底の泥に触れた。どうやら渡り切ったようだが、ここは完全に敵地の中だ。ほっと息をつく間もない。

じわじわと、岸へはい上がった。目は四方へ絶え間なく配った。敵兵を警戒しながら、同時に、土牢のありかを捜しているのであった。

地を伝わって、人の足音が響いてきた。善助ははっとして身を草の中に隠した。

話をかわしながらふたりの雑兵が、のんきに歩いて来る。ひとわたり見回して、異状がないと思ったか、そのまま元のほうへ引き返して行った。

当分、ここには来まいと見きわめを付けて、善助は首を上げた。

官兵衛は、きょうも、土牢の中にすわり続けていた。――

土壁の三方はまっくらだ。沼地に面した一方だけから光線がはいり、格子じまの影を地面に落している。その光線も、ここにはいったときよりは、ずっと弱まり、空気も朝晩は冷えてきた。秋が来たことは、それでわかった。

足の近くまで毎日来ていたへびも、このごろは姿を見せなくなった。

夏から秋へ、やがて冬が来る。

官兵衛のからだには、土のかびのにおいがしみ込んでしまった。いや、かびの細菌は、陰湿に足指を侵し、足裏からくるぶしのあたりまで侵蝕《しんしょく》して来た。今は、足首全体が、朽ちた腐木のような色になり、感覚も失われてしまった。

（腐ったらしい）

と、官兵衛は、足のことを、ひとごとのように思う。

いや、足のことだけではない。おのれのからだ全部が、自分の物でない気がする。こうして手には手かせ、足には足かせをはめられて、こん虫のように穴ずまいしている自分の姿が、時々おかしくなる。

（官兵衛よ。なんというかっこうだ）

と、おのれでおのれを笑うのだ。いわゆる自嘲《じちょう》ではなかった。いっさいの精神的な苦悩や、煩悶《はんもん》や、焦燥を取り去ってしまえば、水のような諦念《ていねん》が残る。そうなると、自己というものが、客観的にながめられるらしい。ひとのことのように、自分の姿をながめて、おかしさがわいてくる。

今の心の世界には、戦いも、策略も、計画も、憎悪もなかった。穴ぐらの中では、しょせん、無用の煩いであった。そんなことを考えることが、自分を殺すことだった。でなかったら、発狂への道でしかない。

なんにも考えまい。無だ。人間ではない。「虫」なら、虫らしく、生きている本能だけにしよう。

官兵衛は目を見張った。からだは衰えて、目を閉じると、すぐ夢ばかり見る。残念ながら、夢は過ぎし日の、浮世のことばかりである。こればかりは、どうともいたしかたがなかった。

わが子、松寿《しょうじゅ》の顔、秀吉の顔、小寺政職《まさもと》の顔、そんなものが、ちらちらする。耳には幻聴となって声まで聞えてくる。

が、それらに交じって、いちばん、はっきりと聞えるのは、波津姫《はつひめ》の声だった。

(官兵衛。頼みは、そなたひとり。われらはそなただけを杖《つえ》とも、柱とも――。官兵衛、父上を――)

耳もとで、それが聞える。と同時に、波津姫の黒いひとみと愛らしい白い顔が近づいて来る。そのひとみの奥には、一心にすがりついてくる火のようなものが燃えていた。

官兵衛は顔をゆがめた。この瞬間だけが、彼には苦痛なのだ。かっとした炎を感じるのだ。焦慮と煩悶が、からだをいらだたせてくる。

（思うな）

と、自分をしかって、いまさら何をと、きびしく自分を戒めるのだが、とかく、これはくずれがちだった。

「殿」

と、いう幻聴が聞えてくる。

家臣の顔が次々と浮かんでくる。姫路城で自分の帰りを待っている、家来のだれ彼の顔であった。

「殿」

と、また聞えた。

官兵衛は、ふっと目をあけた。むろん、だれの姿もない。官兵衛は、かすかに首を振って目をまた閉じた。

「殿！」

と、今度は、はっきりと聞えた。

官兵衛は、はっと身を起した。秋の陽はまさに人影をそこに映している。彼は、目をいっぱいに見開いた。

「殿」

「おう」

官兵衛は格子のほうにいざり寄った。そこには裸身の男がひとり、格子に猿のように取り付いていた。官兵衛はひとみをあわてて定めた。

「おお、そちは栗山善助ではないか？」

思わず、鋭い叫びが口から走り出た。

「御意」

善助は頭を下げた。泣き出していた。

「どうして、これへ？」

官兵衛は、まだ夢の続きのようだった。

善助のおえつする声を隠すように、沼の上をもずが鋭く鳴いた。

髪もひげも伸び放題、ほおのとがった顔は青く、目だけが光っている幽鬼、それが善助の目に映った主人黒田官兵衛の姿であった。

「殿、お情けなきお姿を」

と、若者の善助が涙を流したのだ。

「ばかめ」

官兵衛のしかる声がした。姿は変わり果てているが、声はなつかしい、変わることのない主人の声だった。

「善助、どうして、ここへ来れたのじゃ？」

ようやく気を取り直して、善助は事の次第を語った。

官兵衛は聞き終って、うつむいた。さすがに人の情が胸に来て、涙があふれてきたのであろう。

「殿」

と、善助は、力をこめて、

「ここを早く、お立ちのき下されませ」

と、叫んだ。

「できぬな」

官兵衛は、ぎろりと光った目を上げて、

「そちが、ここまで忍んで来ただけで神わざだ。この堅固な牢《ろう》格子を、どうして破るのじゃ？　たとい、ここを出たとしても、おれのこのからだをどうして外に運ぶのじゃ？」

と、さとすようにいった。

いわれてみるとそのとおりであった。敵兵が油断なく見張っている中を、官兵衛のこの衰弱し切ったからだを連れ出すことは容易でない。たとえば、この古沼一つ渡るにしても、官兵衛には絶対に不可能なのだ。それに鉄のように堅い格子や、がっしりとはまった手かせや足かせをどうして切るか？

善助は、うなだれてしまった。

「善助」

官兵衛は、しょげてしまった善助に、かえって慰めるような微笑を投げて、

「おれのことは心配するな。ここにいても、むざむざと死にはせぬ。必ず出られる日が来る。おれはそれを信じているから、あせりはせぬ。無理をしたら失敗する。無理をせぬのが、おれの流儀じゃ」

と、いって、

「それよりも、善助。合戦の模様はどうじゃ？　信長公や秀吉様は、どうしていられる？」

と、尋ねた。

そのことがいちばんの気がかりであった。

今まで、たったひとり、穴ぐらの中にいたときは、何事も思うまいと努めていたの

だが、こうしてはからずも善助の顔を見た瞬間からやはり知りたい欲望には勝てなかった。

「さればでございます」

と、善助が語り出したところは、信長はこの有岡城が急には落城しそうもないことを知って、秀吉はじめ佐久間盛政《さくまもりまさ》、明智光秀《あけちみつひで》、筒井順慶《つついじゅんけい》らの諸将に、別所長治《べっしょながはる》のこもる三木城《みき》を攻撃させている、ということであった。

つまり、信長はこの城に対しては持久の策を採ったので、官兵衛はいつ出られるかわからないことになる。

「そうか」

官兵衛は息を吐いた。しかし、それはおのれの身を思ってではなく、織田方の戦勢を考えたからであった。別所や荒木の背後にある毛利という強大な勢力、それに結びついている大坂石山《おおさかいしやま》の本願寺《ほんがんじ》勢力。要するに、現在の信長はこの二つのやっかいな勢力と対決しているのである。官兵衛の脳裏には、両軍の動きが、盤側にすわって見ている将棋の駒のさばきのようにわかってくる。

「これは長びく」

官兵衛はつぶやいた。

「は、長いと仰せられますと？」

と、善助はそのことばをとがめた。

「荒木村重も毛利をたのんでの、必死のいくさだから容易なことでは下るまい。信長公も三木城などのほかの枝木を先に切って、この城にかかるようじゃ。だから、長い」

「では、あと、四、五十日も」

「なんの、それくらいでは片づかぬぞ。まず早くて半年、長ければ、一年、二年——」

一年、二年と、官兵衛はもう一度、口の中でそれを繰り返した。この長い日数を、自分ははたして無事に生きていられるだろうか。

官兵衛の茫乎《ぼうこ》とした目つきを、栗山善助は、おそるおそる見上げた。

栗山善助は、それからも、月に一度くらいは、この土牢まで忍んで来た。何分、死を決しての潜行であるから、容易なことではなかった。無事に往復するのが、不思議なくらいである。月に一度でも来れるのが、奇跡であった。それも、やはり銀屋《しろがねや》新七の援助があるからであろう。

いつか秋も過ぎた。

朝には霜が降りるようになった。沼のすすきや水草が枯れ、水面は茶色を帯びた鉛色になって、沼は冬の中に沈みつつあった。

穴ぐらの窓から見える光景は、いよいよすさんで、凄涼《せいりょう》なものとなった。官兵衛の穴居の姿態は変わらない。乱れた長い髪や、あかまみれのひげづらは、いよいよ衰え切った肉体とともに、さながら幽鬼を置いたようだった。変わらないのは、光っている目だけである。

が、今は、その目も閉じて、官兵衛は色あせたくちびるを動かしていた。声は細く低いが、それは経を唱えていた。

つい、十日前——

善助が、例のとおり忍んで来て、その後の情勢を報告した中に、

「竹中半兵衛重治《たけなかはんべえしげはる》殿は、三木城攻囲の陣中で病気のためになくなられました」

と、知らせたのだった。

えッと息を飲んで、そのことばを聞いた。何か耳のそばで、くずれるような大きな音響を聞いた思いだった。

あの人が！

惜しいとか、残念とかいう感情以上であった。おのれのからだの半分を持って行かれた衝撃だった。

官兵衛は、竹中半兵衛の青白い顔を目に描いた。たえず、力のないせきをしていたことも思い出した。あの弱いからだでは、長命はむずかしいと思ったが、こうも早く

世を去るとは思いがけなかった。

いまさらのように、半兵衛の英材を思う。物静かな微笑の中に隠れている、彼の火のような友情を思った。もう二度とあのような畏友《いゆう》には巡り会わぬであろう。

死んではならぬ人が、早く死んだ。

おのれの身は、どうであろう。経文を唱えているのは、亡友のためか、自分のためかわからなかった。

——その年、天正六年は暮れた。

きびしい冬が過ぎた。穴の住人にとってはことさらに暗うつな冬であった。一寸《いっすん》も外には日も月もわからないが、季節の移りは、陽の光や空の色でわかった。

動けぬからだであったが、春が忍んで来ていることが知れた。

ふと、ある日、目を格子のほうに向けて見ると、青い糸がはっていた。よく見ると、それは藤のつるだった。

「藤が！」

と、目を見張った。

若い藤のつるは、毎日毎日、一寸二寸と伸びた。いかにも、それは生への希望に満ち満ちた成長ぶりであった。このまっさおな新鮮な色は、どうであろう。

官兵衛は、日々が楽しくなった。藤づるは伸びて格子にからみ始めた。生の喜びをいっぱいに出しているようであった。

「この藤のように、おれも生きるのだ」

官兵衛は、自然というものに、教えられることを、初めて覚えた。

黒田官兵衛が、自家の紋章に藤を思いついたのは、このときである。

帰還

天正《てんしょう》七年春から、信長《のぶなが》は、その子信忠《のぶただ》とともに来て、有岡《ありおか》城を包囲した。今度は信長も本気である。城の四方には堀を造り、塀柵《へいさく》を二重三重に囲ませて大兵をもって包囲した。

荒木《あらき》村重《むらしげ》は、去年以来の籠城《ろうじょう》に、ようやく苦しみ始めた。彼は、いまに毛利《もうり》の援軍が来るものと思っていた。そのために、毛利にたびたび催促の使いを出した。

ところが毛利のほうでは、なかなか腰を上げなかった。そういう慎重さは、毛利家独特のものである。毛利は、元就《もとなり》の残したふたりの子、吉川元春《きっかわもとはる》と小早川隆景《こばやかわたかかげ》が当主の輝元《てるもと》を助けて、がっちりと固まっている。彼らは元就の遺訓をよく守り、戦争でも決して軽率なことはしなかった。

毛利は荒木からの矢のような催促に、五月には出陣するといい、七月には打ち立つといい、八月には事故があって延引するといってきた。荒木は来ぬ毛利をあてにして、春から夏、夏から初秋へと苦しい日数を過ごした。

城中は、しだいに動揺してきた。頼みに思う毛利の援軍がやってこぬ。このままでは食糧はなくなり、敗戦は必至である。城中には家臣の妻子もろとも、三千人の人数がいる。

荒木村重は、

「もう少し待て。いまに毛利の加勢が来る」

「しばらくのしんぼうじゃ、毛利勢は来る」

と、なだめていたが、もはや頼みの毛利があてにならぬと思ったのか、九月二日の夜、たった五、六人だけを連れて、有岡城を脱出し、尼崎《あまがさき》城に逃げ出した。

こうなると有岡城は陥落したも同然で、そのうち敵がたに内応する者が出てきたりしてついに織田《おだ》勢のために落城してしまった。

荒木村重自身は、兵庫から舟に乗って、備後《びんご》尾道《おのみち》に上陸し、毛利がたに身を寄せた。ついでながら、この有岡城の陥落には、たいへんな悲劇があった。

信長は、城中の婦女百二十二人を捕らえて、みんな磔《はりつけ》の刑に処した。そのとき、婦人たちは、いずれも覚悟を定め、美しい晴れ着を着て刑場に現われた。それは、

「鉄砲をもってひしひしと打ち殺し、槍《やり》、長刀《なぎなた》をもって差し殺し、害せられ、百二十

二人の女房、一度に悲しみ叫ぶ声、天にもとどろくばかりにて、見る人、目もくれ(くらみ)心も消えて、感涙おさえ難し。これを見る人は、二十日、三十日の間は、その面影身に添いて、忘れやらざる由にて候なり」(『信長公記』)

という次第だった。このほかにも、召使の女や男五百十何人を、四軒の家の中に押し込め、干し草を周囲に積んで火をかけ、焼き殺してしまった。

それだけではない、伊丹《いたみ》城人質のおもな女を、車一台にふたりずつ乗せて八台、子供は七、八人ずつ乗せて三台、いずれも京の町じゅうを引き回し、六条河原《ろくじょうがわら》で首を切った。

その女たちの中に、たしと呼ぶ、世に聞えある美女がいた。彼女は、膚《はだ》には経帷《きょうかたびら》、上には美しい小そでを着ていた。ふだんなら、雑兵などが近づくこともできぬ高貴の女だったが、雑兵どもは遠慮会釈もなく、車から彼女を引きずり降ろして河原に引き立てた。彼女は帯をしめ直し、髪を高々と結い直して身を整え、小そでのえりを押しのけて、おとなしく目を閉じ、手を合わせて切られたという。

──これは信長の残忍性を物語る事件である。比叡山《ひえいざん》の焼き打ちといい、信長の性格には狂気じみた血が混じっていたようである。

さて、こうして有岡城は一年近くかかって陥落した。

土牢《つちろう》の中の黒田官兵衛は、どうしていたか。

十月十六日の夜、有岡城は、織田がたに内通した城兵により、火をかけられて炎上した。

火災は夜空を焦がし、二の丸、本丸を焼いて、火焔《かえん》は官兵衛のいる土牢に迫った。警固の番兵は、みんな逃亡して、いない。官兵衛は動くことができなかった。手かせ足かせが彼の自由を奪っている。火が来て、牢の格子を焼いても、逃げることができない。

彼は、じっとしていた。生死不定、しょせんは運を天に任すよりほかなかった。が、悟り切ったとはいえ、彼も本能の恐怖からは脱《ぬ》け切れなかった。

「殿」

と、呼ぶ声が、このとき、耳にはいった。官兵衛は急には目をあけなかった。あけるのが恐ろしい。おのれの心の怯《おく》れのために聞えた空耳と知ることが恐ろしかった。

「殿」

はッとした。あまりに、はっきりした生の声だ。官兵衛は、少しずつ目を開いた。やはり現実だった。燃え続ける炎の赤い色を背に、くっきりと黒い人影が、格子に取りついていた。

「殿、殿」

「善助《ぜんすけ》か？」

声も、影の姿も、栗山《くりやま》善助のものだった。

「はっ。殿、よくぞ御無事で」

「城は落ちたようじゃの。織田殿か？」

「御意。遮二無三に取りかかっておられます。もはやお味方勝利。もうお気づかいありませぬ」

「うむ、出られるか？」

「は。ただいま」

少し退いて立ちはだかったかと思うと、振り上げたものが、おのだった。善助は一撃、二撃、金錠《かなじょう》を破壊し始めた。番卒が逃亡しているから、どんな大きな音を立てても、遠慮がいらない。

がんじょうな錠前も、音立てて地に落ちた。

善助はおのを捨て、格子に飛びついて、力の限りに開いた。格子は重くきしって動いた。

「殿、さ、お早く」

善助は、官兵衛の手かせと足かせとを断ち切ると、その手をとった。

「うむ」

官兵衛は腰を上げた。立った。いや、立とうとした。が、彼は、そのまま、へたへたとくずれるようにすわり込んだ。

「いかがなされました？」

「だめじゃ」

「は？」

「立てぬ。足がきかぬようじゃ。善助。おれの足は腐っているらしい」

一年に近く土牢にすわり続けたので、足は土かびと坐創《ざそう》のためにかさができ、それが昂《こう》じて機能を失っていたのだ。

善助は、一瞬、主《あるじ》を痛ましそうに見つめたが、すぐそのわきの下に自分の肩を入れた。

「こう、ござりませ」

抱き上げるようにして起し、五、六歩歩いて土牢の外に出た。ようやく一年近くの日を経て、官兵衛は穴蔵からはい出して、外の空気を吸える身分になった。

官兵衛は外を見た。城を焼いた火は、おりから枯れ始めた樹林や竹林に移っていた。竹のはじける音が、けたたましく聞える。

彼をこうまで苦しめてきた荒木村重の本城が、自らの劫火《ごうか》に焼け落ちつつあるのだ。官兵衛の目にはさすがに感慨がある。

「殿。お早く」

「うむ」

善助は官兵衛を背負った。城内の混乱に紛れて城内から外に出た。が、敵の敗兵がうろうろしているので、油断ができない。善助は伊丹《いたみ》の町のほうへ、暗い道を選んで、官兵衛を運んだ。気はあせるが、足はおそい。

「待て」

暗やみから人影が四、五人飛び出して、槍を構えて前面にふさがった。来た、と思って、善助は、はッとなった。

「何者か？」

大きな声だ。ためらっていると、先方は槍を突き出した。

「怪しいやつ。名のれ」

善助よりも、背中の官兵衛がさきに答えた。

「怪しい者ではない。黒田官兵衛じゃ。織田殿にそう申し上げてくれ」

先方は急に黙った。その名前の意外さと、真偽の判断のためであろう。暗い中ながら、互いに顔を見合わせたようである。その中からひとりの頭分らしい男が前に出てきた。

「まこと黒田官兵衛殿か？」

朝、信長は上きげんであった。

いつものように攻め馬(調教)をして陣に帰った。膚脱《はだぬ》ぎになって、汗をふいていると近習のひとりが来て、かしこまって告げた。

「申し上げます。黒田官兵衛殿がお目通りを願っております」

びくりと信長の顔が動いた。

「なに、官兵衛が?」

目をむいて、思わず大きな声がのどから走り出た。

「黒田官兵衛と申したな?」

信じられないことを確かめたという聞き方であった。

「御意」

「どこにいる?」

「お庭先でございます」

信長はものもいわずに走った。本陣は寺になっていたが、信長は廊下を突き切って庭に出た。

庭には明るい初冬の朝の日が当たっていた。そこに一枚、戸板が置かれ、その上に、ひとりの異様な人物がうずくまっていた。

初めはこじき女かと思った。よもぎのように乱れた髪が肩のあたりまでたれていた。

着ている衣類は、わかめのようにぼろぼろである。両手をつかえているが、その指先はサルのように黒く細かった。

信長はわが目を疑った。戸板の後方には、数十人の家臣が信長の出御を平伏して迎えていた。信長の目は、じっと戸板の上の人物に注がれていたが、つかつかと階《きざはし》を降りた。近臣のひとりがあわててぞうりを差し出した。

「官兵衛」信長が呼んだ。

官兵衛は頭を下げた。ばさりと長い髪が揺れた。肩のあたりが、震えていた。

「官兵衛。面を上げよ」

信長はまた命じた。官兵衛は、恐る恐る顔を上げた。長い労苦と不潔な生活で、信長が後年に引見した黒人のように黒く、皮膚はあかまみれで異臭を放っていた。ぼろ着物には、シラミがたかり、足の瘡《かさ》にはウジがわいていた。

信長は、構わずに、その手を取った。

「官兵衛。許してくれ」

と、信長はいった。声が詰まって震えていた。

「は。お、恐れ入りましてござります」

官兵衛は、やっとそれだけをいった。彼も嗚咽《おえつ》していた。

「わしが悪かった」

信長は、続けた。

「そのほうを疑ったのは、わしの浅慮じゃ。かほどの人物とは知らず、荒木に寝返ったとばかり思い込んでいた。わしの一代の誤り、官兵衛、つらかったであろうな」

信長は、官兵衛の頭、肩を子供にするようになで回した。

「もったいなき仰せ――」

官兵衛は、答えたが、信長の顔はいっそう苦痛にゆがんだ。彼は、次のことばをいうべきかどうかと、迷うふうだったが、目をつむって、思い切ったふうにいった。

「官兵衛。わしはそちに合わせる顔がない」

「何を仰せられますか――」

「いや、いや。そのほうはまだ知るまい。そのほうから預かった松寿《しょうじゅ》のことじゃ」

官兵衛はその一言で、さすがに顔色を青くした。信長が、次に何を言うか、その恐ろしいことばを予感したようだった。

「官兵衛よ。心落ち着けて聞いてくれ。わしは半兵衛に命じて、松寿を殺した。そなたのかわいい子の松寿を、裏切った男の人質として殺させた」

予感は当たった。万一の覚悟はあったが、官兵衛はおのれのからだが断崖《だんがい》から下降してゆくような錯覚に落ちた。

「わしを恨んでくれ。この信長は、そちからどのような恨みを受けても足りぬ男じや」

官兵衛は、輿《こし》に移されて、信長の本陣から帰った。

帰り道でも、彼は脱《ぬ》けがらのようだった。頭の中も、からだも虚脱していた。

松寿が殺された。——

そのことだけが、雲のように彼の頭脳の上をおおっていた。松寿のかわいい顔が目に映った。最後に別れたときの松寿の声が、耳によみがえった。この子のかわいいところだけが思い出された。

信長には、

「いえ、御案じ下さいますな。かようになりましたのも、不肖なそれがしの軽率な行動からでございます。お疑いをいただきましたのもあたりまえ、何人《なんぴと》でも疑われるのが当然でございます。したがって人質としてのわが子が命を断たれましたのも、世の習いの常、せめて敵の手でなく、お味方の手で生命《いのち》を失いましたのが、慰めでございます」

とはいったものの、気持は、やはりことばどおりに割り切ったものではなかった。

官兵衛は輿の中で泣いていた。土牢《つちろう》から出たうれしさもわずかの間で、すぐにこんな悲哀を味わおうとは、夢にも思わないことだった。

宿所に帰ると、善助が待っていた。善助も官兵衛を見ないで顔を伏せていた。おそらく彼も、松寿のことを知ったのであろう。

「善助よ」

と、官兵衛は、輿から、皆にかかえられて出るといった。

「信長様よりおことばもあった。わしは、この足を直すために、しばらく温泉《いでゆ》に行って湯治することにする。そなたも、ついて来い」

はい、と善助は答えた。まだ少年期の面ざしを残している青年だったが、しっかりしたものである。

「山も、今ごろはもみじが見ごろでございましょうな。お供をつかまつりまする」

主《あるじ》の傷心を慰めるようなことばだった。

主従数人は、伊丹《いたみ》を発《た》って、有馬《ありま》の温泉に行った。官兵衛は、やはり輿の上だった。

晩秋の空は晴れ渡っていた。善助のいうとおり、もみじは盛りである。渓谷の間、連山のはてにも、赤、黄の色彩が流れている。こういう景色を見ると、戦乱はどこにあるかという気がする。

戦乱といえば、世の中は相変わらず戦雲に閉ざされていた。

北条氏政《ほうじょううじまさ》は徳川家康《とくがわいえやす》と和して、武田勝頼《たけだかつより》に当たろうとしている。勝頼は長篠役《ながしののえき》の敗戦以来しきりと劣勢を回復しようとしてあせっている。上杉謙信《うえすぎけんしん》は、越前《えちぜん》の一向宗一揆《いっこうしゅういっき》と戦っている。大坂本願寺は、頑強に抵抗して信長に下ろうとしていない。

備前《びぜん》の宇喜多《うきた》秀家《ひでいえ》は、ついに信長方についた。すると毛利方は、たちまち宇喜多の忍《おし》城を攻略している。丹波《たんば》の波多野《はたの》兄弟は、信長軍の明智《あけち》光秀《みつひで》に攻略された。

秀吉は相変わらず忙しい。彼は播州《ばんしゅう》にいるかと思うと、たちまち丹波に転戦したりしている。目下は三木《みき》城の別所長治《べっしょながはる》を攻撃中である。官兵衛はまだ会っていない。

「どうやら、別所殿も長くないようだ」

そんなうわさがしきりと聞えるころ、官兵衛は有馬の温泉に浸っていた。この温泉は、皮膚によいというが、官兵衛の足の患部は、なまやさしいものではなかった。瘡はただれて、肉を腐らせているのである。

それでも、官兵衛は、毎日、何度となく湯に浸って、養生した。早く直さなければならぬ。心は、もう戦陣にあった。一日も早くよくなって、存分の働きをしたかった。

彼はだんだんあせってきた。

できるだけの養生はしたから、からだはもとどおりになり、顔色もずっとよくなったが足のほうは思うようにならなかった。

「そう心おせきなされては――」

と、善助は気づかうが、官兵衛は足の直りのおそいのに、いらいらした。

すると、そうした日のあるとき、官兵衛に面会を求めてきた若い女があった。

「御面会にございます」

善助が取り次いだ。

「だれじゃ?」

わが足の煩いに気を腐らせていた官兵衛は不きげんにふり返った。

ふと、その目が、はなやかな衣装に突き当たった。

ひとりの女が、廊下に手をついていた。

「おお、そなたは――」

官兵衛は、びっくりして声を上げた。それは御着《ごちゃく》の城の奥に仕えている、見覚えの侍女の顔だった。

「どうして、これへ?」

と、目を、まん丸にした。

「はい。お姫様のお供をして参りました」

と、侍女は答えた。

「なに、お姫様の?」

官兵衛は、二度、びっくりした。いや、驚いたというよりも、事の意外にあきれた。思ってもみなかったことだ。このようなところに、波津姫《はつひめ》が来ようとは!

官兵衛の驚愕《きょうがく》は、次は狼狽《ろうばい》に変わった。あわてて投げ出した足を、ひっこめると、

「ど、どこにいらせられる？」

と、聞き返した声はどもった。

侍女は、静かに立ち上がって去った。それは姫を招じ入れるためであろう。官兵衛は、周章してその辺をかたづけさせ、自ら窮屈そうにかしこまって待った。

波津姫がはいってきた。そのことは、低頭している官兵衛に、気配でわかった。かすかな香のにおいが、花園にあるように漂ってきた。

「官兵衛」

姫はいった。なつかしい声だ。いつぞやは土牢の中で、幻聴としてそれを聞いた。今、現実に、その声を聞こうとは、この瞬間まで思いもよらなかった。

官兵衛は顔を上げた。姫を見た。すぐには視覚に現実としての密着感がこなかった。何か幻のようだった。――

「官兵衛。御苦労様でした」

姫は、その黒いひとみを官兵衛の顔に、じっとすえた。それは痛むような、慰めるような、それから侍《たよ》るような表情だった。

「はい」

官兵衛は手をついた。

だれにいわれるよりも波津姫からそういわれるのが、うれしかった。信長からでも秀吉からでも、決して受け取ることのない幸福感が、胸に満ちてきた。

「官兵衛。わたしは心配していました。そなたが有岡城に捕らわれて、命を失ったと聞いたときは、どうしても信じられませんでした。いえ、信じたくなかったのです」

信じたくなかったということばに、官兵衛は胸がひそかに騒いだ。

「ありがとう存じます」

官兵衛は低い声で答えた。

「よかった。そなたが、この有馬の湯に来ていると聞いて、じっとしておれず、駆けつけて来ました。もう、一刻も早く会いたくて、何もかも、話して、すがりたいのです。そなたひとりだけが、小寺《こでら》家のたよりです」

波津姫は懸命だった。その声には、ただ小寺の家や、父や母を思う、おとめらしい純真さがこもっていた。

「もったいない。それほどまでに官兵衛をたよりになされては、どうして粗略にできましょう。姫、御安心下さい。必ず一命に代えましても、小寺家の安泰はお図り申します」

「それでは、父上は？」

波津姫は聞いた。

「は。織田殿にそむかれたからには、今のままでは済みますまい」

「ああ」

姫は低い嘆息をした。

「そなたのいうことを聞いておけばよかったのです。父上がお悪い。そなたが、あれほど苦労してお勧め申したのに、とうとう荒木村重殿に誘われて、毛利方におつきになった。父上は――」

「姫」

と、官兵衛はさえぎった。

「それを申されても、詮《せん》ないことでございます。世の中は、万事、こうしたもの。思うようには参りませぬ。それよりも、これから先のことが肝要でございます」

「官兵衛、そなたは父上をお恨み申してはいぬか？」

「決して」

と、官兵衛は首を左右に振った。

「お父上、お母上のことは、この官兵衛、御主《ごしゅ》として、いついつまでもお守り申し上げるでございましょう」

そういって、波津姫の顔を、初めて強い視線で見た。

「姫。あなた様も！」

官兵衛は、いつまでも湯治に浸っているわけにはいかなかった。中国の戦雲はまことにあわただしい。心がせいて、じっと落ち着いてはおられない。

それに足の患部もなかなか直りそうになかった。ひどいものである。足かせをはめられたまま、暗い土牢《つちろう》にすわり続けた長い生活がついに官兵衛の片足の機能を奪ってしまったのであった。皮膚を冒した病菌は、骨まで腐らしてしまった。初めは、いざりになるかと思ったが、官兵衛は、人の肩にすがってやっと歩いた。いや歩くけいこをした。よちよち歩きの赤ン坊のようなものである。

「官兵衛殿」

見かねて波津姫《はつひめ》がいった。

「私が――」

と、手を出して、官兵衛のささえになることを申し出た。

「それでは、あまりにもったいない」

官兵衛は、恐縮して辞退したが、波津姫のうるんだ目の中には、真剣なものがあった。

「いいえ、そのようなからだにおなりになったのも、私の父のためです。せめておつえの代りになりたいのです」

どう断っても承知しなかった。

その日から、官兵衛は、波津姫の肩にすがって歩く練習をした。

「さあ、御遠慮なく、おつかまりなさい」

と、波津姫は言う。彼女のふくよかなにおいは官兵衛の鼻こうをふさいだ。しなやかな肩は、なめらかな衣装の感触を通して感じられる。彼女の、形のいい小さなくちびるは、寄りかかってくる官兵衛の重量を受けて、二つの花びらのように小さく開き、その間から白いつやのある歯がわずかにこぼれていた。

官兵衛は幸福というようなものを、ふと感じた。この少女の上気したほおは、薄く赤くなっていた。皮膚の色は、その内側から光線を当てたように輝いている。汚れを知らぬこの若い年ごろに特有なものだった。

二歩、三歩と歩くにつれて、波津姫は官兵衛を抱くようにしていたわった。

「だんだんじょうずにおなりです」

と、励ましてくれた。

が、足をむしばんだ病は、もはや取り返しのつかない結果になっていた。温泉も姫の介抱もすべて回復には役だってくれなかった。

官兵衛はついに不具になってしまった。

波津姫は涙を流して、

「申しわけありません。そなたをこのようなからだにしたのは、父上や私たちです」

と、官兵衛の前に両手をついた。彼女の黒い豊かな髪は、震えるように揺れた。

「お手をお上げ下さい」

官兵衛は言った。

「もとより主《あるじ》のためには、生命《いのち》をも捨てるのが武士の意気です。なんのこれしきのことを官兵衛が悔みましょうか。姫。あなた様の御親切だけでわたしはうれしいのです。どうぞお心づかいをあそばすな。それよりも、わたしは中国の戦いの模様が気にかかってなりませぬ。お父上や御一家様の安泰をはからねばなりません。もうこれ以上、ここにぐずぐずできませぬので、明朝にでも姫路《ひめじ》へ参ります」

官兵衛は、遠くを見つめるような目をした。暮れなずむ摂津《せっつ》の山なみに、夕靄《ゆうもや》が煙のように刷《は》いていた。その山野のように、官兵衛の前途には、さまざまな起伏がある。彼の目はその運命の起伏を凝視しているのであった。

官兵衛は有馬温泉から姫路城に帰った。このとき、沿道は皆荒木村重の領分だったから間道を通って到着した。

主君の無事な顔を見て、姫路城の家臣の喜びはひとかたではなかった。みんな涙を流して喜んだ。

「おめでとうございます」

「おめでとうございます」

口々にいった。上べだけのことばでなく、真情があふれている。

官兵衛も感慨無量だった。彼がみんなの顔を見るのも一年ぶりだった。

「よくやってくれた。かたじけない。これからも頼むぞ」

と、声もうるんだ。

が、いつまでもここにはいられない。一刻も早く、秀吉に対面せねばならなかった。

彼の心は、まるで恋人に会うようにはやっていた。官兵衛は輿《こし》に乗って、秀吉の陣中に行った。秀吉は、官兵衛が輿から出てくるのを待てぬように、自分で足速に歩いてきた。

「官兵衛、官兵衛」

秀吉は大声で輿に向かって呼んだ。

官兵衛は人に助けられて出てきた。秀吉との距離は十間ばかりある。その間を官兵衛は歩いた。

秀吉は、立っていたが、彼の顔には一瞬に驚きの表情が走った。目はじっと官兵衛の歩き方に注いでいる。何かこわいものを見るような目つきだった。

「官兵衛」

「は」

官兵衛は、まだ秀吉に近づくため歩いていたが、声をかけられたのでその場にすわった。

「そのほう、ちんばになったな」

秀吉は、あたりかまわず、やはり大声でいった。

「はあ」

官兵衛は頭を下げた。ちんばになったな、という秀吉の声の中には、針の先ほどの軽べつの調子はなかった。いや、無限の暖かいいたわりと、あふれるような情がこもっていた。それは無二の友情のような真心で、ふたりの心の間には、紙ほどのすきまもなかった。それでなければ言えることばではなかった。

秀吉は、大股《おおまた》で官兵衛のそばに寄ってくると、いきなり彼の手を取った。

「官兵衛」

秀吉の声は、もう少しでむせび泣きそうだった。

「は」

官兵衛が目を上げると、秀吉の顔はくしゃくしゃになってゆがんだ。それから大粒の涙が、眼球からわき出たかと思うと、その水滴はほおを伝って流れ始めた。

「死んだとばかり思っていたぞ」

「はい」

官兵衛は頭を下げた。握られた手の甲にはしずくがぽたぽたと落ちた。それは秀吉の涙か官兵衛の涙かわからなかった。

「よく帰ってくれた。よく生きていてくれたな。ありがたい、ありがたい」

そういって秀吉は泣いた。そばに人のいることをちっとも気にかけずに、わあっと声を上げて泣いた。

官兵衛の食い縛った歯の間からも、う、うう、という声が漏れた。押さえようとしてもむせび声がのどの奥から込み上がってきた。一年にわたる苦労も、その涙に洗い流されるような思いであった。

「こ、これからは」

と、秀吉は握った手に力を入れて、やっといった。

「そのほうの恩は一生忘れぬ。決してそまつにはせぬぞ。のう。秀吉の気持、受けてくれ。当座のほうびもつかわしたい。なんなりとも申すがよい」

そのことばを聞いて官兵衛はやっと顔を上げた。

「お願いがございます」

「うむ、うむ。遠慮はいらぬ。申してみい」

「されば」

と官兵衛は、一息飲んで、

「てまえの主人、小寺政職《まさもと》の身を安泰にお願い申し上げます。この一事、官兵衛の一身に代えてのお願いでございます」

といい終ると、頭を地面までこすりつけた。

小寺政職は信長に反旗をひるがえしたのだ。常識からいえば、信長の性質として、絶対に助からぬ身なのである。城を追われるのはしかたがない。しかし命だけは救って、無事な半生を送らせたいのが官兵衛の今の念願であった。

「よい」

秀吉は言下に一諾した。

「それは信長様にわしからお願いする。安心せい。わしが責任をもつ」

その声が耳に届いたとき、官兵衛の胸には波津姫の白い顔が浮かんだ。なんともいいようのない安らぎが、彼の吐息となって出た。

三木城《みき》

三木城はまだ落ちなかった。城将別所長治《べっしょながはる》は猛将であって、秀吉の率いる織田の大軍に包囲されているが、いっこうに降伏するけはいを見せなかった。

「官兵衛」

「は」

「三木城はなかなか落ちぬな。このままでは毛利の援軍が出てきて、こちらが危うくなる。どうすれば、早く降参させることができるかな？」

さすがの秀吉も、手こずっていると見え、いつもの朗らかな顔にはあせりがあった。

「てまえが、一度回ってみましょう」

官兵衛が答えると、

「そうか。しかしその足では馬にも乗れまい。かごを造らせるから、それに乗ってゆけ」と、秀吉はいって、すぐにふたりでかつぐ軽快なかごを造らせた。

これは陣かごといって以後、戦場を走り回る官兵衛は、必ずこれに乗って、指揮することになったのである。

官兵衛は、三木城の正面に見える地点に来て、じっと城を見た。きびしい目であった。地形をながめ、更にかごに命じて攻撃軍の部署を見て回った。熟練の技師が微細な欠陥まで見のがすまいとする鋭い目であった。

再び秀吉の前にもどると、彼は自分の意見をいった。

「お味方の陣の配置は、あれで結構と存じます」

「うむ、よいか」

秀吉は、さすがに満足そうだった。

「はい。事を急いで、強引な攻撃は禁物です。てまえが考えますに、敵はよほど参っています。おそらく兵糧が乏しくなったせいと思いますが、この上とも、きびしく囲みを固め、糧道を断つことが上策と思います。すべて城を外見しますに、士気盛んなるときは、その気、外に表われまして、城も活気が見えますが、士気衰えたるときは、いかにりっぱな城でも見すぼらしく感ぜられます。三木城を見て参りましたが、はっきりそのことがわかりました」

「よい」

秀吉は彼のことばを入れた。

よいとなると、たちまちそれを実行するのが秀吉のやり方である。包囲の陣形をいっそうに締めて、命令なく勝手な行動に出ることを固く戒めた。

官兵衛の進言どおり、糧食を断たれた城内の困窮は、日とともに激しさを加えた。記録によると、米を食い尽くしたので、牛馬を殺して食っていたが、その牛馬もすぐに尽きたのでついに死人の肉を食う惨状となった。士卒の餓死するものは、日を重ねるにしたがって増加するばかりとなった。

ところが別所長治の老臣に後藤将監《ごとうしょうげん》という者がいた。彼はしきりに長治に開城を勧めるのだが、信長憎しと思っている長治は、いっこう承知しない。

死ぬまで戦うのだといい、果ては後藤将監に、なんじ生命《いのち》が惜しくなったのか、とののしる。無益に抗戦して人命を失うことを恐れた将監も、そういわれると、もはや、死をもって長治に殉ずる覚悟を決めた。

彼には八歳になる男の子がある。こんなばかばかしい戦いに道連れとなって殺すのは、いかにもかわいそうだった。彼は思案した。そして寄せ手の中に、黒田官兵衛がいることに気づいた。彼と官兵衛とは古い知り合いである。彼の思案は決まった。後藤将監とその幼児とが、三木城から消えたのは、暗い晩であった。

こっそり会いたい者がある、という取り次ぎの者のことばに、官兵衛は陣中の仮眠からさめた。うとうとと眠りかけたのだが、かなり夜も深い。今どきだれであろうと出てみると、やせ衰えて見る影もない旧知の後藤将監《しょうげん》が、しょんぼり立っていた。

かがり火が赤々とたかれている。敵城から忍び出た者であることは一目でわかるので、将監のぐるりは兵卒が取り巻いて、油断なく目を光らせていた。

「おお、後藤殿か」

官兵衛が声をかけると、将監は力なくうなずいた。横には幼児がいたが、将監を守るように、官兵衛をにらんでいた。官兵衛は目で警戒の兵卒を遠くへ退けると、将監に腰掛を与え、自分も腰を降ろした。

「黒田殿」

と、後藤将監は、うつむいた顔を上げた。そのほおは正視に耐えぬほどやつれていた。皮膚はあかでよごれ、顔色は青ざめ、ひげは伸びて、一目で籠城《ろうじょう》の苦労の激烈さがわかった。

「黒田殿、このたびは戦国のならいとはいえ、はからずも貴殿と敵味方となって、なんとも心苦しい」

「まことに」

官兵衛も同感であった。

「心苦しいと申せば」

と、将監《しょうげん》は語を継いだ。

「かねて懇意を願った貴殿へ、おりいってお願いがしたく、かく参上しました」

「ははあ」

と、いったが、官兵衛の胸に来たのは、将監が命請いに来たのではないか、という直感であった。が、これは次の将監のことばではずれた。

「もはや合戦も終りに近いかと存ずる」

さすがに彼は落城が近いとはいわなかった。

「ここに連れて参りましたのは、わたしのせがれで当年八歳になります。このような幼児《おさなご》を合戦の露と消えさせるのは、親の心としてかわいそうになりました。ついては、この子を託するのに、貴殿のほかに、人がありませぬ。どうか愚かなわが心をお笑いなされずにこの子を御養育下さって、成人ののちは、御家来の端にお加え下さるようお願いします。わたしの望みは、この子によって後藤の家名を継がせたい一心です。そうすれば、わたしも安心して死ぬことができます」

将監はそういい終ると、一礼して、判決を待つ罪人のように目を伏せた。

官兵衛は、それを聞くと熱いものがからだに流れた。この親心を愚かと笑うことができない。彼の胸をよぎったものは、わが子、松寿《しょうじゅ》のことだった。信長に人質として差し出して、寝返りを疑われて殺された。口には出さないが、一日も松寿のことは忘れたことがない。将監の申し出は官兵衛の胸を打った。

「将監《しょうげん》殿。御安心下さい」

と、官兵衛はいった。

「必ずお子はてまえが養育して、後藤の家名を再興させます」

「かたじけない」

将監は、その場に手をついた。彼のやせた肩が波打ったのは、大きな安心と感動があらしとなって彼を揺すったからであろう。

彼はいかにも思い残すことはない、といったふうに、落ち着いた様子で立ち去っていった。官兵衛が預かったこの子が、のち後藤又兵衛基次《ごとうまたべえもとつぐ》と名のった。

一方、三木城内の別所長治も、日ごとに激しくなる飢餓地獄の有様を見ては、もはや、手の下しようがないと思ったのであろう。さすがに剛腹な彼もついに覚悟を決めたらしい。

秀吉の家臣の浅野弥兵衛《あさのやへえ》が、三木城からの使者だといって、宇野卯右衛門《うのうえもん》と名のる男を秀吉の前に連れてきた。

宇野は、城将別所長治の一書を携行していた。秀吉が受け取って読むと、

「われら一族は切腹して開城するから、城内の士卒の生命は助けてほしい」

という意味の嘆願書だった。

秀吉は、黙って横にいる官兵衛に、その文書を見せた。官兵衛はそれを読んで、秀吉に黙って返した。それだけでよかった。ふたりは、何もいわないでも心が通じ合っていた。

秀吉は別所の使いに、

「承知した、と別所殿に伝えてくれ」

と、いった。

別所長治が一族や老臣たちとともに割腹して果てたという報告がはいったのは、その翌日の天正八年正月十七日であった。殉死者の中には後藤将監《しょうげん》の名があった。

三木城が落城したと聞いて、いちばん恐れたのは、小寺政職《まさもと》であった。彼は子の氏《うじ》

職《もと》や波津姫《はつひめ》を連れて、いちはやく御着《ごちゃく》の城を捨てて、西へ逃げてしまった。毛利にたよっていったのである。

「なんというお人であろう」

官兵衛は吐息を出さずにはいられない。あれほど心のぐらぐらして決まらぬ人が、逃げるとなると、恐ろしくすばやい。あっという間もなかった。官兵衛は、もう少し政職が御着の城に落ち着いていたら、必ず秀吉を通じて信長を説き小寺家の安泰をはかるつもりだったのに、本人が城を捨てて敵方に走ってしまっては、手の下しようがない。

もとよりたいした人物でもない政職が、更に落ちぶれて毛利にたよったところで、毛利がいい顔をして迎えるはずはなかった。政職がどんな待遇を受けるか、およその想像は官兵衛にできた。

(父上のこと、お頼みします。たよるのはそなたひとり――)

と、波津姫がいったことばが、官兵衛の耳の底には残っている。そのときの、訴えるような、うるんだ黒いひとみも、熱い息も、ふくよかなにおいも、官兵衛の眼底と感触に焼きついている。

引き受けました、と官兵衛はそのときいい切った。その約束が今は空となった。すべては政職の行動からとはいえ、波津姫との約束を破ったことが、官兵衛には苦いしるを飲むように苦痛であった。

（姫。お健やかに）

と、今の官兵衛には、それだけを祈るよりほかはなかった。

三木城の落城と御着城の放棄を聞いて、信長からは、たいへんな賞詞とほうびが官兵衛に届いた。が、官兵衛の気持にそれは密着しないで、距離のあるものに感ぜられた。官兵衛の心には、波津姫の幻影が揺れて、しばらくは消えなかった。

秀吉は、別所を滅ぼしたので、三木城にはいって、それを居城とするつもりだった。

「官兵衛どう思う？」

と、秀吉が聞くから、官兵衛は首を横に振った。

「三木城は要害無双の堅城ですが、狭くて国政を行うのに適しません。それにひきかえ、私の居城姫路は、飾磨《しかま》の津の海を受けて、船の便もよく、高砂《たかさご》や家島《いえしま》の港にも通じ、前には市川《いち》、加古川《かこ》を控え、後は揖保川《いぼ》、青山川《あおやま》をめぐらし、書写山《しょしゃざん》、増位山《ますいやま》、広峰《ひろみね》の高山を負うて、海陸からの便も備わっております。まして姫路は当国の中央にあり、東西の要所ですから、およそ播磨《はりま》に主《あるじ》たらん人のいる所は、これ以上の土地はありません」

官兵衛が、こういう意見を述べると、秀吉は聞き終って、声を出して笑った。

「ちんばめが、申しおった」

むろん、秀吉は官兵衛の進言を、よし、と思ったのである。

このころから官兵衛は、名実ともに秀吉の軍師となった。秀吉は彼の機略を愛し、官兵衛とはいわずに、ちんば《ヽヽヽ》、ちんば《ヽヽヽ》と呼んだ。君臣の間の情は、少しの遠慮も要さなかったのである。

官兵衛は姫路を秀吉に譲ったので、自分は小寺政職の捨てた御着城にはいった。官兵衛は城の中を検分して回った。小寺家の数代にわたる居城であり、官兵衛自身も主君の城として出仕した思い出のものである。彼は奥の間にはいって、しばらくはたたずんだ。

波津姫が、そこから出てくるような幻覚に襲われたからである。

鳥取陣《とっとりじん》

そのことがあってまもなく、官兵衛にとって二つの大事なできごとがあった。

一つは、死んだとばかり思っていたわが子松寿《しょうじゅ》が、意外にも無事だという知らせであった。それこそ夢のような話だった。

聞いてみると、飛騨《ひだ》の高山《たかやま》に、つつがなく成長しているという。今まで知らなかったがそれはなき友人の竹中半兵衛《たけなかはんべえ》の好意だった。信長は、初め官兵衛を疑って、人質の松寿を切れと命じた。半兵衛は請け合った。しかし彼は官兵衛の人物を知っていた。それで黙って自分の居城である高山に隠したのであった。高山は四辺が山に囲まれた交通の乏しい辺ぴな地である。今まで秘密が保たれたのは、そのせいであった。

官兵衛は涙を流した。わが子が生きていてくれたうれしさよりも、半兵衛の友情に感動したのであった。だれよりも彼が自分をよく知っていてくれたという感激である。官兵衛は、半兵衛の白い顔と、いつも静かな微笑を上せているくちびるとを思わずにはおられなかった。

「もっと、生きていてもらいたかった！」

彼が生きていたら、どんなに自分は教えられるところがあったであろう。そう思うと、自分がなんとなくみすぼらしくなり、身辺に索莫《さくばく》たるものを感じるのだった。自分の人生にいちばんたいせつな人を失った空虚さは、まるでからだに風が吹き抜けるような思いだった。——

しかし、官兵衛は心を奮い起した。それは秀吉が、信長から山陰《さんいん》方面の攻撃を命ぜられ、官兵衛が、その参謀になったからであった。

——三木《みき》城の別所長治《べっしょながはる》が滅び、荒木村重《あらきむらしげ》が逃げ、大坂本願寺《おおさかほんがんじ》も、ついに紀州《きしゅう》に退いたので、織田《おだ》の勢力は、弓弦《ゆみづる》を放れた矢のように毛利方へ迫った。もはや、近畿《きんき》・播磨《はりま》地方には毛利の味方はひとりもない。

さすがの毛利も保守的となった。吉川元春《きっかわもとはる》を山陰道《さんいんどう》、小早川隆景《こばやかわたかかげ》を山陽道《さんようどう》に配して、防御線を張った。その山陰道防衛の前線拠点が鳥取《とっとり》城である。城将は毛利の家臣、吉《きっ》川経家《かわつねいえ》、屈強の武将である。

秀吉は、鳥取城を囲んだとき、官兵衛に聞いた。

「官兵衛。お主なら、どうする？」

官兵衛は目をぱちぱちさせていった。

「されば、城は堅固で力ずくでは容易に抜けそうもありません。人数の損害ばかりです。兵糧攻めが最上の策かと心得ます」

「そうか。もっと具体的に聞きたいな」

「されば、ただいま、ちょうど夏の終りで、米の端境期です。だれか商人に命じて、この地方一帯の手持ち米を買い取らせましたら、城中四千人の食米は、たちまちあとが続かなくなるに決まっています」

「そうか。それから」

「城を厳重に取り巻くと同時に、毛利方の救援軍を寄せつけぬよう大軍を集結させます」

「それから」

「これはどうせ長陣になるに決まっていますから、兵がたいくつせぬよう、商人を呼んで市を設け、また歌舞の者を召し寄せ、とかく士気を衰えさせぬように計らいます」

秀吉はうなずいた。この献策をことごとく取り上げた。

吉川経家《きっかわつねいえ》は、初めからの守将ではなかった。途中で交代したのだが、彼は鳥取城の運命を予知していて、死を覚悟し、自分の首おけまで用意して行ったのであった。

彼は鳥取城にはいって、まず糧米を検査したところ、たった三か月分ぐらいしかなかった。驚いて、家臣に理由をなじると、

「若狭《わかさ》のほうから米買いの舟が来て、高値で買いつけて運び去ったため、領内に余分の米がありませぬ」

という返答だった。

はかられた、と経家《つねいえ》はくちびるをかんだ。彼は必死の籠城《ろうじょう》を覚悟せねばならなかった。

二万の兵で囲んだ、鳥取城の秀吉の哨戒線《しょうかいせん》は厳重を窮めた。攻囲線の延長は二里にわたり、その間、塁や柵《さく》、ざんごうを設け、五町ごとに番所を作り、足軽五十人ずつを配した。十町ごとに三層の楼を築いて、三百人の弓、鉄砲を持った者で守らせ、夜は一、二間ごとにかがり火をたいたから真昼のように明るくアリのはい出るすきもなかった。兵糧は、舟で次々と取り寄せて、この城の落ちるまで、何年でも滞陣の用意

をした。

それに、城中から濠《ごう》をくぐって、毛利へ救援を請う使者が何人かあったが、みんな発見されて殺された。さすがの吉川元春《きっかわもとはる》も、近づくことができない。せっかくの救援米を積んだ舟も、途中で秀吉軍のために襲撃されて、焼き払われるありさまだった。

城中四千人は、日一日と欠乏する食糧に絶望しながら、生きながらえた。それでもだれひとりとして降伏を申し出ないのは、毛利の士魂にたたき込まれた者ばかりだからである。

しかし、食糧はいよいよ尽きた。食えるものはことごとく食い尽くした。このうえ、何を食うべきか。記録によると、そのときの惨状を次のようにしるしている。

「――城中の者は、初めは五日に一度、三日に一度、鐘をつき、それを合図に、みんな柵のそばまで出て、木や草の葉を取って食ったが、それもみんな食い尽くしてしまった。それから牛や馬を食ったが、まもなくそれもなくなった。弱い者は次々と倒れて、餓死者はふえるばかりである。餓鬼のようにやせ衰えた男女が柵へ寄りかかってもだえ叫び、悲しむありさまは哀れで目も当てられない。寄せ手が鉄砲をもって打ち倒すと、まだ息のある者をみんなが寄り集まって、刀で手足を切り放し、その肉を食った。わけて頭のほうによい味があるとみえて、首を争って奪い合い、取ったものは、他人に渡すまいと逃げ回るのであった」（「信長公記」より意をとる）

ここまで来ると、もはや限界である。毛利の助けが頼みとならぬ今となっては、城中ひとり残らず餓死を待つか、あるいは、守将が自ら出て皆に代り、命を投げ出すかである。

十月二十日、城将吉川経家《きっかわつねいえ》は、ついに諸人を助けることを条件に、自ら切腹して開城することを秀吉に申し入れた。

秀吉は経家の志に感じて承知した。

城中への秀吉がたの使者は、堀尾茂助《ほりおもすけ》であった。経家は、茂助に時候のあいさつなどして、少しも乱れるところがなかった。彼は具足櫃《びつ》に腰をかけ、一尺五寸のわきざしをおのれの腹に突き刺し、えい、と声をかけながら引き回し、更に胸からへそにかけて、十文字に切った。それからひざの上に両手をついて前に首を伸ばした。介錯人《かいしゃくにん》が刀を振り落した。壮絶な最期である。

それで城内に生き残った者は助けられたが飢えのあまり、食物をむさぼり食ったので、半分は死亡したという。どんなに、このときの籠城が悲惨であったかがわかる。

その年は暮れ、秀吉はおりからの雪の中を姫路に帰った。

明くれば、天正十年の春である。

秀吉は信長の命を受け、いよいよ山陽道《さんようどう》から進攻することになった。三月十五日、彼は大軍を率いて、姫路を発した。官兵衛も参謀として秀吉のそばに付き添った。

毛利方の山陽道の総大将、小早川隆景《こばやかわたかかげ》は、秀吉の大軍の西下を食い止めるため、備中《びっちゅう》の諸将に命じて、警備を厳重にした。

「官兵衛。備中の毛利がたの城砦《じょうさい》では、どこがいちばん手ごわいと思うか?」

秀吉は聞いた。

「されば清水宗治《しみずむねはる》の守る高松城《たかまつ》が、一段と堅いかと思われます。清水はなかなかの武辺者と聞いておりますから」

官兵衛の答を聞いて、秀吉は少し首を傾けるかっこうをした。

「清水を味方に誘ってはどうか?」

「まずだめでしょうな」

「そう、あっさりいうな。おまえと蜂須賀《はちすか》とが行って、よく話してみて来い」

官兵衛はしかたなしに、秀吉の口上を持って使いに行ったが、はたして清水は応じない。

これから、いよいよ史上有名な高松城の水攻めが始まるのである。

高松城水攻め

備中《びっちゅう》の高松城は、東北に連山を控え、西南に足守川《あしもり》の大河が流れ、城の周囲三方は沼地で壕も深く、要害堅固の城である。この城にはいっている兵は、約五千とみられた。

「官兵衛、この城を抜くには、どうしたらよいと思う？」

秀吉は例のとおり、質問した。

「力ずくで攻めるのはむだでしょう。なかなか容易な城ではありません」

「では、また兵糧攻めか？」

「いや、城内にはたくわえ多く、鳥取城のようなわけにはゆきません。水攻めがよろしいかと考えます」

「水攻め？」

「ごらんください」

と、官兵衛は、城のほうを指さした。

「あの城の南を流れている川をせきとめて、長い堤を造るのです。城は低地にありますから、このつゆの長雨でも降れば、たちまち水浸しとなります。これがいちばんよい方法だと思います」

「水攻めか」

秀吉は、つぶやくようにいって、城のほうをながめた。彼の目は地形を研究しているようだった。ややあって、おもしろい、といった。一度、よいとなったら、すぐに実行に移すのが秀吉のやり方だ。たちまち、高さ四間幅十二間、長さ二十六町に及ぶ築堤の工事が始まった。

それから城の背後の長野川《ながの》もせきとめて、足守川《あしもり》と合したから、面積約百八十町歩の地に水が注ぎ、一面の湖水と化した。

おりからの梅雨である。来る日も来る日も雨が降った。

人工湖水の水量は増すばかりである。水は城の石垣から沈入させていった。石垣から、上へ上へと水はせり上がっていった。

一日一日と高松城は水中に没した。

「どうです。こうなれば、城の運命も決まったようなものですな」

官兵衛は、秀吉にいった。

「なるほど。しかし今度は毛利が援軍に来るだろうな？」

「それは参りましょう。しかし、これだけの湖水になってしまっては、兵を渡すこともできず、どうにもならないでしょう。まずは高松城は見殺しでしょうな」

はたして、その毛利はやって来た。小早川隆景《こばやかわたかかげ》、吉川元春《きっかわもとはる》両軍で約三万、毛利輝元《てるもと》も自ら兵を率いて来会した。しかし、この満々とみなぎった水面を見ては、手のつけようがないらしかった。彼らは対岸の山に旗印を立てたまま、停止してしまった。

毛利は困ったらしい。高松城を目の前に見ながら、救うことができない。さりとて、秀吉の軍と戦うこともできない。その間にも、高松城は一刻一刻と湖水に沈んでゆくのである。

秀吉も少し弱った。高松城の陥落は目前にあるが、対岸には、輝元、元春、隆景の大軍がじっと動かない。この主力と対抗するにはわが一手だけでは心もとない。そこで秀吉は安土《あづち》にある信長に向かって、援軍を頼んだ。

信長は快然と承諾した。彼は自身で大軍を率いて西下することを決心した。毛利を一挙に倒して、九州まで攻め落そうというのが、このときの信長の心意気だった。

毛利がたでは、信長が自ら大軍を連れて来ると聞いて驚愕《きょうがく》した。秀吉だけにさえ、手を焼いているのに、このうえ、信長に大挙して来られては敗北は必至である。

毛利がたに、講和論が起ったのは、この理由からだった。

毛利領安芸国安国寺《あきのくにあんこくじ》の住職に、恵瓊《えけい》という僧があった。才知で弁舌がたつので、輝元がたいそう目をかけていた。彼は武事も大いに好んだので、今度の陣にも連れて来られていた。彼はなかなかの策略家だった。

その恵瓊が、ある日、官兵衛に会見を申し込んで来た。官兵衛も、彼の名を聞いて知っていたから、ははあ、来たな、と思った。先方でも官兵衛が参謀だと承知していたのである。

安国寺《あんこくじ》恵瓊は、官兵衛に会うと、

「どうでしょう、この戦いもこのへんで、手を打とうではありませんか。そのほうが、お互いの利益だと思いますが」

と、切り出した。官兵衛は、じっと恵瓊の顔を見た。

「毛利のほうの条件はどうなのですか？　まあ、条件次第ですな」

と、わざと気乗り薄い顔を見せていった。

「てまえのほうは、思い切って譲ります。備中《びっちゅう》、備後《びんご》、美作《みまさか》、因幡《いなば》、伯耆《ほうき》の五か国を差し出しましょう。これはたいへんな譲歩だと思いますが」

恵瓊はいった。それは、そのとおりであった。官兵衛は、恵瓊の目をのぞき込むようにした。

「高松城の清水宗治《しみずむねはる》は、どうなるのです？」

恵瓊は首を振った。

「いや、あれは助けていただきたい。毛利のために、あれだけ戦っているのだから、殺すに忍びないのです。その代り、思い切って五か国をさしあげようというのですから」

官兵衛は、考えた末にいった。

「それはむずかしいことですな。われらのほうとしては清水の善戦は認めるが、助けるわけにはいかない。もう時機がおそいのです。もっと早かったらよかったのですが、今となっては、彼の首を見なければ、こちらの面目がたたぬのです」

「五か国をお譲りしてもですか？」

「いや安国寺殿」

と、官兵衛は声を出して笑った。

「五か国、五か国といわれるが、われわれのほうとしては、早かれおそかれ、毛利十か国は全部こちらのものになるのですよ」

それを聞いて恵瓊《えけい》は、薄笑いを浮かべながらその日は帰って行った。

官兵衛が秀吉にそのことを報告すると、

「五か国を黙って差し出すなら、清水は助けてもいいいな」

と、秀吉はいった。

「いや、それはいけません」

官兵衛はさえぎった。

「なぜだな？」

「ここで御威光を決然と見せなければいけないのです。敵は毛利だけではありませんぞ。まだ九州が残っています。四国があります。関東も、奥州《おうしゅう》もあります」

そうかと秀吉はうなずいた。

それからも安国寺恵瓊は、たびたび官兵衛に面会を求めて来た。彼の条件は変わらない。官兵衛も譲らない。お互いが、顔に微笑を漂わせながら腹の探り合いだった。かけ引きの戦いだった。ところが、ある夜――正確にいうと天正十年六月三日の夜のことである。

亥《い》の刻（午後十時過ぎ）ごろ、秀吉から官兵衛に、至急に会いたいといってきた。官兵衛が本陣に行くと、秀吉は自分のへやで、ぽつんとすわっている。人払いをしているとみえて、だれひとりとして、そこにいない。官兵衛は、はっとした。秀吉の様子にただならぬものを感じたからであった。いつも快活な彼が、妙に沈んで思索にふけっている様子だった。

「官兵衛」

と、秀吉の声は、のどに詰まったように枯れていた。

「だれも近くにおらぬだろうな？」

「は。おりませぬ」

と、答えたものの、官兵衛は実に容易ならぬことが秀吉の身に起ったのだと直感した。

「これを見い」

秀吉がふところから出して投げ出したものは、一通の書状だった。官兵衛は、手に取って読み下した。

それは、京都の長谷川宗仁《はせがわそうじん》という者から、秀吉にあてたもので、六月二日、信長が本能寺《ほんのうじ》で明智光秀《あけちみつひで》のために殺された、という急報だった。

官兵衛も、さすがにぎょうてんした。思いもかけない事件の突発だった。

「これは！」

といったまま、彼も秀吉の顔を見つめるばかりだった。

「官兵衛」

「は」

「どうしたらよい？　おれは、どうしたらよい？」

秀吉の声は泣きだしそうだった。なるほど前には毛利の大敵を控え、背後には、この変事である。さすがの秀吉でも、動転するのは無理もなかった。

官兵衛は、何を思ったか、するすると秀吉のかたわらに進み寄った。彼の片手は秀吉の肩に触れた。

「殿」

「────」

「しっかりなされませ。これは吉報でございます」

「なに！」秀吉が目をむいた。

「信長様のなくなられた今、あなた様の御運が開けたのでございます。これからは、あなた様の天下ですぞ！」

秀吉はいっぱいに目を見開いて、官兵衛をにらむように見た。彼は、このとき、官兵衛が世にも恐ろしい頭脳の持ち主であることを知った。

信長の死は、秀吉と官兵衛の間だけで、いっさい厳秘にした。そのため、密書を持って来た使者を殺したくらいである。

秀吉は、

「こうなったら、毛利のいうとおりの条件で和解しようか？」

といったが、官兵衛は聞かなかった。

「いや、ここで弱気を出したら、敵に悟られます。あくまでも、清水の首を主張したほうがよろしいです」

そのため官兵衛は、安国寺恵瓊《あんこくじえけい》に強引に談判した。ことは一刻を争うのである。ぐずぐずすると、毛利の耳に信長の死がわかってしまう。そうなったら、逆に秀吉のほうが破滅だった。恐ろしい瞬間だった。

恵瓊は、ついに官兵衛の策の前に屈した。

「やむをえません。主君にいって、清水《しみず》に腹を切らせましょう」

その一語を聞いたとき、官兵衛は満身から力が抜けてゆきそうな安堵《あんど》を覚えた。

清水宗治《むねはる》の自決は、四日の巳《み》の刻（午前十時）と決まった。実に、信長の死の知らせが到着した翌日である。

その時刻、湖水の上に一そうの舟が出た。こちらは秀吉陣、向かいの側は毛利陣だ。北のほうには、沈みかけた高松城がある。両陣からも、城中からも、何万という目が、この舟に注がれていた。舟の上には四人の人影がある。中央に清水宗治、かたわらに清水の家臣三人が乗っていた。

やがて、舟は、秀吉陣と毛利陣の間のまん中に止まった。このとき、一そうの小舟が秀吉陣から出て清水の舟のそばについた。検使堀尾茂助《ほりおもすけ》の乗った小舟だ。堀尾は宗治の長々の労苦をねぎらい、秀吉からの贈り物として、酒、さかなを渡した。宗治はそれに対して礼をいう。それから舟の中では主従の最後の酒宴があった。

やがて、その舟から謡曲が聞えてきた。こちらから見ると、ひとりの男が舞っている。これが宗治で、「誓願寺《せいがんじ》」の曲舞《くせまい》であった。謡は舟の三人同音に歌い納めた。

水はつゆ空を映して鈍色《にびいろ》に光っている。何万の兵卒は息をのんで、身じろぎもしない。声ひとつ出ない、氷のように張り詰めたきびしい時間の推移だった。

宗治は舟の中に再びすわった。数万の凝視の中に、彼の姿は落ち着いた動作だった。介錯人《かいしゃくにん》が立ち上がった。刀が光った。宗治は舟の中にくずれた。

吉川経家《きっかわつねいえ》と清水宗治の壮烈な最期は、この中国陣の花であると、世人がいつまでもいい伝えた。

新しい秀吉と官兵衛の時代が、このときから始まった。

疑惑

秀吉と毛利との和解は、高松城の清水宗治《しみずむねはる》の自刃によって決まった。しかし、このときは、まだ毛利がたに信長の死が知れていなかった。だから、和解の条件として、毛利はきれいに人質ふたりを差し出したのであった。

「官兵衛、これからどうしたらよい？」

さすがの秀吉も、時局のあまりの急変に、自分だけの判断がつかなかった。

「一刻でも、早急に光秀《みつひで》を討つために、京に上られたがよいと思います。ぞうり片足、げた片足ということばがございます。急ぐときはこれでなくてはなりません。二百でも三百でも、撤兵の準備ができしだいに、軍勢を率いて上洛《じょうらく》なされよ。さすれば沿道では、すわ秀吉勢が主君の弔い合戦に大軍を率いて、続々と上洛するよと騒ぎ立てるでしょう。これは一つは味方の士気を鼓舞し、一つは敵の心を恐れさせる方便となります」

官兵衛は、すぐに意見を述べた。

「おれもそう思うが」

と、秀吉はまだ頭を指の先で押さえていた。

「問題は、毛利が信長公の死を知って、あとから追撃して来ぬかという心配じゃ。そうなれば、前後に敵を受けることになるでな」

「それなら、御案じ遊ばすな」

官兵衛は、言下にいった。

「高松城をせきとめた堤防を、ことごとく切って落せばよろしい。さすれば満水の濁流は奔流して、一面の原野を、湖水と化せしめるでしょう。これで毛利軍の追撃は防げます。もし、彼らが川上に沿って迂回《うかい》しても、道は至極険しく、行軍は難渋し、容易にわが軍に追いつけるものではありません」

秀吉は手を打った。

「よし、それでいこう。さっそく、そのように手配してくれ」

「かしこまりました」

こうなると、君臣の間は、みごとに呼吸《いき》が合って、寸分のすきもなかった。

六日の朝、秀吉は一番貝を鳴らして、軍勢の勢ぞろいをなさしめ、二番貝で兵食をつかわせ、三番貝によって、いよいよ東方に向かって進発した。官兵衛は自ら殿軍(しんがりの軍隊)となった。引き揚げのときの殿軍は、攻撃のときの先手と同じようにたいせつな役目なのである。

しかるに、官兵衛は、何を思ったか、あとから、行進中の秀吉を追いかけた。

「なんだ、官兵衛？」

と、秀吉は訊《き》いた。

「お願いがあります」

「うむ、なんだ」

「毛利の人質は、返してやってほしいと思います」

秀吉は、じっと官兵衛の顔を見た。彼は一瞬の間に何かを悟ったらしかった。

「よかろう」

ただ、一口に答えた。それ以上、よけいな質問はしなかった。さすがは秀吉だな、と官兵衛は感心した。毛利の人質も、今の段階では無用なのである。むしろ人質をあっさり返して、毛利がたの心を和らげておいたほうが得なのである。

秀吉は、すぐにそれを、官兵衛のひと言だけで直覚したのであった。

官兵衛は、自分で人質ふたりを連れて、毛利がたに引き返した。それには、彼の別なたくらみがある。

官兵衛は毛利の陣に来て、小早川隆景《こばやかわたかかげ》に会った。人質が帰って来たので、隆景もたいへんに喜んでいる。このときは、もう信長の死が毛利がたにもわかっていた。毛利家の中では、吉川元春《きっかわもとはる》のように、すぐに秀吉を追撃して討とうという強硬論者もあったが、それをなだめて、毛利家の安泰のために、和解の約束をあくまで守ろうと説得したのは、この隆景であった。隆景はのちに、朝鮮役《ちょうせんのえき》の碧蹄館《へきていかん》の戦いには武功第一の、智謀のある勇将である。

「さて、小早川殿、ちょっとお願いがあります」

と、官兵衛は切り出した。

「ははあ、なんでしょう？」

「毛利家の旗印を二十旒《りゅう》ほど拝借したいのですが」

隆景は、官兵衛の顔をながめた。何秒かの後、彼の目は微笑を含んできた。

「よろしい」

理由も何も聞かない。

「旗だけではなく、わが一手の軍勢をお貸ししましょうか？」

と、隆景はいう。

「いや、それには及びませぬ。旗だけで結構です」

「さようか。それでは旗奉行と、旗持だけを差し添えましょう」

と、隆景は答えた。

彼には官兵衛の意図がわかっているようであった。

この辺は、ふたりの腹芸である。

官兵衛は、大急ぎで秀吉のあとを追った。途中、備前《びぜん》の岡山では、浮田家《うきたけ》の家老が見送りに出ていたが、これにも同じようなことをいって、浮田の旗を十旒ほど借り受けた。

備前領を過ぎると、播磨《はりま》にはいる。姫路《ひめじ》はすぐ近い。姫路は秀吉の城になっており、したがって、家来は家族をみんな姫路においていた。だれしも合戦の間、長らくるすをしているわが家に寄って、家族の顔を見たいのは人情である。

官兵衛は、姫路が近くなって、秀吉の横に顔を見せた。

「殿。姫路城においりになりますか？」

秀吉は、あたりまえだといわぬばかりの顔をして、

「高松城の囲みで、長らく母にも妻にも会っていない。ついでだから、一晩泊まって、明朝、早く出発したいと思う」

「それは、いけません」

官兵衛は言下に反対した。

「なぜだな？」

「殿がお城に一泊なされば、将卒もまた自分の家に帰って、妻子に会うでしょう。長らく他国に出陣して、ようやくわが家に帰って妻子と休息すれば、人間の心は、必ずゆるみが出てくるに決まっています。明朝の出陣がイヤになる者も出てまいりましょ

う。ここは心を鬼にして、部下を家に帰らせず、このままの勢いで、まっすぐ進軍をお続けなされたほうがよろしい。事は一刻を争います。機会を失したら、取り返しのつかぬことになりますぞ」

官兵衛のいうのを聞いていた秀吉は、大きくうなずいた。

「そのほうの申すとおりじゃ。それでは、軍令を出そう」

まもなくその軍令は全軍に触れ出された。

――諸士下部《しもべ》に至るまで、ひとりたりともわが家に立ち寄り候《そうら》わば、忽《たちま》ち誅戮《ちゅうりく》すべし。

「自分の家に帰ったら死刑にする」というのである。

この軍令は、かえって、部下の将卒の勇気をかきたてる結果となった。だから、全軍姫路は素通りである。ただし町じゅうは住民が総出で、かゆや湯茶の接待をした。のみならず、わが夫、わが父を見送るために、将卒の家族は沿道に並んで、そでを振り、手を振って、激励し、歓送した。全軍の意気はいよいよ高い。

播磨の領を過ぎると、摂津《せっつ》である。ここは高山《たかやま》右近《こん》や、中川清秀《なかがわきよひで》、筒井順慶《つついじゅんけい》などというまだ、どっちつかずの領主がいて、いわば敵地である。

このとき、秀吉は全軍の先頭に変なものを見た。いつの間にか、毛利の旗と浮田の旗とが、数十本立って進んでいるではないか。秀吉は世にも不思議な顔をした。

「ちんばを呼べ」

伝令が走って、官兵衛を連れて来た。

「おい、官兵衛。あれはどうしたのだ。いつの間に毛利と浮田の加勢が来たのか？」

官兵衛は笑いだした。

「ははあ、殿にも、そう見えますか。それなら成功です。なに、あれは旗だけ借りてきたのです。敵が遠くからあれを見たら、毛利と浮田が御軍勢に加わったように誤認するでしょう。光秀は、まだ毛利をアテにしているのです。その毛利が、わが軍の先《せん》鋒《ぽう》となって、逆に攻め寄せて来たと思うと、必ず失望して勇気を失うに違いありません。戦わぬ先からまず敵の神経を乱す。これ兵法の妙味です」

秀吉は、

「ほう」

と、いったきりだった。彼は官兵衛の顔を穴のあくほど見つめた。その目は、感嘆よりも、畏怖《いふ》に近かった。

――恐ろしい男が世の中にはいたものだ。

秀吉の表情は、そういいたそうだった。高松城の水攻め以来、官兵衛の言動は、ことごとく秀吉の先を越していた。

――こんな男は、将来、何をするかわからない。

秀吉は、官兵衛という人物が、だんだんこわくなった。

ところが、官兵衛も、秀吉のこの表情をすばやく読み取った。

(しまった)

官兵衛は心の中で後悔して叫んだ。秀吉の警戒と疑惑が、早くも己れの身にかかったのを、直感したからであった。

この疑いは避けねばならなかった。戦国の時代には、時の権力者ににらまれることが、直ちに身と家とを滅ぼすことを意味するのである。

官兵衛が、のちに、四十の壮齢で早くも隠居して如水《じょすい》と号した原因は、このとき以来の秀吉の疑惑をのがれるためであった。

天正十年六月十一日、秀吉は摂津尼崎《せっつあまがさき》に着陣した。丹羽《にわ》、池田、堀、高山、中川らの付近の諸将は皆来たり会した。丹羽長秀《にわながひで》は信長の重臣だが、四国征伐に渡る寸前に、本能寺《ほんのうじ》の変を聞き、秀吉の来るのをここで待っていたのである。

明智光秀《あけちみつひで》は、京都で秀吉の意外に早い進撃を聞き、にわかに一万六千の軍勢を連れて、山崎《やまざき》の北にある勝龍寺《しょうりゅうじ》の城によった。ここで秀吉の軍を撃破しようというのである。

いったい、山崎は京都と大坂の中間にあって、その地形は、京都盆地《ぼんち》と大坂平野との間に、東西から丘陵が迫っていて、谷のような隘路《あいろ》を成している。だから大軍を京都に入れぬためには、この関所のような地形を利用して、防衛せねばならぬのだ。

余談だが、建武《けんむ》の昔、楠正成《くすのきまさしげ》が立案した戦略も、足利尊氏《あしかがたかうじ》の大軍を、いったん京都に入れて、山崎を塞《ふさ》ぎ、飢餓戦術に出ようとしたのであった。京都の攻防には、まことに重要な地勢である。

官兵衛が、山崎の地形を観望すると、そこに宝寺《たからでら》と呼ぶ山がある。この山を占領することが、まず戦局のうえから有利だと考えたから、秀吉にそれを進言した。

秀吉はそれを採用して、先鋒軍に宝寺山の占領を命じた。

十三日の、まだ夜の明けぬ未明、秀吉の先鋒部隊は宝寺山にかかったが、意外にも山上は明智軍が先に占領していた。

「さすがは光秀ですな」

と、物見の報告を聞いて、官兵衛は秀吉にいった。

「こうなればしかたがありません。あの山は大事ですから、強引に奪い取りましょう。私が山のすそを固め、戦闘が始まったら駆け登ります」

官兵衛は、手兵二千人ばかりを連れて、宝寺の山麓《さんろく》に到着した。

まもなく、うおー、うわー、という鬨《とき》の声が山上から聞えた。宮脇長門守《みやわきながとのかみ》らを先手とする秀吉軍の攻撃が始まったのだ。

「それ、かかれ」

官兵衛は手兵の先頭に立って、山へ駆け登った。二千の兵がこれに続く。暑い盛りで、みんなよろいの下には、満身に汗を流している。草いきれがむせ返るようだ。

山上に到着してみると激戦の最中である。ぎらぎらした炎天の下で、槍《やり》と刀と血の混合である。敵味方の旗指物が入り乱れて舞っている。

官兵衛の一隊は、横から突入した。強引に敵勢につっ掛かっていった。

山上から明智軍の退却が始まったのは、まもなくであった。

だいたい、山崎《やまざき》の合戦は、明智軍が初めから守勢に立ち、秀吉軍が攻撃的であった。戦闘では攻守の気勢が勝負を決する。それに秀吉軍では、中川清秀や高山右近などの、新しくついた武将がよく働いた。明智軍にも斎藤内蔵介《さいとうくらのすけ》などという勇将の奮戦もあったが、大勢の不利はしかたがない。明智軍はしだいに追い込まれていった。

明智光秀は後退して、勝龍寺の城にはいった。彼はここをもって最後のささえとするらしかった。

この報がはいったので、官兵衛は秀吉にまた進言した。

「勝龍寺は、京都ののどともいうべき要害ですから、光秀は必ず死にもの狂いで、この城を守るでしょう。もし力ずくでむりに攻めるといたずらに味方の生命を失うことが大きくなります。ですから、光秀の領地、丹波路《たんばじ》に当たる方角だけをあけておき、わが軍が三方から、野となく山となく数千のかがり火をたいて、明智軍をおどかせば、敵軍は重囲に陥ることを恐れて、きっと軍勢の半分以上は、この一方の血路から逃走するでしょう。すると光秀も軍勢といっしょに逃げるか、わずかな残兵とともに勝龍寺城に籠城《ろうじょう》するか、どっちかを選ぶほかはありません。もし勝龍寺に彼がとどまれば、こっちのものです。勝利は疑いありません」

この献策を、秀吉は、こっくり、こっくりとうなずいて聞いた。心では相変わらず官兵衛の眼力に感嘆し、どこかでは、それを恐れていた。

夜にはいると、かがり火は数千となくたかれた。実に、三方から何万という大軍が集結しているように見えた。

はたして光秀は恐怖したようである。彼は勝龍寺城にとどまることをせず、その部下とともに、夜のうちに城を抜け出た。すでに彼の軍勢のほとんどは脱走していた。これでは戦うことはできない。

もし、秀吉軍が四方から勝龍寺城を攻めたてたら、明智軍も必死に抵抗したであろう。窮鼠《きゅうそ》猫をかむということもある。が、一方だけ逃げ道があいていたことが、彼らにかえって戦意を失わせ、身の安全のために、逃走の気持を起させたのである。

夜が明けてみると、明智軍の姿は、勝龍寺城には少しもなく、消え失《う》せていた。

光秀は、山崎をのがれて、琵琶湖《びわこ》の南岸、坂本《さかもと》の城にはいるつもりのようだった。

そこには、彼の一族、明智光春《みつはる》がよっている。

光春は勇将で、山崎の戦いに光春を出さなかったのが、明智軍の敗因の一つといわれている。光秀は心に第二線を初めからつくっていた。山崎で敗れたら、第二線によるという考えである。そのため光春をだいじに残しておいた。

秀吉は、初めから決死であった。彼は部下に前もって、もし自分が山崎で負けたら自殺するから、そのときは居城の姫路城を焼き、母と妻とを殺すようにといいつけている。ふたりの気構えは、初めから違っていた。光秀は決して平凡な武将ではなかったが、実戦の人というよりも、連歌をよんだり、茶に親しんだりする文化人であった。

光秀は、坂本に落ちてゆく途中、山崎の近くの小栗栖《おぐるす》村付近で、土地の百姓の竹やりの先にかかって、はかない最期を遂げた。戦国のころには、落武者の金品をねらう、こういう物騒な百姓が各地に群れをなしていたのである。上も下も、裸の実力の時代であった。

この物語も、ようやく終末となった。

山崎の合戦《かっせん》で大勝を得ると、秀吉の実力はぐんと上がった。織田家の重臣、柴田《しばた》勝家《かついえ》がこれをねたみ、賤《しず》ケ《が》岳《たけ》の合戦となった。官兵衛はここでも奇才を縦横に発揮して、秀吉を勝たせた。

賤ヶ岳戦が終ると、秀吉は徳川家康と小牧《こまき》・長久手《ながくて》で対戦した。この合戦は引分けで、秀吉と家康は和解した。秀吉は名実ともに天下人となった。

秀吉の出世は彼の独走のようであるが、必ず官兵衛が横について助言し、采配《さいはい》を振《ふる》って秀吉を助けた。だから、秀吉も官兵衛の実力は大いに買うとともに、あまりの頭脳の切れ方に、少なからず警戒した。

こんな話がある。秀吉が北条氏政《ほうじょううじまさ》を小田原《おだわら》に攻めたときは、全国の兵力を集結し、雲霞《うんか》のごとき大軍であった。

秀吉は一日、諸所の陣営を巡視して、家臣にいった。

「頼朝《よりとも》が富士《ふじ》川にいくさしたときは、その総勢は二十万と称した。以来、彼のごとき大軍を統べた者はなかったが、今、おれは頼朝以上の兵力である。この大軍を自由に指揮する者は、海内（天下）に、ほかにはない」

こういばってみせたが、しばらくして、ちょっと小首をかしげた。少し気がさしたらしい。

「いや、ある。おれのほかは、あのちんばめぐらいだ」

と、残念そうにいった。

その小田原城でも、官兵衛は単身で、平服のまま乗り込んで北条氏政《ほうじょううじまさ》に会い、得意の弁舌をふるって降参させている。作戦によく、調略によく、何をさせても第一級であった。

秀吉が、あるとき、侍臣に冗談をいった。

「おれが死んだら、あとはだれが天下を取るか遠慮なくいってみよ」

すると侍臣は、あるいは徳川家康であろうといい、あるいは前田《まえだ》利家《としいえ》であろうといい、浮田《うきた》秀家《ひでいえ》であろうといった。

秀吉は考えていたが、首を振った。

「まだ、もうひとりいるぞ。それは、あのちんばだ」

といった。侍臣たちは、不審げな顔をして、

「黒田殿は、わずか十万石であるのに」

というと、秀吉は説き聞かせるようにいった。

「それは、おまえたちが、あのちんばをよく知らないからだ。おれが明智《あけち》を討ち滅ぼして以来、合戦数十回、ずいぶん難儀ないくさもあって、どうしたらよいかと思案に余って決し兼ねるとき、あのちんばに聞くと、やつはたちどころに判断する。それが、しかも、おれが長いことかかって考えあげた末の結論と合うか、でなければ、あっと思うくらい意外な意見をいう。そのうえ、度胸もあり、人を使うこともうまい。その智謀の広さと深さは天下に類がない。おれが生きている間でも、あいつがその気になれば、天下を取ることはさしてむずかしくはあるまい」

これほど秀吉に思われたのであるから、まだ四十代の若さで官兵衛が隠居したのは、秀吉の警戒心を解くためであった。如水《じょすい》と号したのは、隠居後の名前である。

官兵衛は旧主の小寺政職《まさもと》を忘れなかった。政職は御着《ごちゃく》城を退散してからは、安芸《あき》や備後《びんご》あたりを流浪していた。その娘波津姫《はつひめ》も父といっしょに漂泊していた。

官兵衛は旧主の一家を捜し出して、わが城に引き取り、ていちょうに待遇した。彼の心には、旧主の恩義もさることながら、波津姫の優しい面影がいつまでも忘れかねたのであろう。その波津姫は、二十二歳の若い身で、官兵衛の好意を謝しながら病死した。

慶長《けいちょう》九年、黒田如水は、伏見《ふしみ》の藩邸に病んで危篤に陥った。

彼は病臥《びょうが》して死ぬことを欲せず、床の上に端座したまま息が絶えた。

「おれが死んでも、家来どもは決して殉死はならぬぞ」

といったのが、遺言であった。

もし、秀吉という人物がいなかったら、如水は天下を握ったかもしれない。そういう意味では、不運な武将であった。

逃亡者

一

細川藤孝《ほそかわふじたか》が明智光秀《あけちみつひで》の応援として丹後《たんご》に出兵したのは、天正《てんしょう》七年のことであった。丹後・丹波《たんば》攻略は、安土《あづち》に在城していた信長《のぶなが》からの命令である。

光秀・藤孝は波多野《はたの》一族が籠《こも》った丹後峯山《みねやま》城を降《くだ》したが、同じ年、細川藤孝は兵三千余人をもって丹後に向かった。このときは、光秀のほうが応援として手兵三百をつけた。丹後には弓木《ゆみのき》城に一色《いっしき》、田辺《たなべ》城に矢野、由良《ゆら》城に大島、竹野城に多賢野《たがの》、峯山城に吉原というふうに小城が犇《ひしめ》いていたが、いずれも尼子《あまこ》の勢力下にあった。

藤孝は最初弓木城に向かったが、容易に落ちないと知って、桜井熊野《さくらいくまの》城主を誘い出し、策をもって和をはからせた。一色義有は初めて承服したので、他の諸城も人質を出して和を乞《こ》うた。一色は丹後の名家だ。足利《あしかが》氏の一族で、斯波《しば》、渋川《しぶかわ》、吉良《きら》と同族である。足利義満《よしみつ》の頃に若狭《わかさ》を領有し、次いで丹後に封ぜられたのがその始まりだ。義有の頃には衰微していたが、それでもその名家の一色が降ったので、他の諸城も細川勢に城を開いたのである。

信長は、細川を功によって摂津勝竜寺《せっつしょうりゅうじ》城より丹後に移し、一国を与えた。

しかし、丹後の国は諸土豪割拠し、容易に細川になずまなかった。信長は藤孝に書

状態であった。

害を構へ、砦《とりで》の類《たぐひ》数多《あまた》なれば、員数になずむべきことにあらず」（細川家譜）という

をやってそのことを注意した。当時の「丹後は殊に一揆《いっき》の争国なれば、思ひ思ひに要

なかでも一色義有は、ややもすると他を誘って藤孝に抵抗しようとする状況にあっ

た。藤孝はその娘を義有にめあわせた。しかし、こんな政略結婚に宥《なだ》められる義有で

はなく、さらに細川の間隙を狙っていた。

面をしておらぬ。よって挙式の盃《さかずき》ごとをしたいから宮津にお越し下されと招じた。

忠興は義有に使者を送って、このたび、そこ許《もと》とは兄弟の縁組をしたが、未《いま》だに対

ので、義有を誘い出し、暗殺することを企てた。これが天正十年九月のことである。

当時、藤孝の子忠興《ただおき》は宮津《みやづ》城にいたが、先に一色城を攻めて落ちない経験があった

ので、信長の声がかりで光秀の娘於玉《おたま》を室として迎えた。

忠興はこのとき二十歳だった。先年、丹波・丹後地での働きは殊のほか見事だった

一色義有もこれまで忠興とは対面していない。この招請状には拒むべき理由がなか

った。しかし、彼も警戒しながら、九月八日、宮津に参着したが、騎士三十六人、雑

兵三百人で、さながら戦闘編成であった。中でも騎士は武力にすぐれた者ばかりを択《えら》

んだ。

一色の一行は宮津城下まで来た。雑兵は城外に押し止《とど》められた。騎士三十六人は広

間まで参入を許された。義兄弟の対面は書院で行われたが、忠興が義有と対い合うのは初めてである。

一色の家老日置主殿介は、忠興の右脇にぴたりと付いた。義兄弟でも何をされるか分からないから忠興の右手を抑圧したのだ。戦国の折柄、この異様な仕儀も普通の風習となっている。忠興のほうにはすでに計略がしくまれていた。忠興のすぐうしろの襖《ふすま》一枚の内側には、義有を討つ仕手が十七人隠されている。隣の盃ごとの進行を耳立てて窺《うかが》い、いざことが起れば、瞬間に襖を蹴《け》破って闖入《ちんにゅう》せんとの気を逸《はや》らせている。

また、細川の重臣玄蕃《げんば》は手勢を率いて田辺城の普請場に駐屯し、宮津城からの合図の火の手の揚がるのを待った。

この頃、藤孝は田辺城を居城としていたのだが、修復のため忠興だけは一時宮津城に居を移していた。

忠興二十歳、義有十八歳。どちらも大兵の若者だ。自然と互いに牽制《けんせい》し合う気色が面上に漲《みなぎ》っている。

忠興の腰のものは中嶋甚之允《なかじまじんのじょう》が持ち出して置いたのだが、柄《つか》の勝手がちょっと忠興には具合の悪い位置になっている。いざというとき忠興の右手が素早く刀の柄にさしかかる手筈《てはず》だが、中嶋の刀の置き方では少々遠くもあるし、位置も悪い。忠興の心に微《かす》かな焦りと不安が湧いた。

このとき、襖が開いて、忠興の家来米田宗堅《よねだそうけん》なる者が祝儀の肴《さかな》を三宝に載せて出て来たが、わざと袴《はかま》の裾《すそ》を忠興の腰のものに触れた。これは粗忽《そこつ》なり、と刀を取って推し戴《いただ》いたとき、少しばかり鞘《さや》が走った。米田はそれを押し込んで、今度は忠興が取りやすいように柄の位置を置き直した。米田の機転で忠興は安堵《あんど》した。義有は先ほどから瞬《また》きもせず忠興の様子をみつめている。

次に中路市之允《いちのじょう》という忠興の家来が盃を義有にすすめ、自らは瓶子《へいし》を取って酌をした。

中路は剛の者だったが、さすがに心怯《おび》えたか、指先が震え、そのために義有に注ぐ酒が少しく畳にこぼれた。義有が浅黒い顔をふいと不審げに持ち上げた。

忠興は猶予ならじと、自分の右肘《ひじ》にぴたり付いている一色方の日置主殿介を押しつけて、眼の前の刀の柄に手を伸ばした。

日置がはっとして手を突くのと、義有が盃を忠興に投げつけるのとが同時であった。忠興の鞘走った中身は、抜き討ちに義有の肩先から脇腹にかけて斬り下げた。

日置が腰を伸ばしたのを中路がうしろから摑《つか》んだ。日置が中路を引きずって遁《に》げ出すのを中路の刀が背中から腹にかけて突き通した。

一色義有は脇差を抜きながらよろよろと起《た》ち上がった。肩先から一筋の血が垂れている。義有は忠興に炎のような眼を向けると、酔ったような足取りで縁側まで歩いた。

忠興は凝《じ》っと見ている。義有は五、六歩千鳥足に歩いて、俄《にわ》かに人形を仆《たお》したように崩れ落ちた。このとき俄かに血が噴き出て、彼の身体は二つに割れた。

次の間に控えていた義有の供侍がこの音を聞いて総立ちとなった。襖の内側に潜んでいる仕手は広間に雪崩れこんで一色方と斬り合った。そのなかで半弓を持って細川方を悩ます武士がいた。これを的場《まとば》甚右衛門《じんえもん》が立ち向かって討ち取った。米田宗堅も敵三人を斬った。一色方に芦屋《あしや》金八郎《きんぱちろう》、金川与蔵《かねかわよぞう》という剛の者がいたが、これも細川方が取り込めて討ち取った。

一色方は勝手の分からぬ城内だし、狭い居間での決闘だから、野戦には馴《な》れていても勝手が違い、細川方に斬りまくられた。それで中には誤って味方討ちする者もいた。忠興が庭に出て下知をしているときに、日置主殿介の弟小左衛門《こざえもん》と他に一人、三尺の鍔《つば》無しの刀で忠興の背後を襲いかけた。これを見た丸山左馬之助《まるやまさまのすけ》が長刀《なぎなた》を走らせ、縁に地団太踏んで忠興に危急を知らせた。入江平内《いりえへいない》という者が忠興が腰のものだけで働いているのを見て長刀と取り替えさせ、自らも斬って出た。日置小左衛門他一人の両人は、三間馬屋へ走り込んで繋柱《つなぎばしら》を楯《たて》にとったが、忠興は取り替えたばかりの長刀で競り合い、小左衛門は両腕ともに斬られてよろけた。それを忠興が袈裟《けさ》掛けに斬って捨てた。小左衛門は能面を地面に落としたように顔が殺《そ》げた。

討ち洩《も》らされた一色方が城下より町に出る橋を越えて遁げてゆくのを押しつづけて

追いかけた。大手の門外に一色方の雑兵三百人ばかりがいたが、主人の死を聞いて城中に入り込もうとした。折から遁げるを追って出て来た細川方の兵と橋を隔てて弓、鉄砲で合戦した。このとき、的場甚右衛門が槍《やり》をひっさげて搦手《からめて》の門から町方に回り、弓を射かけている者を背後から突いた。細川方が攻勢に転じたので、一色方は敗走した。

城より揚がった合図の煙で、田辺城に待機していた玄蕃が同勢三百人を伴《つ》れて一色の本拠弓木《ゆみのき》へ向かって城を取り巻いた。こうして丹後の名家一色の裔《すえ》は潰《つぶ》れた。藤孝・忠興は初めて領国の静謐《せいひつ》を得た。

しかし忠興が義有を誘殺したやり方はほかにも例がないではない。

天正十六年、黒田《くろだ》如水《じょすい》父子が豊前《ぶぜん》の表中津《なかつ》に移ったときのことである。土地の土豪城井谷《きいだに》の宇都宮《うつのみや》鎮房《しげふさ》は表面投降したが容易になずまず、中津にも覲《きん》しなかった。如水の子長政《ながまさ》は、節会に託して鎮房を中津に召喚した。このときも長政の妹が鎮房と娶《めあわ》せられている。鎮房は従兵二百を率いて中津城に参会した。以下は福本日南《ふくもとにちなん》の文章である。

「長政予《あらかじ》め左右に戒むる所あり。甲《かぶと》を城内に伏せ、席上これを仆《たふ》さんと図る。鎮房進見し、座を賜ひて長政と相対す。その人軀幹《くかん》六尺ばかり、三尺の長刀を後方に控へ、二尺の刀なほ腰に在り。目を四方に矚《しょく》して乗ずべきの機を許さず。長政まづ盃《さかづき》を挙げて、これを鎮房に属す。長政の侍臣吉田又助《よしだまたすけ》進みて酒を注す。長政急に肴を命ずるの両回、野村太郎兵衛《のむらたろべえ》次室に在り。唯々《ゐゐ》と応じ、一器を捧《ささ》げて入り来り、直ちにこれを鎮房に投じ、刀を抜きて、その額を斫《き》る。鎮房憤激、斬られながら将《まさ》に起ちてこれに応ぜんとす。長政獲たりと、大喝またこれを斬る。鎮房つひにその坐《ざ》に仆る。これに至り豊前《ぶぜん》の宇都宮氏全く殲尽《せんじん》せり」

土着の豪族は、たいてい山間の要害にこもって新領主に拮抗《きっこう》した。力攻めは兵を損するばかりで攻略が困難である。細川、黒田のやり方はそのころ厄介な土豪に行われた謀略だった。

二

忠興《ただおき》は騒動ののち一色《いっしき》の家来を検閲した。

その中に、背が低く、容貌《ようぼう》醜悪な男がいた。名前を訊《き》くと、自分は稲富直家《いなとみなおいえ》という者だと名乗った。さてはそのほうが直時《なおとき》の孫か、と忠興もいった。

忠興は、一色家に稲富直時という者がおり、佐々木義国《ささきよしくに》に砲術を学んだ者であると知っていた。佐々木は入唐して彼《か》の国の射撃の技を得て帰った者である。忠興は、戦場の主力武器が鉄砲に移りつつあったので一議に及ばず稲富直家を召し抱えた。

忠興は、直家をすぐ丹波《たんば》の味戸野《みとの》の山寺に押し込めている妻於玉《おたま》の警固に加えさせた。

前年、忠興には舅《しゅうと》に当たる光秀が信長を弑《しい》した。秀吉は折から出陣中だった備中《びっちゅう》から攻め上り、山崎《やまざき》において光秀を屠《ほふ》った。信長を仆したときの光秀はすぐに丹後に使いをやり、細川父子の加勢をしきりと頼んだ。しかるに藤孝《ふじたか》父子動かず、光秀は援軍を得ずに仆れた。

藤孝父子は秀吉に忠誠を誓った。このとき、忠興は妻於玉が光秀の女《むすめ》であるところから、遠慮して奥丹波の山中に押し込めていたのであった。

味戸野の山中に明智《あけち》の残党が押し寄せて於玉を奪還しようと企てたことがある。このとき、敵に確実な射撃を浴びせて技を認められたのが、新附の稲富直家であった。彼の鉄砲は百発百中、殆《ほとん》どはずれることがなかった。眼を閉じて鳥の啼《な》き声を頼りに射撃すると、鳥は羽搏《はばた》きをして地上に転落したものである。また、数間離れた所に針を吊《つ》るし、その先に虱《しらみ》を差して標的とした。直家はその針を落さずに虱を射抜いたと伝えられるくらいである。

山崎の戦いが終って忠興父子が出京し、秀吉に謁したとき、秀吉は四方山《よもやま》の話をした末に、ふと思いついたように、忠興の室はどうしているか、と訊いた。秀吉は彼女が奥丹波《おくたんば》の山中に幽閉されていることをとっくに聞いていた。承知のうえで訊《たず》ねたのは、於玉を釈放させようがためであった。

忠興が事実を述べると、秀吉は、それはいかぬ、と顔をしかめた。われらは惟任《これとう》こそ敵にはあれ、その縁者にはいささかの恨みもない。殊に藤孝父子が結縁に動かされず惟任に助勢しなかったのは、故右府殿《うふどの》への忠義である。そのほうの心底はわれらがよく承知している故、速やかに室を引き取るようにとにこにこ笑ってすすめた。於玉は田辺城に還《かえ》された。しかし、この夫婦の仲は前からいささか異常であった。

忠興の短気と、於玉の勝気とは、しばしば衝突した。或《あ》るとき、忠興は於玉の侍女を膝下《しっか》に引き据え、女房の眼の前で、侍女の口に指を入れ耳許《もと》まで引き裂いた。於玉は美しい顔で夫の面当てを凝《じ》っと眺めていた。

忠興はこの世にも類《たぐ》いのない秀麗な容姿をもっている於玉が決して嫌いではなかった。いや、衷心から彼女を愛していた。しかし、於玉は忠興の性格を嫌っていた。彼女が嫌えば嫌うほど、忠興の彼女の心を獲ようとする焦慮は彼女に向かっていよいよ粗暴のかたちとなって現われた。

或るとき、忠興は於玉と昼の食事をとっていた。このとき、屋根葺《ふ》きの者が足を踏みはずして地上に落ちた。忠興は忽《たちま》ち縁先から飛び降りると、下郎、というなりその者の首を斬り、さらにその首を提げて於玉の食膳《しょくぜん》の上に据えた。男子を禁じている奥に、たとえ屋根葺きの下郎が落ちても忠興には我慢がならなかったのだ。

忠興が凝っと見ていると、於玉の顔色は少しも変わらず、血の溢《あふ》れる食膳で首と向かい合い、平然として箸《はし》を運びつづけていた。忠興は於玉を睨《にら》み据え、おまえは蛇《じゃ》の化身じゃな、といった。於玉は口辺に微《かす》かな冷笑を泛《うか》べ、夜叉《おに》の女房には蛇がふさわしうございましょう、と答えた。

於玉が忠興の変態的な愛情と、その圧迫とに耐えかねて、折から宣教師として大坂に来ていた蘭人セスペードに帰依し、切支丹《キリシタン》の信仰に入ったのは、彼女の絶望感からであった。

しかし、忠興は決して粗暴だけの男ではなかった。彼は十一歳で父藤孝に従って槙《まき》島《しま》の合戦に功名を顕《あら》わし、天正五年、河内《かわち》の国片岡《かたおか》城の攻撃には信長から感状を賜るほどの働きをしたが、歌道は父幽斎《ゆうさい》の血を継ぎ、茶道は利休《りきゅう》の高弟の一人であった。だが、彼にはまた別の血が流れていた。忠興は弟興元《おきもと》と仲違《なかたが》いしてこれと義絶し、長子を追い、次男を殺した。しかし、このことも、恋女房於玉に対するように、絶えず満たされない何ものかへの欲求が彼の暗い血を沸《たぎ》らせたのであった。

忠興は妻をおのれへ従わせようとし、勝気な妻はますますそのことで彼から離れた。しかも、忠興は膝《ひざ》を屈して妻に哀願する性質《たち》ではなかった。彼はあくまで剛をもって妻を膝下に屈伏させせんとする性格だった。しかも、妻は彼からますます逃亡した。忠興の妬心《としん》と焦慮は募る一方であった。

於玉がキリスト教への改宗は、皮肉なことだが忠興の手引きであった。

忠興の親友に、摂津《せっつ》高槻《たかつき》の城主で高山右近《たかやまうこん》という者がいた。この者は早くよりキリスト教に帰依し、信者の常としてしきりと朋友《ほうゆう》忠興に教えを勧誘するところがあった。忠興は必ずしもそれに賛成しなかったが、多少は興味を覚えたとみえ、或《あ》るとき、於玉に、右近のことを世間話のように語って聞かせた。於玉は凝っとそれに耳を傾けていたが、彼女の心はそのときから動いた。しかし、忠興に乞《こ》うてもとてものことに耶《ヤ》蘇《ソ》教会に聴問に行く許しが出ないと知って、彼女はその時期の来るのを待っていた。

機会は案外早く来た。

秀吉は島津《しまづ》征伐のために諸軍を引きつれて九州へ下向した。忠興もまたこれに従った。於玉が念願の耶蘇教会にのぞきに行ったのは、その留守中であった。

もっとも、彼女の外出は忠興によって厳重に禁止されていた。忠興は家臣にわが留守中に於玉が外に出るようなことがあれば、必ずこれをひき止めよ、といいつけた。彼は外界との交通も厳重に遮断させた。於玉の美しい容貌《ようぼう》が秀吉の眼に止まり、好色なる彼の餌食《えじき》となることを惧《おそ》れたのであった。このころ秀吉に女狩りの噂があった。

ある日、於玉はその厳重な警戒を突破して、密《ひそ》かに藩邸の裏門から侍女数名を伴《つ》れて脱出した。彼女は殊更に微賤《びせん》の者の姿にやつして教会堂に赴いた。師父セスペードは、入口からのぞいている婦人を見て、すぐにこれを会堂の中に引き入れ、日本人の修道士に通訳させ、教義を説くところがあった。於玉はこのとき熱心に質問をした。セスペードはそれに答えた。

於玉はその場で洗礼を受けたいと望んだ。再びこうして自分が会堂に来ることが可能かどうか分からないので、今すぐに受洗させて頂きたいともいった。セスペードは於玉の貴婦人であることを見抜き、その秀麗なる容貌から秀吉の侍妾《じしょう》の一人ではないかと疑った。彼はあとの面倒を怖れて於玉の申し出《い》でを気の毒そうに拒絶した。

留守邸の者は夫人の留守を発見して大そう狼狽《ろうばい》した。主君忠興からあれほど堅くいいつけられているので、万一このことが露顕すれば、首も飛びかねなかった。彼らは倉皇として大坂内の各寺々を捜索して回った。その揚句、ようやく於玉の姿を耶蘇教会堂の中に発見した。彼らは於玉を無理やりに輿駕《かご》に収め、藩邸に帰ったが、ときに陽が昏《く》れた後であった。以後、於玉の身辺の警戒に一段の厳重さが加わった。

於玉は自分では外出することができないので、その信用している侍女を教会堂にやり、しばしば教義を聞かせ、質問させた。この侍女を介してのキリスト教学問でさらに信心を篤《あつ》くした。それで、先に洗礼を受けたのは、彼女よりも彼女の侍女十七名であった。彼女は邸内に閉じこめられているので、教会で洗礼を受けることができず、一人で煩悶《はんもん》した。彼女は棺の中に身を入れて邸《やしき》を脱出しようとさえ企てた。セスペードは彼女の意志に感動しながらも、必ずその機会のあることを告げて、彼女が無謀な挙動に出ないように諫《いさ》めていた。

この頃になって、九州に在陣した秀吉が俄《にわか》に耶蘇宣教師を追放するの布告を出したという噂が伝わった。事実、それは噂ではなかった。秀吉は博多《はかた》に在陣中、宣教師が伺候を怠ったのを怒って、それを口実に、今や日本にはびころうとしている宣教師どもの追放を断行したのだった。

於玉はそれを聞くと、宣教師たちが日本を退去する前に、何としてでも洗礼を受けようと堅く決意した。彼女はその信用する侍女を宣教師の許《もと》にやり、自分の熱心な願いを取り次がせた。そこでセスペードも侍女に洗礼の方式を教えた。於玉は彼女の手から洗礼を受け、受洗名をガラシヤと称した。彼女は已れだけではなく、その子二人をも同じように洗礼させた。

受洗したのちの於玉は、その大坂の邸内で日々幸福な生活を送った。彼女は朝な夕なに十字架を拝し、心静かにキリスト教の教典を繙《ひもと》いた。彼女は夫の居ないこの邸が教会堂のように思われ、自分も修道女のような生活を送った。彼女は侍女たちが宣教師から見聞したところをいちいち講習し、共に断食の行をし、安息日の祭りをなし、讃歌《さんか》を誦《しょう》した。この頃がガラシヤの最も平和で仕合わせな日々であった。

間もなく、忠興が秀吉と一しょに九州から大坂に帰ってきた。彼は、於玉が留守中にキリスト教に帰依して洗礼までうけていると知って激怒した。忠興は彼女に直ぐにキリスト教を捨てよと命じた。彼女は、たとえあなたがわたしの命を奪うとも、この信仰まで止めることはできまい、と眦《まなじり》をあげて口応《くちごた》えした。忠興は憎悪には燃えたが、於玉を手ずから処分することはできなかった。彼は彼女を離縁することもできず、斬ることもできず、懊悩《おうのう》した。

しかし忠興はなおも意地になって於玉からキリスト教を捨てさせるよう威嚇した。或るときおれのいう通りに従わなければお前を殺す、と喚《わめ》いて短刀を取り、於玉の咽《の》喉《ど》を刺そうとした。於玉は、わが命を絶つは容易であるが、わたしの信仰心まで殺しは得まいと蒼《あお》い顔でいい放った。こういうときの於玉の顔は、いよいよ凄艶《せいえん》となり、こよなく美しく見えた。

忠興は於玉を何とすることもできないのでその怒りを侍女に移した。十七人の侍女が悉《ことごと》く洗礼を受けていると聞くと、彼女たちを片端から捕らえ、於玉の眼前で鞭《むち》で打擲《ちょうちゃく》した。侍女たちは歯を食いしばり、泣き声を放つ代りに天主《デウス》の名を誦した。忠興と於玉の間に生れた二児の乳母は、両児とも洗礼を受けさせたということで、彼女の鼻を削り、両耳を殺《そ》いだ。乳母の顔は流れる血で赤鬼のようになった。彼女は天主《デウス》に祈った。ほかの女たちも、於玉が最も愛している侍女一人を除いたほか、悉く髪を切りとり、丸坊主にして邸外に放逐した。彼女たちは口々に讃歌を唱えた。忠興は憎々しげに見て、これでおまえたちも仏教の坊主になれた、尼寺へでもゆくがよい、と罵《ののし》った。

三

忠興《ただおき》は、それでも於玉《おたま》だけは己れの愛情から追い出すことができなかった。しかも、最も彼の惧れていた事態は朝鮮征伐のときになって現われた。忠興は出征したが、秀吉は渡海しなかった。忠興の関心は、於玉が秀吉によって略奪をされることの恐怖であった。「なびくなよわが袖垣《そでがき》の女郎花《をみなへし》　男山より風は吹くとも」とは、忠興が朝鮮出陣の前に於玉に与えた教訓的和歌だといわれている。

忠興は留守の家来たちに、もし関白が於玉を差し出せと命じてきたら、そのほうたちは於玉を邸内に閉じ込め、この邸に火を放って汝《なんじ》ら悉く自刃せよ、とまで厳命した。朝鮮役《ちようせんのえき》に、忠興は例の醜悪な矮小漢《わいしよう》稲富直家《いなとみなおいえ》を伴《つ》れて行った。直家が唐人の軍勢を相手にどのような鉄砲の功名を働いたかは定かに伝わっていない。ただ、ここに忠興、直家の間に隠微なる相剋《そうこく》のあったことが話に残っているだけである。

忠興は或るとき、直家に命じて山鳥を射たせた。直家の弾丸《たま》は百発百中、狙うところの山鳥を悉く地上に射落した。

忠興は咄嗟《とつさ》に自分も鉄砲を構えると、樹間を飛んでいる山鳥を目がけて弾丸を放った。忠興は密かに直家の特技を快しとせず、射撃を練習していたのであった。忠興の鉄砲もその狙った山鳥を悉く射落した。忠興は侍臣に命じて、直家の射落した山鳥と己れの獲物の数を比べさせた。すると、忠興の獲物のほうが直家のものより遥《はる》かに多かった。

忠興は、直家を尻眼《しりめ》に眺めて、その方は鉄砲の名人と聞いたが、噂ほどではないな、と嗤《わら》った。すると、直家が膝《ひざ》を進めて、恐れながら、どなたかに命じて鳥の射たれた個所をお調べ下さいと、これまた冷ややかな笑いを泛《うか》べて返答した。忠興は直家のいう通りにした。すると、忠興の射った鳥は弾丸の当たった所が各所ばらばらであったが、直家のものはまるで判でも押したようにどの鳥もその頸《くび》の動脈の一個所に一定していた。

忠興はそれを見ると顔色を変え、ぷいと曲彔《きょくろく》を起《た》った。爾来《じらい》、忠興は直家を大事に使わなくなった。

この忠興の性格を最もよく知っていたのは、父藤孝《ふじたか》であった。藤孝が幽斎《ゆうさい》と号して剃髪《ていはつ》したのは、信長が討たれたときからであるが、彼の隠居は、一つはわが子忠興の性格を憚《はばか》って身を引いたともいえそうである。この父子は過去にもたびたび不和となることがあった。しかし、いつもおとなしく姿勢をひいているのは藤孝のほうだった。

細川藤孝の出生はよく分かっていない。将軍足利義晴《あしかがよしはる》の頃に三淵大和守《みぶちやまとのかみ》という人があった。彼は足利家の執権だったが、ここに養われたのが藤孝である。一説によると、義晴の妾《しょう》が産んだ子が彼だといい、また、正親町院《おおぎまちいん》の子が彼であり、それを三淵に下して細川刑部《けいぶ》大輔《だいすけ》の養子にしたという。いずれにしても出生は知れていないが、執権細川家とは全く関係のないことは事実である。彼は初め長岡《ながおか》姓を名乗っていた。藤孝ほど苦労した人間も少なかった。彼は将軍義秋《よしあき》（のちに義昭《よしあき》）に従って辛酸の限りを尽くした。

このことをざっというならば、義秋は将軍義輝の末弟であった。しかるに、義輝は三好《みよし》、松永《まつなが》の徒に殺され、二人の弟はいずれも坊主になった。義秋は南部一乗院の門主で覚慶《かくけい》と称していた。

その覚慶は、或るとき、藤孝と謀《はか》って仮病を構え、医師を呼んで寺に泊らせた。そして、ほどなく病が癒《なお》ったといって、警固の松永の卒に酒を呑《の》ませ、藤孝と一しょに春日山《かすがやま》を越え、江州《ごうしゅう》に逃れた。江州では和田《わだ》惟政《これまさ》に寄った。

和田は小心なので頼むに足らずとして、六角義賢《ろっかくよしかた》に寄った。しかし、六角もまた頼むに足りない上に、三好《みよし》党に通じて、かえって義秋を危険に陥れようとした。次に義秋は藤孝と共に若狭《わかさ》の武田《たけだ》義統《よしむね》を頼った。このとき、月明の夜、主従は一舟に身を託して琵琶湖《びわこ》を過《よぎ》ったが、義秋はわが身の不運を歎《なげ》いて湖上で一詩を作った。

しかも、武田はまた微力にして当てにならなかった。主従は越前《えちぜん》の朝倉義景《あさくらよしかげ》に頼った。次に織田信長《おだのぶなが》に頼った。このとき、義秋の命を受けて使いしたのが藤孝で、図らずも運は義秋に向かず、使者に立った藤孝に来たのである。

信長としては、その意図を伸ばすのに義秋は好個の看板であった。それで直ちに藤孝の頼みを入れ、義秋を迎え入れた。信長がその利用する最大限の価値を義秋に求めたのはそれからである。もっとも、その頃の信長は、それほどの驥足《きそく》をまだ濃尾《のうび》の地に伸ばしてはいなかった。それを藤孝に教えたのは、朝倉家に寄宿していた蒼白《あおじろ》い顔の、長頭の男だった。彼は明智光秀《あけちみつひで》だと名乗った。

光秀もまた前半は不運な経歴であった。彼も志を得ずに若いときから諸国を流浪していた。それで同じ境涯にある藤孝とは気持が合った。諸国をその眼と脚とで歩いて来ている光秀は、藤孝にいま天下に力を伸ばす者は信長を措《お》いて他にあるまい、と話した。藤孝はこれを義秋に告げた。こうして義秋、信長の中間に藤孝が介在したのである。

義昭は生来の陰謀好きであった。彼は信長の本心が自分を将軍家として立てるのではなく、早晩、飾物として置かれるのがせいぜいだと感づくようになった。彼は信長に拮抗《きっこう》している武田信玄《たけだしんげん》、上杉謙信《うえすぎけんしん》、北条氏政《ほうじょううじまさ》、毛利輝元《もうりてるもと》などに密《ひそ》かに檄《げき》を飛ばした。

将軍の陰謀は信長の知るところとなった。信長は義昭を責めた。義昭はいったん信長に降参したが、再びその隙を窺《うかが》って反旗を翻した。信長は怒って義昭を京都の館《やかた》に攻めた。将軍は遁《に》げて宇治《うじ》の槇島《まきしま》に拠《よ》った。

このとき、藤孝はあれほど辛苦を共にした主《あるじ》の義昭を捨てて信長につき、しかも、槇島合戦ではその後忠興に攻めさせて武功を立てさせている。

藤孝は和歌を詠み、茶道を嗜《たしな》み、古礼式や古典文学に通じていた。要するに、彼は武将であると共に一個の文化人であった。これは甚だ信長の好むところであった。のみならず、秀吉からも尊敬せられた。

しかし、藤孝は一個の文化人として終るつもりはさらさらなかった。彼は丹後《たんご》一国を貰《もら》っても常に中央の形勢を窺っていた。その点、光秀の謀叛《むほん》は或る意味で彼の危機であった。嫁の実家という縁つづきにも拘《かかわ》らず、藤孝が光秀の勧誘に応じなかったのは、信長より受けた恩顧への義理というよりも、光秀の孤立を予想したからであった。

以後の藤孝は隠居して、戦争は子の忠興に殆《ほとん》ど任せきりであった。彼は秀吉の側近に坐《すわ》り、連歌、茶の湯の相手をすることで生活を送った。それは殆ど堂朋衆に等しかった。ここに藤孝の忠興からの逃竄《とうざん》があった。

秀吉が死に、徳川家康《とくがわいえやす》の時代になった。細川氏も秀頼《ひでより》につかず、家康の勢力下に入った。

家康は上杉景勝《うえすぎかげかつ》が石田《いしだ》三成《みつなり》に呼応して東国に旗を挙げると、在坂の諸将を引きつれて大坂を出発した。諸将はいずれも大坂の邸《やしき》に妻子を置いていた。

家康は己れが東国へ向かえば、必ず石田三成が背後で謀叛を起すことを予想した。家康のみならず、彼に従う諸将はいずれもその気持があった。忠興もその場合を予想して、堅く於玉《おたま》の警戒を留守の者に厳命した。石田が事を起せば、家康方についた諸大名の妻子が人質として大坂城に拉致《らち》されることも考えられた。忠興は邸の警固に鉄砲の名人稲富直家《いなとみなおいえ》を残した。直家の一挺《ちょう》の鉄砲は、よく数十人の敵と拮抗した。

この頃の直家は、すでにその技術が天下に知られていた。彼は伊賀《いが》とも称していた。諸大名は争って稲富伊賀の弟子に己れの家来どもを差し向けた。加藤清正《かとうきよまさ》などは、わが藩中に稲富直家の弟子がいるということだけで、敵も危惧《きぐ》して容易にはかかってこまいと衆人の前でいったくらいだった。忠興と直家との主従の間は必ずしもうまく行ってはいなかったが、さすがの忠興も於玉の警固には直家の鉄砲を頼るほかはなかった。

家康は、慶長《けいちょう》五年六月十六日、大坂を発し、伏見《ふしみ》城に入り、十八日、ここを発して、十九日には三河《みかわ》に到った。彼は、四日市《よっかいち》、篠島《しのじま》、白須賀《しらすが》、小夜《さよ》の中山《なかやま》、駿府《すんぷ》、三島《みしま》、小田原《おだわら》、藤沢《ふじさわ》と悠々と日を費やしながら東下した。二十九日には鎌倉《かまくら》を見物し、七月一日には金沢を遊覧した。ようやく七月二日に江戸に到着した。家康の胸中は、すでに上杉なく、背後から届けられる三成挙兵の報を待っていたのであった。

家康に従っていた忠興の心配は、ひたすら大坂に残した於玉の身だった。彼は上方《かみがた》の異変を予想して、その家来とも十分な打合せをして来ていたのだが、その予想は、家康がまさに江戸城を発しようとする七月十三日に実現した。

この日、於玉の所に細川の重臣小笠原少斎《おがさわらしょうさい》、河北石見《かわきたいわみ》の両人が来て、いま、治部《じぶ》方が留守中の諸大名家から人質を取るとの風聞が行われているが、いかがしたものでございましょうか、といった。於玉は、その二児も東国に出発しているし、長子の忠利《ただとし》も江戸に人質として取られているので、今ここに人質として出す者は一人もいないから、誰を出すということも叶《かな》うまい、といった。ぜひとも人質に取ろうとするならば、丹後へ申し送って舅《しゅうと》の幽斎《ゆうさい》に来てもらい、その指図を仰ぐまで人質を出すのを待ってもらうように返事してはどうか、といった。

しかし、事態はそのような悠長さでは済まなかった。十六日には、石田方から使者が来て、人質としてぜひぜひ内室を出し候《そうら》え、さなくば押しかけても取り候わんといった。少斎と石見とは色をなし、この上はわれわれどもがここで切腹するとも奥方を出し申すまじ、と肚《はら》を決めて返答した。ここで、細川邸一同は於玉について殉死に一決した。

四

手筈《てはず》は次のように整った。敵方が押し入ったときは、於玉《おたま》は自害するが、そのときは少斎《しょうさい》が奥へ入って於玉の介錯《かいしゃく》をする。少斎、石見《いわみ》、稲富《いなとみ》などは手分けの上、稲富直家《いなとみなおいえ》は邸の表門で敵を防ぐ。その隙に於玉が最期を遂げる。敵が一歩でも邸に入れば、家に火をかける。それまで邸内の諸士は敵の侵入を喰《く》い止めることに当たる。

この評議で稲富直家《なおいえ》は表門を持場とした。すでに最後通牒《つうちょう》を大坂方に発しているので、その日に敵方が攻め寄せるのは必定であった。折から秋晴れの日で、空には涼しげな風が渡っている。地面には柔らかげな陽が降りて、邸の軒の影を穏やかに描いている。しかし、細川邸内は蕭殺《しょうさつ》の気に満ちていた。

日が昏《く》れて、夜が進んだ。邸内は到る処に篝火《かがりび》を焚《た》き、敵の押し寄せるのを待ち構えていた。表門を固めていた稲富直家は塀の上に攀《よ》じ登り、筒先を道路に向けていた。するると、深更近くになってからだった。無数の松明《たいまつ》が路《みち》に溢《あふ》れながらこちらに押し寄せてくる。すわ敵ぞ、と一同は身構えした。このとき、細川邸の門を悉《ことごと》く密閉し、内側から土塁を堆《うずたか》く積んだ。

直家は、先頭の敵方の人影を狙って引金に指をかけていた。火縄が焦げ臭い匂いをあげて闇に火の粉をはじいていた。

敵方の先手の者がそこに直家の姿を見つけ、すわ稲富伊賀《いなとみいが》ぞ、用心せい、と口々に呼ばわり、数町ばかりをうしろにどっと引き退《さが》った。

すると、間もなく、先頭の四、五人が手に持った松明を横振りに振りながら近づいて来た。そこなるは稲富先生ではござらぬか、と一人が遠くから呼ばわった。いかにもそうだ、と直家が答えると、われらは石田治部《じぶ》殿の命で当邸に細川殿内室を受け取りに参った者だが、ご当家の有様を見ると、手向かいなされるように見受けられる。さりながら、われらはたとえ細川殿の抵抗はあっても、ご内室はきっと申し受くるよう命令されているので、闘争もまた止むを得ぬと心得ている。なれど、これは誰の眼より見ても勝負の結果は知れている、その中で、われらはむざむざと天下に名だたる鉄砲の名人稲富一夢《いなとみいちむ》殿を犬死させとうはござらぬ、また、かほどまでに砲術に長じておられるそこもとは天下にまたとかけ替えのない方でござる、なにとぞ、そこを立ち退《の》かれて、おてまえの技術を世上に伝えられたるほうがここでむざむざ果てられるよりも、天下のため、また稲富流砲術のためにもしかるべきではござらぬか、と他の者も途中で口を添えてさまざまに説いた。

直家の心は動いた。なるほど、聞いてみれば、先方のいう通りである。また、今そのことを述べたてているのは、彼が鉄砲を教えている弟子ばかりであった。よもや計略ではあるまい、事実、その言葉のはしばしに彼らの熱意が溢れているように取れた。

直家は、ここで主君忠興《ただおき》のかねてからの己れへの仕打を考えた。忠興は彼にとって決して好ましい主君ではなかった。二人の間には、このところずっと冷たい溝が出来ていた。忠興はかほどまでの名人を召し抱えておきながら、それにふさわしい待遇をせぬ。また信用もせぬ。忠興の驕慢《きょうまん》は、つねに己れを卑しく見下しているように思える。

また、それほど俺を用いない男が、女房を守らせるためにわざわざ大坂邸に留め置いたのだ。武士は戦場に行って手柄をあらわすこそ本意なれ。女房を守ってあたら鉄砲と共に亡びねばならぬとは、はてさて情けないことである、と思い直した。彼は忠興の得手勝手を思い出し、さらばよし、と逃亡を決心した。

彼は松明を持った黒い影の男に返事した。ただ今、そのほうたちの言い分承った。だんだん思案するに、まことにもっともの議なりと承知した。よってただ今からそちらに参るといった。敵方に喊声《かんせい》が揚がった。

直家は、表門の高い塀から鉄砲を持ったまま地上に飛び降りた。その瞬間、直家の眼には、忠興の蒼白《あおじろ》い顔と、ときには異様に輝く燐《りん》のような眼《まなこ》が通り過ぎた。直家が寄せ手の群の中に入ると、やあやあ、稲富伊賀はわが味方に引き入れたぞ、と攻め手は邸内に向かって口々に喚《わめ》いた。この声が細川方に聞え、一同を落胆させた。

小笠原少斎は、稲富が変心意外なり、されど、事ここに至っては、もはや、天運も尽きた。かかる不忠者を味方から出した上は、もはや、これまでなり、と老女を先に立てて奥へ走り込んだ。

於玉はすでに覚悟を決めて白装束に着替えていた。少斎は稲富の変心を告げ、心静かにご生害あれ、とすすめた。ガラシャはいった。デウスの教えは自殺を禁じている。されば、武士の作法といえども神の掟《おきて》に背くことはできぬ。よって汝《なんじ》の手でわれを刺せ、と命じた。於玉は髪を手ずから上へきりきりと捲《ま》き上げて、自分の胸の所をかっと押し開いた。少斎は閾《しきみ》を隔てていたが、御座の間に入るのは憚《はばか》り多いので、いま少しこなたへおいでなされ、と於玉にいった。それで、於玉は閾近い畳まですざり寄って来た。少斎は、ご免候え、といって、長刀《なぎなた》を於玉の胸元まで突き通した。於玉は前にうつむいて崩れた。少斎もここで御供仕《つかまつ》りたいが、御身近くては憚り多いと、そのまま起《た》って表に立ち出《い》でた。於玉の遺骸《いがい》は、蔀《しとみ》ややり戸を周囲にかけ、自害の間から奥の戸口まで鉄砲の薬を撒《ま》きつけて、火をかけた。少斎、石見などは一しょに集って、攻め手の喊声を聞きながら、武士も武士によるべし、日本に名を得たる越中守《えっちゅうのかみ》の妻、なんでおめおめと敵のために虜《とりこ》にならんや、と声々に呼ばわり、悉く切腹した。

悠々閑々として途中の名所見物を愉《たの》しみながら、上杉征伐のために東国に向かった家康も、遂に七月二十四日野州小山《やしゅうおやま》に到って三成挙兵の報に接した。同じような報告は相次いで上方《かみがた》から櫛《くし》の歯を引くように到着した。家康は二十五日には小山において軍議を開いた。ここで諸将相集って協議したが、すでに三成の挙兵は家康の胸中に織り込み済みであった。会議は家康にとって形式的にすぎぬ。

家康は諸将を本陣に集め、井伊直政《いいなおまさ》、本多忠勝《ほんだただかつ》両人をもって上方《かみがた》逆徒蜂起《ほうき》のことを告げさせた。各々方は妻子を大坂に置いておられることであるからお按《あん》じなされるのはもっともである、速やかにこの陣地を引き払って大坂へ上られ、浮田《うきた》、石田らと一味せられてもさらさらわれら恨みには思わない、また、わが領内においては旅宿人馬のことはいささかも障りのないように号令しておいたから、心置きなく上られたし、といった。

諸将いずれも愕然《がくぜん》として敢《あ》えて一語を発する者がなかったが、福島正則《ふくしままさのり》が進み出て、余人は知らず、われにおいてはかかるときに妻子に惹《ひ》かれて武士の道に履《ふ》み違《たが》うことあるべからず、内府のために身命を擲《なげう》ってお味方仕るでござろう、といった。そこで、黒田、浅野《あさの》、池田、さらに忠興もそのあとについて、福島殿のいい条理《ことわり》なり、なんでわれらが未練がましく大坂の妻子に惹かれて石田方に寝返りを打とうや、といずれも膝《ひざ》を進めた。

忠興の胸中には於玉のことが走った。すでに石田の挙兵が確実になると、次には人質に取られた於玉の身がどうなるかという連想であった。彼は周囲の諸将が興奮して家康に先手を願い出ているのを見ながら、そして、自分もその仲間に入りながらも、於玉の容貌《ようぼう》を眼から払うことはできなかった。

忠興が於玉の死を聞いたのは、家康に従《つ》いて江戸に向かう途中であった。ことは大坂の福島の家中からも報告されたし、つづいて田辺《たなべ》にいる幽斎からも手紙が来た。

忠興は慟哭《どうこく》した。彼の胸中には於玉のいいことばかりが浮かんできた。彼は生涯二度と於玉のような女にはめぐり遇《あ》えまいと思った。

しかし、忠興は、そのどこかで或《あ》る安らぎを感じないわけにはいかなかった。彼の頭上に重くのしかかっていたものが俄《にわ》かに取れたような自由さも覚えた。彼の半生は殆《ほとん》ど於玉の虜であった。彼は於玉のために煩悶《はんもん》し、焦慮し、嫉妬《しっと》し、心配し、異常なる血を沸かした。

彼は於玉の死ではじめて己れがこの女房から逃亡するを得たのを悟った。しかし、於玉もまたその生涯、性格の合わぬ夫から逃避しつづけていたのであった。

五

しかし、忠興《ただおき》は稲富直家《いなとみなおいえ》の所業を聞いて激怒した。彼は直家の逃亡が於玉を自尽させたとは思わなかった。それほど直家の鉄砲を過大に評価したくはなかった。しかも、彼は直家の逃亡が於玉を死に至らしめた要因の一つであると考えないわけにはいかなかった。

忠興は関ケ原《せきがはら》の役《えき》が済むと、諸将に宛て、稲富直家は当家において不都合な働きがあった者ゆえお構いなきように願いたい、また強《た》って彼を召し抱えられるならば、当細川家では弓矢をもってお掛け合い申すと檄《げき》を回した。一介の牢人《ろうにん》となっても直家の砲技は諸大名が争って所望するところだった。忠興はその先回りをしたわけだが、なかには、忠興を無視したといわないまでも、少なくとも忠興の眼を掠《かす》めて直家を召し抱えようとする大名もいた。たとえば、福島正則《ふくしままさのり》、伊達政宗《だてまさむね》などであった。

忠興は稲富直家が福島に抱えられたと聞くと、早速、抗議を発した。直家は主家を見殺しにして敵方に身売りした者である。武士の風上にも置けない卑劣漢であることは前にお断り申した通りである、しかるに、御当家においては直家を近日召し抱えなされたと聞く。さるにては細川家としては黙って指を咥《くわ》えているわけにはいかぬ、武家の面目として何とぞ直家を召し放されたい。もし、このことをお聞き入れなくば、先にも申し上げた通り、弓矢をもってお掛け合い申すであろう、といい送った。

福島正則は当時でも荒大名だが、忠興の気勢に負けて直家を抱えることを断念した。政宗も福島に倣った。しかも、直家のゆくところ、各大名は争って自家の家臣に鉄砲の奥儀を習得せしめるようにした。

直家は全国を回った。しかし、彼に砲技の教えを乞《こ》う大名も彼を抱えることはできなかった。どこに行っても忠興の執拗《しつよう》な抗議が直家の身について回った。

大坂の役《えき》が済み、天下は名実共に家康に帰した。家康は駿府《すんぷ》に隠居した。しかし、彼は無為に老後を愉しむ男ではなかった。彼はその晩年に到って貪《むさぼ》るように学問を学んだ。彼がその治世の要領を「東鑑《あずまかがみ》」に拠《よ》ったことは有名である。そのほか、仏教、神道、歌学、儒教、あらゆるものに好奇心を動かした。のみならず、槍術《そうじゅつ》も習い、剣術も練習した。家康は鉄砲の名人稲富伊賀直家の名前も知っていた。彼は或《あ》るとき近習に問うた。すると、答には、直家は旧主細川忠興の怒りを買って現在漂泊の身であるとのことであった。家康は、それならば忠興に談判しよう、といった。余命いくばくもない家康は、その短い生命の存続している間に一刻も早く、また一つでも多方面の知識を吸収するかのようだった。

家康は忠興が伺候して来たときに問うた。稲富直家はそのほうを裏切って大坂の邸《やしき》を逐電した不埒《ふらち》な男だが、彼の鉄砲の技は天下無類と聞く、ほかの大名ならそなたも堪忍なり難いであろうが、わしに免じてしばらく直家を貸してはくれぬか、と談じた。忠興はしばらくさし俯《うつむ》いていたが、ほかならぬ大御所《おおごしょ》さまの御所望ゆえ、この忠興も眼をつぶりましょう、と答えた。

当時、直家は尾張松平忠吉《おわりまつだいらただよし》の許《もと》に足を留めていた。家康からの内命を受けた忠吉は、すぐに直家を駿府に出発させた。駿府に着いてみると、本多佐渡《ほんださど》からの使いが宿舎に到着して、すぐに佐渡の邸に来るようにといった。

佐渡に会ってみると、しばらく大御所さまに鉄砲の咄《はなし》など申し上ぐべしとのことであった。家康は直家を召して、熱心に彼から鉄砲の技を習った。しかし、忠興との約束の手前からか、彼を旗本に加えるようなことはしなかった。

忠興は不思議でならなかった。直家の所業は天地も許さざる大不忠である。諸家いずれもそのことを知らぬはずはない。しかるに、直家についてはそのことを咎《とが》めずに、しきりと彼を召し抱えようと勧誘する。一体、これはどのような理由であろうか。もし、彼のごとき者を抱えるならば、再びいつ彼のために煮湯を呑《の》まされるか分からないのである。しかし、忠興が考えるよりも遥《はる》かに諸大名は直家を求めていた。

それは、彼の人物よりも彼の持っている技術だった。

直家が全国を回遊しているうちに出来た門弟は数知れなかった。彼は稲富流砲術の祖となった。家康から離れた直家は、再び名古屋に下って松平家に留《とど》まったというが、それから先の履歴は詳しく分かっていない。

技術という特殊な立場に立った直家は、その技術のなかに逃亡して果てたといえる。

板元画譜

――耕書堂手代喜助の覚書

壱の章

寛政《かんせい》六年九月の或る日、自分は旦那《だんな》(日本橋通油町《にほんばしとおりあぶらちょう》の地本問屋耕書堂《こうしょどう》主人蔦屋重三郎《つたやじゅうざぶろう》のこと)の使いで京伝《きょうでん》の煙草入店を訪ねた。京橋《きょうばし》を越えて町駕籠《まちかご》から降りると、道ばたには九月蚊帳《がや》の雁《がん》の画が破れて風に散っていた。

新両替《しんりようがえ》一丁目(現在の銀座一丁目)の山東《さんとう》京伝の店は、煙草入屋と薬屋とを兼ねている。せまい間口を二つに仕切っていて、店つきはどっちつかずの感じだった。中途半端なのは、本町《ほんちよう》二丁目の丸角の袋物や浅草《あさくさ》の村田の煙管《きせる》ほどには賑《にぎや》かでなく、近くの四丁目にかたまっている専門の薬屋ほどには商品が多くないからである。京伝は今年の春に出した黄表紙本の「栄花夢後日話金々先生造化夢」に「口上。此度《このたび》山東京伝儀、紙煙草入新店を出し、いろいろ新形仕入仕り」云々《うんぬん》と広告を載せた。本の読まれかたと広告の効果とは別ものらしく、店さきは閑散としていた。

煙草入屋のほうから入ってゆくと、店番の小僧が勢いよくとび出して来た。先生はご在宅かときくと、小僧は暗い奥に黙って引き返した。こういうときに妻女のお菊《きく》さんが生きていたら、客会釈《あしらい》に馴《な》れた愛嬌《あいきょう》で、自分を座敷に招じるのだがと寂しい気持になった。菊園《きくぞの》と名乗って吉原《よしわら》にいたのを身請けして恋女房にしたのも束の間、二年足らずであっさりと先立たれたのだから京伝も気の毒である。

京伝作の、表には教訓読本と記した「嬉妓絹篩《しょうぎきぬぶるい》」「錦之裏《にしきのうら》」「仕懸文庫《しかけぶんこ》」の洒落本《しゃれぼん》が蔦屋《つたや》から出て、公儀からお咎《とが》めを受け、京伝は手鎖五十日の刑、旦那は身上半減闕所《しんしょうはんげんけっしょ》、地本問屋行事の近江屋《おうみや》と伊勢屋《いせや》が改方不行届《あらためかたふゆきとどき》で軽追放の処分となったのは三年前、その年に京伝は菊園を身請けした。だから、お菊さんは京伝の苦労を見るためいっしょになったようなものだ。お菊さんがいれば、この店も、もう少し繁昌《はんじょう》しようにと思うと京伝には二重三重の打撃である。

自分がそんなことを考えていると、前に京伝が立っていて、よう来た、まあ、こっちに通ってくれと、のれんを片手で分けて先に歩く。廊下が割合と長いのは間口がせまく奥が深いからで、通された座敷はいつもの四畳半だった。三方に隣家の蔵が塞《ふさ》がっているので、うす暗い。ここばかりは前と変わっていない。片方は六畳くらいの書斎だが、唐紙がぴったりと閉まって覗《のぞ》きもできなかった。

自分は半年以上も京伝とは会わず、それもこの店が改造前だったので、まずお菊さんの悔みを述べ、自分のぶんとして包みを出した。京伝は礼をいって早速、仏前に供えるといって出て行ったが、顔もひとまわり小さくなっているように見えた。

鉦《かね》を叩《たた》く音がいつまでも聞え、彼は容易にここに戻ってこなかった。亡妻の回向を入念に上げているらしいが、あまり暇がかかるので、自分の用向きを察しているのではないかと疑ったくらいだった。

　が、鉦の音をつづけて聞いているうちに、自分も去年仏になったお菊さんのことを想った。下ぶくれの色の白い顔で、眼鼻立ちがこぢんまりとしまり、少しばかりの受け唇《くち》は、京伝好みの面相であった。北尾《きたお》政演《まさのぶ》という画工名をもった京伝が自作の黄表紙の挿絵にお菊さんの似顔を描いているので、その惚《ほ》れようが分かる。もっとも菊園を獲得したのはずっとあとで、十八の時から吉原に入り浸った放蕩者《ほうとうもの》の京伝は、黄表紙に書く女郎と嫖客《ひょうかく》のしぐさや会話は堂に入ったもので、機微を穿《うが》っている。兼業の画工を捨て作者一本にすすんだくらい人気が出たのも当然である。自分の好みとしては「傾城買四十八手《けいせいがいしじゅうはって》」もいいが、その前作「総籬《そうまがき》」を択《と》りたい。たとえば——女郎 それおみなんし。ふとんの外におちなんすな。マア こつちをお向なんし〱。客 あやまつたら、ふしようながら向てやらう。むかせられるは恩ならず、向てやるのを恩にしてだ。女郎 男心のにくいのも、嬉《うれし》ほどのやぼとなりいしたのさ。サア 誤りいすから、お向なんし。さみしうおさアナ。ぬしにきき申しいす事がおすにへ。ゆふべどけへお出なんした。京町かへ。客 フウおつな事をいふの。京町のねこがあげや町へ通つたうはさは聞いたが、おれが京町へいつた沙汰《さた》はまだきかなんだ。女郎 よしておくんなんし。とめ川さんが中の町で見かけたと、おつせへした。サア 本たうにおつせへし〱。おいゝなんせんと、くすぐりいすへ。客 これさ、よさねえか。ぶちのめすぞよ。

女郎　そりやあうそでおすが、ほんに主ア、わっちをよんでおくんなさんす気かへ。
客　此比《このごろ》はでへぶ、ぐちになつたぜ。……などというやりとりは、作者自身と菊園のことを書いているのではないかと思われるくらいだ。北尾政演の画工名で描いた挿絵も気を入れた素晴らしい出来であった。

　自分がこんなことを考えているうちに、京伝がやっと部屋に戻ってきた。猫背になって坐《すわ》っているところは、神妙で、性来の気弱さが見えるが、噂に聞いていることがあるせいか、膝《ひざ》に揃えた手の甲には艶《つや》があるようだった。自分は、まず雑談のつもりで、とりあえず来るときに道端に破れていた九月蚊帳の画、つまり、九月に釣る蚊帳にどうして雁の画を描いた紙を貼るのかその由来をきいてみることにした。お袋は不器用な姿に雁をかき、とか、九月蚊屋《がや》女房「へ」の字へ点を打ち、とかいう川柳を枕にして訊《たず》ねると、京伝はうつむいたまま弾まぬ声で、その起原はよく判らぬが、唐では蚊帳に蝙蝠《こうもり》を描けば蚊入らずということがあり、蝙蝠の画がちょっと雁に似たところがあるので誤り転じたのではなかろうか、といった。

　さすがに京伝はもの識《し》りで即座にこんなことが答えられる。好いたの惚れたのと傾《けい》城《せい》の閨房《ねや》の睦言《むつごと》を文章にしているが、なかなかの博識で、古いことにも詳しい。洒落本でお咎めをうけてから心学などをとり入れた読本を書くようになったのも、その博学からだが、この新しい傾向は自分も不満である。が、とにかく、版下画家としても一流、洒落本作家としても一流、学問もできるという才能の持ち主ではある。

自分は京伝の気を向けさせようとして彼の好きそうな雑談をしたが、彼はいっこうに乗ってこず、しまいには早く用事をと催促する風だったので、旦那の用むきを切り出すことにした。実は、これは京伝とは親友で、作者として山東京伝を世に売り出した蔦屋重三郎が自ら来て話すところではあるが、三年前にいっしょにお咎めを受けて以来、旦那のほうで京伝に気を兼ねて足が遠のいている。もともとご禁令にふれたのは京伝の書いたもの、京伝が主犯、出版元の蔦重《つたじゅう》は従犯か共同犯という立場で、旦那のほうが迷惑を受けたかたちなのだ。しかし、財産の半分没収という苛酷《かこく》な処分は、手鎖五十日でも経済的に打撃のない京伝とはくらべものにならない。あれ以来、吉原《よしわら》大門口《おおもんぐち》五十間《けん》道で吉原細見などの卸小売屋から出発して破竹の勢いで忽《たちま》ち一流出版社にのし上がって業界を圧倒したさしもの蔦重も打ちのめされた。旦那は京伝が蔦重を巻き添えにしたことを悩み、苦しんでいるであろうと、京伝の気持を推測し、こっちから面会を遠慮していて、今日の使いに自分を立てたのである。京伝も落ちつかないふうだった。

自分は京伝に、この際気分を変えるために、しばらくの間北尾政演に戻って版下画を描くつもりはないか、そうしてもらえると旦那もよっぽど助かるのだが、というと、彼は首を振って即座に断った。ぼそぼそと口の中で呟《つぶや》くように、これから洒落本の執筆を絶ち、おとどし「心学早見草《しんがくはやみぐさ》」の続篇を蔦屋から出したように、これからも黄表紙や滑稽本《こっけいぼん》に心学をとりいれ、見立図などの絵解きの教訓ものに専念するつもりだ、いったん切った版下画に戻る心はさらさらない、と低い声でいった。

一応、予期通りの返事だったので、自分は白河様《しらかわ》（松平定信《まつだいらさだのぶ》）も幕府執政をご退隠なされ、厳しいご政道もゆるやかになり、暗い世の中が明けたことであるし、再び制作も自由になってきた、心学などの黄表紙もよいけれど、読者が山東京伝に期待するのは、やはり円転滑脱な洒落本だろう、そういうものに接したら読者は干天に慈雨を得たような心地がするにちがいない、さりながら、すぐにもとのものに執筆ということもできかねるだろうから、それまでのつなぎとして、つまりは心の支度として北尾政演で版下画を描いてみないか、そうすると旦那も大きに助かるのだが、といった。

自分がどんなにいっても京伝の顔色は動かず、いつもの、しんねりむっつりした口調で、蔦重《つたじゅう》さんには三年前の事件でたいそうな難儀をかけ、前からの恩義を仇《あだ》で返したかたちになり自分もどれだけ心苦しい思いをしているか分からない、その上、自分のところに弟子でいた左五郎（後の曲亭馬琴《きょくていばきん》）を耕書堂《こうしょどう》の奉公人として引きとってもらうなどの世話にもなっている。本来は、蔦重さんの希望に沿いたいのだが、政演にもどるだけは勘弁してもらいたい、義理は他のことで返す、というのだった。

自分は、煙草を喫いながら腰を落ちつける素振りを見せた。どうせ京伝がそういうだろうとは分かっているし、旦那《だんな》も察している。依頼に応じるなら儲《もう》けものという淡い期待だけだった。実は、京伝に当たるのは別の下心があった。

京伝は、自分が黙り勝ちになったので気になったか、それとも好奇心が動いたか、今年の正月興行と春興行に蔦屋板の役者画《え》がほかの板元よりずいぶん出遅れただけでなく、いい画工《えかき》を得なかったので評判を落としたという世間の噂を自ら持ち出した。

白河侯《しらかわこう》の退隠で、諸事改めの禁令が緩むと、都伝内座《みやこでんないざ》、都座《みやこ》、桐《きり》座が今年の正月から一斉に興行を開始した。扣櫓《ひかえやぐら》三座の揃興行は珍しいことだし、寛政二年の奢侈《しゃし》禁制が出て以来、息を殺していた江戸の芝居好きは生き返ったように沸いたと同時に、錦絵《にしきえ》草紙類を扱う地本問屋の板元たちの競争も激しく起った。役者画は役者が贔負筋《ひいきすじ》に配るために大量に注文し、贔負たちもそれぞれが買いこむ。役者画に人気のある新しは板元じたいの名声にもかかわることで、老舗《しにせ》の板元は名声を維持するために、新しい板元は一挙に名をあげるという機会でもあった。旦那が一流板元になったのも、地本問屋として洒落本や滑稽本に旦那の鋭い感が働き、人に先んじる知恵が成功したからで、当時は挿絵に画工北川豊章《とよあき》を起用し、また、山東京伝を名乗る前の画工北尾政演《まさのぶ》を使い、人気を博した。

豊章は現在の喜多川歌麿《きたがわうたまろ》で、ほんとうの名は勇助、当人は江戸っ子を気どっているようだが、武州川越《ぶしゅうかわごえ》在の生れだと旦那はいっていた。かれの師匠は化物の画などを描いていた鳥山石燕《とりやませきえん》で、勇助もかたちだけは石燕の養子になっていた。旦那と勇助との結びつきはよく分からないが、吉原大門五十間道のころ、老舗の板元鱗形屋《うろこがたや》に渡りをつけて、割り込みの出版をはじめてから間もないときらしい。旦那が通油町《とおりあぶらちょう》南側に、旧《ふる》い板元の丸小の株を譲りうけていまの店を構えるころには、勇助の豊章や、狂歌《きちがいうた》の寝惚《ねぼけ》先生を名乗る蜀山人《しょくさんじん》の大田《おおた》南畝《なんぽ》や、洒落本《しゃれぼん》作者の志水燕十《しみずえんじゅう》、その友だちでもとは武士の洒落本作者唐来参和《とうらいさんな》などと縁ができ、蔦屋がのしあがってゆくもとになった。それに今は挿絵から足を洗っている政演の京伝もいた。寝惚先生が旦那のことを「いったい遠目のきく男で、黙りんぼう」と評したように、旦那はさきざきが読める慧眼《けいがん》で、こういった人たちを集めたのが繁昌《はんじょう》のもとになり、身代も出来たのである。ときに旦那の重三郎が三十四歳、南畝が三十五歳、歌麿が三十一歳、燕十、参和もたしか同年で、一同が脂ののっている旺《さか》りであった。前にいる政演はまだ二十二歳の若さで、黄表紙の画を描く一方、前の年に「御存知商売物《ごぞんじのしょうばいもの》」を手がけ、三年経って「江戸生艶《えどうまれうわ》気樺焼《きのかばやき》」で評判をとり、読本作者京伝の名があがるにつれ、次第に版下画から遠のくようになった。

弐の章

対《むか》い合って坐っているうち、京伝《きょうでん》のほうから今年の正月興行と春興行に蔦屋《つたや》が役者画におくれをとったことをいい出した。芝神明前《しばしんめいまえ》の板元和泉屋市兵衛《いずみやいちべえ》が歌川豊国《うたがわとよくに》に役者市川門之助《いちかわもんのすけ》の似顔絵を描《か》かせ、馬喰町《ばくろちょう》二丁目の板元森屋治兵衛《もりやじへえ》が同じ豊国に沢村宗十郎《さわむらそうじゅうろう》と瀬川菊之丞《せがわきくのじょう》とを描かせて評判となり、さらに三月興行にも泉市板の豊国画の市川八百蔵《やおぞう》、馬喰町の板元山口屋茂兵衛《やまぐちやもへえ》が勝川春英《かつかわしゅんえい》に坂田半五郎《さかたはんごろう》を描かせてこれまた好評だったのに、蔦屋《つたや》も鶴屋《つるや》も完全に沈黙していた件だ。それがこの五月興行になると、泉市板の豊国の役者画が四枚、鶴屋板の春英、日本橋浪花町《にほんばしなにわちょう》上村与兵衛《よへえ》板の春英が何枚かつづけて出た。通油町《とおりあぶらちょう》鶴屋喜右衛門《つるやきえもん》は、蔦屋とは競争相手であった。ところが蔦屋は、この五月興行から世間があっとおどろくような、ずぶの新顔の画工《えかき》を、しかも黒雲母摺《きらずり》の豪華な大判をいきなり三十枚ほども出した、その話題である。

京伝が、もそもそした顔つきで自身からいい出して話に乗ってきたのは、そのことにたっぷりと興味があるからだが、表面は冴《さ》えない調子で、「近ごろ、おめえとこで売り出している東洲斎写楽《とうしゅうさいしゃらく》ってなア、どうしたご仁だね？」と訊《き》いてきた。

自分は、写楽のことは蔦屋の開板以来ほうぼうで訊かれているので、京伝にも、実はあれは旦那がどこかで見つけた画工で自分はよく本人を知りません、と例の通りに答えた。それからあと、京伝の、というよりも北尾政演《まさのぶ》として写楽の画の評価を引き出してみたくなった。というのは、なにぶんにもあのように風変わりな画なので、自分が回っている先の玄人の評判がひどく悪いからである。

京伝は自身の考えをいう前に、ほかの絵師《えかき》は何といっているかえ、とまず写楽の反響のことを訊いた。正直のところ、あの役者画《え》の顔があまりに変わり過ぎていて、画工たちもいささか面喰《めんくら》っていてか、自分にははっきりしたことをいってくれない。もっとも、なかには悪口をいいたいのだろうが蔦屋《つたや》の手代の前ではそうも露骨にはいえず、困った顔もあった。この京伝には、そんな遠慮はないはずだが、それでも慎重に絵師仲間の評判から聞こうとするのは、何ごとにつけても、はっきりいわぬ京伝の癖でもあるが、やはり判断に迷っていると思われた。

それに、写楽という今まで聞いたこともない画工を掘り出して宣伝しているのがほかならぬ「遠目のきく男」の蔦重《つたじゅう》だから、余人には分らぬ才能が写楽にあるのかもしれぬ要心が、滅多なことはいえぬという警戒心にもなっているのであろう。このへんは、旦那のこれまでの実績があって、好事家も内心で一目も二目も置いている。いったい、好事家は勝手なことのいい放しで、世間にしたり顔をしていれば損なくて済むが、板元が絵師の鑑定を誤ると、売れ残り品の山をきずく。評判を落すのみならず商売が左前になる。板元にとっては真剣勝負、画工の絵に対する観察も商売運を賭《か》けているのであって、一文も懐のいたまぬ物識《ものし》りの甘い批評の及ぶところではなかろう。

京伝は、自分が写楽の評判をはっきりといわぬものだから、少し焦《じ》れてきたようだったが、「写楽というのはどういう流派の出だろう? 口絵を見ると勝川《かつかわ》派を稽古《けいこ》したようでもあるし、光琳《こうりん》派の門にいたようでもあるし、あの役者画姿の恰好《かっこう》からすると鳥居《とりい》派についていたこともあるようだ。どうにも面妖《めんよう》だね」としきりに首をかしげていた。その様子が、もう少し写楽のことを自分から聞き出そうという魂胆にもみえたので、自分は写楽については何も知っていないと、また重ねていわねばならなかった。

「けど、蔦重《つたじゅう》さんが、いきなり馴染《なじ》みのねえ画工《えかき》の錦絵を大判にし、黒雲母摺にしたなんざ豪気なもんだ。正月興行にも三月興行にも素知らぬ顔で一枚も役者画を売り出さなかったのに、五月興行ではいきなり写楽一点張りの大判三十枚だからな。いつもながら世間をあっといわせるおめえとこの旦那の流儀だ。こいつは好事家の度胆《どぎも》を抜いたの」と京伝は、写楽への批評《こうしゃく》はあとまわしにして蔦重が勝負に出た点をいった。それから、芝居小屋あたりの評判はどうだ、売れ行きの具合はどうか、と聞きはじめたので、自分は苦しい言い訳をしなければならなくなった。

写楽の役者似顔絵というのが、どれもこれも妙な顔で、役者は毛嫌いしている。この正月の都座《みやこざ》は「花菖蒲文禄曾我《はなあやめぶんろくそが》」を出し、桐座《きり》が「敵討乗合話《かたきうちのりあいばなし》」を出し、河原崎座《かわらざき》が「恋女房染分手綱《こいにょうぼうそめわけたづな》」を出した。旦那の意図《こんたん》で、この三座の役者画を揃って発売したが、都座は、三代目瀬川菊之丞、三代目沢村宗十郎、二代目板東三津五郎《ばんどうみつごろう》、三代目佐《さ》野川市松《のがわいちまつ》、初代大谷徳次《おおたにとくじ》など十点以上、桐座は、二代目市川高麗蔵《いちかわこまぞう》、四代目松本幸四《まつもとこうし》郎《ろう》、初代中山富三郎《とみさぶろう》、八代目森田勘弥《もりたかんや》など十点ほど、河原崎座のは、市川鰕蔵《えびぞう》、四代目岩井半四郎《いわいはんしろう》、三代目坂東彦三郎《ばんどうひこさぶろう》、二代目市川門之助《もんのすけ》とこれも十点以上の開板だった。

しかし、肝心の役者の顔が似ても似つかぬ醜悪な面相になっていて、竹村定之進に扮《ふん》した市川鰕蔵は、とんと猿が錦の小袖《こそで》に上下《かみしも》を付けたようだし、瀬川菊之丞《せがわきくのじょう》の田辺文《たなべぶん》蔵《ぞう》妻おしづは顔に皺《しわ》を一本入れてあるのでまるで若婆《わかばばあ》のようにみえる。鰕蔵も菊之丞も真赤になって憤《おこ》り出した。ほかの役者衆も同然で、これじゃ贔負筋には配れないしと一枚も買ってくれぬ。芝居小屋のほうでも役者の人気に障るといっていったん納めたものを大量に突返してきた。そんなわけで市中の売れ行きもたいそう悪く、大部数が返品《かえし》になって戻ってきた。

しかし、自分の口からはそんなことを外部《そと》の人にはいえぬから、新奇な役者画なので売れ行きもまあまあです、というと、京伝はふっと声のない笑いを洩《も》らし、「手代のおめえさんが、まあまあの売れ行きというからには、そんなには売れてねえということかな」といった。自分は苦笑いするよりほかなかった。「折角、写楽《しゃらく》の黒雲母摺という費用のかかる大判をつづけさまに出し、それで売れ行きがさっぱりだとなると、大門口《おおもんぐち》薛羅館《へきらかん》の徳さんが気が気じゃあるめえ。徳さんは気が小せえ上に算盤《そろばん》勘定に眼端の利く男だからな。おめえさんとこの旦那《だんな》も親戚《しんせき》に目の前で算盤玉を弾《はじ》かれ、大弱りと違うかえ」と京伝はなおもいった。旦那は通油町《とおりあぶらちょう》に耕書堂蔦屋《こうしょどうつたや》を移しても、元の吉原大門口《よしわらおおもんぐち》の店は薛羅館《へきらかん》と名づけて親戚の徳三郎《とくさぶろう》を残していた。旦那がこうと眼をつけたら大胆にその事業《しごと》ととりくんでゆくのに、徳三郎のほうは石橋を叩《たた》いて渡るような慎重居士《こじ》で、しかも経理《そろばん》には明るいから何かというと通油町に飛んできて旦那へ諫言《かんげん》に及ぶ。今度も、初めから写楽を使うのには反対で、試しとして地味に商売するのならともかく、資金《もとで》のかかる豪華版の大挙出版とはもってのほかの道楽だと反対していた。現在の蔦屋には、そんな道楽が許されるほどに資本《もとで》の余裕はない。うかうかすると商売もできなくなる。返品の山と、徳三郎に突きつけられた数字《そろばんだま》に挟まって、さすがの旦那が一句も吐けずにいたのは事実である。何もかもよく承知の京伝の前に、自分は体裁のいいこともいえなかった。

しかし、徳三郎が写楽に賭ける旦那を「道楽」といったのは言い過ぎで、旦那としては、これよりほかに仕方がなかったのだ。旦那ははじめ勝川春英に頼むつもりだったところ、春英はもう鶴喜《つるき》や、その他の板元と契約を結んでいた。豊国などは和泉屋市兵衛に取られ、すでに半分専属のかたちになっていた。三年前、身上《しんしょう》半減の処分を受けてその傷から充分に起《た》ち上がれないでいる旦那にとっては、今年正月からつづく三座の各興行は、役者画のほか芝居番付、浄瑠璃本《じょうるりぼん》などの引合もあり、家業回復のまたとない好機だった。不二《ふじ》山形に蔦の商標で売ってきた重三郎の意地もある。当てにしていた春英と豊国とが、競争相手に走ったとすれば余計だ。風来坊みたいに舞いこんできた写楽で勝負し、世間の意表を衝《つ》いて評判を起そうという旦那の気持は自分にはよく理解できる。

だが、奇法はあくまでも奇法で、正攻法《まとも》ではなかった。ましてやその写楽に失敗《しくじり》が見えたとすれば、正攻法とも取り組まねばならない。旦那の胸に、曾《か》つて蔦重《つたじゅう》の名を挙げさせるもとになった政演《まさのぶ》と歌麿《うたまろ》とが強く浮かんだとしてもふしぎはない。この二人は車の両輪として蔦重を板元仲間の頂上に押し上げ、曾ては政演の師匠の北尾重政《きたおしげまさ》に六十貫目入四十余個も積み上げた宝銭箱の祭壇に恵比寿《えびす》像を祀《まつ》り、裃《かみしも》姿で祈拝する重三郎と女房子の絵を自慢げに描かせた得意時代にも到らせたのだ。それから五年後に身代半減闕所《しんだいはんげんけっしょ》の災難がふりかかろうとは遠目のきく重三郎も知らなかった。が、とにかくそのようなわけでいまの旦那は政演と歌麿に援軍を求める気になったのだ。過ぎにし夢の来復を願ったのである。

しかし、旦那も読本作者となった京伝がもう一度政演に戻るという期待は初めから持っていなかった。手鎖五十日の刑罰をうけた京伝は洒落本《しゃれぼん》には懲り懲りし、心学読本などの黄表紙に向かおうとしている。ことに、旦那が頼もうとしているのは役者画《え》だから、たとえ京伝が一時、仮に政演に戻ったとしても、かれは芝居絵を描いたことがないので不向きなのだ。そこで、魂胆は京伝にたのんで歌麿の引っ張り出し役をつとめてもらおうというのが本心で、もし自分の瀬踏みで、京伝に脈があれば、その報告によって次は旦那がじきに京伝にそのことを頼みにくるという段取りであった。

　実際、歌麿に出てもらえたら、こんな好都合なことはない。まず、かれは当代人気随一の美人画描きである。また、過去に芝居関係の絵の経験もある。安永《あんえい》四年、両国《りょうごく》吉川町大黒屋平吉板《よしかわちょうだいこくやへいきちばん》で富本正本「四十八手恋所訳《しじゅうはってこいのしよわけ》」上下二冊に北川豊章《とよあき》の名で挿絵を描いている。摺物《すりもの》では市川海老蔵《えびぞう》松王《まつおう》役名残りの舞納《まいおさめ》と口上の挿絵を描いているし、中村座狂言青本仕立芝居本「仮名手本忠臣蔵《かなてほんちゅうしんぐら》」の挿絵、市村座つらね正本「朝比奈《あさひな》のつらね」の挿絵、それに安永八年三月の市村座「蝶千鳥若栄曾我《ちょうちどりわかやぎそが》」では本所松坂泉屋《ほんじょまつざかいずみや》権四郎《ごんしろう》板、つらね正本「太神楽《だいかぐら》のつらね」上下二冊の挿絵をものしている。とくに安永五年春には市村座市川八百蔵の五郎時宗《ときむね》、安永六年八月は森田座《もりたざ》芳沢《よしざわ》いろはおさと、安永七年の顔見世には森田座市川団十郎《だんじゅうろう》の荒川太郎の芝居絵細絵を描いているから、経験充分だった。世間ではそれを忘れるか知らずにいるかして、歌麿といえば狂歌絵本「譬喩節《たとえのふし》」「晴天闘歌集《せいてんとうかしゅう》」など、または黄表紙の「絵《え》本吾嬬遊《ほんあずまのあそび》」などのほか、大判雲母《きら》摺《ずり》「歌撰恋之部」の四枚組、大判「山姥《やまうば》と金太郎」六枚組、大判雲母摺「当時三美人」、細判「江戸三美人」、雲母摺大判「婦女人相十品相観歌麿考画」四枚組、「婦人相学十躰《たい》」四枚組などの妍艶《けんえん》たる美女を描く画師と思っている。実際、これらの豪華な相つぐ開板で歌麿は第一人者となり、蔦屋《つたや》もまた声価を定めたのだ。その歌麿にいま芝居絵を描かせようというのは、たしかに旦那の大趣向であった。

それなら旦那が歌麿にじきじき依頼に行けばいいのだが、それにはちっとばかり事《わ》情《け》があって、いくら以前からの友だちでも、そうはいかないのである。

ところで、京伝はまず自身では画工に戻る気持はまったくないと断った上で、歌麿のことにはまったくふれず、話題を写楽から春英に、春英から豊国に移したのは、仲介を断る先回りとみえた。

参の章

「春英《しゅんえい》は珍しい才能《うで》をもっている絵師《えかき》だね。役者画、狂画、彩色画手本、武者画《むしゃえ》手本、絵草紙なんでもござれで、しかもそれぞれ一家をなしている。初代の豊国《とよくに》が春英の画風を摂《とっ》取たというのも無理からぬ話だ。さきごろは番町《ばんちょう》の旗本屋敷に逗留《とうりゅう》して屏風《びょうぶ》絵巻物を描いたというそうじゃねえか。それに忠臣蔵《ちゅうしんぐら》十一段続きの屏風火事場火消の働きの絵巻物まで手がけたというから、てえしたものだ。おいらなんぞ、想いもつかねえ腕さ」と、京伝は勝川春英の多才を讃めあげた。自分は、春英の才能は認めるものの、今年の正月興行から競争相手の鶴喜板その他に役者画を出しているので、京伝の話を聞いても面白くなかった。

たしかに春英は何を描いても、そつがなく安心して頼める画工だが、これという強さに、もう一つ欠けるところがある。いうなれば特徴がない。これが自分には不満であった。鶴喜板のを見ても、よく出来た役者画で、顔姿や色彩《いろどり》も美しい。役者衆や贔負筋《ひいきすじ》の評判も悪くなく、売れ行きもよいが、案外に人気が盛り上がってこない。それも強さが足りなくて、平凡《つきなみ》なところが多いからではないかと自分は思っている。板元の手代として、絵師の月旦《あげさげ》は禁句だが、どこか弱気で、思ったことをはっきりといわず、讃めてばかりいる京伝に物足りなかったので、つい、自分は控え目ながらそういう感想を洩らした。

が、京伝はそれに、はっきり答えず、口の中でもそもそいっていたが、自分の説に賛成のようでもあるし、反対らしくもあった。あるいは、うっかりと板元の手代に絵師の批判《わるくち》をいおうものなら、絵師仲間のどこに回り、尾ひれをつけて吹聴《ふいちょう》するか分からないと怖れているようでもあった。

京伝は、すでに煙草を煙管《きせる》に何度詰めかえたか分からなかった。自分は長くなったので、そろそろ帰り支度をしなければと思ったが、まだ旦那にいいつけられた用件が完全に果してないので、もう少し粘ることにした。

　春英から豊国に話が移ったのはそのときで、京伝は自分の長座に少々当惑しながらも、豊国評についてこういった。「若けえが、なかなかしっかりした腕を持っている男だと思うよ。まだ年齢《とし》も二十五だそうだな。おどろいたもんだ。線《かたち》がすっかり成熟《でき》てらあな。さすがに彫刻師《ほりし》の子だけある。十五のときに歌川豊春《うたがわとよはる》の弟子になったそうだが、豊春もいい弟子を持ったもんだ」豊国の父親の五郎兵衛《ごろべえ》のもとには商売柄役者の出入りが多く、団十郎も来ていたというし、したがって画工も集っていた。それで熊吉《くまきち》といった豊国は自然と浮世絵師になる素地《したじ》があったのですよ、だが、豊国の画は師匠の豊春の流儀よりも、はじめは清長《きよなが》の画を真似たようなところがあり、のちに歌麿の影響《かげ》を受け、いまはその歌麿と張り合おうとする意気込みがみえるようですね、と自分は京伝にひととおりの考えをいった。

　京伝は朱塗りの羅宇《ラオ》を握って吸口から煙を吐き、「若けえときはいろいろとやってみることさ。正直いって豊国の画はまだ自分のものを創り出してねえが、これからはちゃんとやるだろうから愉《たの》しみだね。歌麿という大きな目標《めあて》にむかってまっしぐらになるのは、いいことだ。今年の三座の豊国の役者画を見たが、揃って仕事が丁寧な上に水々しさがある。将来《さき》では大きく伸びる男で、いまはともかく、ゆくゆくは歌麿も安心していられなくなるんじゃねえかな」といった。そんな大物の先物買いを和泉屋市兵衛にせしめられたのだから、自分としても豊国をべたぼめする一方の京伝についていってばかりもいられなかった。もう少し、京伝が豊国を貶《けな》してくれたらいいのにと思った。実は、旦那《だんな》としては豊国が「風流芸者身振姿絵《ふうりゆうげいしゃみぶりのすがたえ》」を蔦屋板で描くことを承知していたので、今年の三座の五月興行には役者画を引きうけてくれるものと思い、そうして、ゆくゆくは「役者名所図絵」といった構想で描かせるつもりだったのだ。期待しただけに、逃げた魚は大きいの譬《たと》えで、あのときの旦那の落胆はひとかたでなく、その反動《ゆりかえし》が写楽《しゃらく》に熱気をぶっつけたということになる。自分としても、豊国に口惜しくないわけはないのだ。

このとき、京伝が煙の輪を吐いて雁首《がんくび》を軽く叩《たた》いた。どうやら自分の長座に飽いたというよりも、自身用事でそわそわしはじめたという感じである。ひょいと顔を見ると、さっきよりは、ずっと生気が出て眼に輝きが出ていた。自分は、ははあ、と思った。気の弱い京伝は妻女のお菊《きく》が血塊という難病で苦しんでいるのをそばで見ることができず、そのときから家を抜け出して吉原《よしわら》に通っていた。吉原では玉屋弥八《たまややはち》抱えの玉乃井《たまのい》という遊女と馴染《なじ》み、お菊さんが死んでからも玉屋に足繁く行き、何でも一時は一か月のうち五日か六日ぐらいしか家には居なかったそうである。近ごろは、煙草入店を開いているので吉原に流連《いつづけ》ということもできないだろうが、いま、自分の前で落ちつきをなくしてきたのは、夕闇が迫ってきたので、吉原行の虫が起ったにちがいない。

　目下、独身《ひとりもの》の京伝だから同情もしたが、これから若い遊女と四畳半の引《ひけ》の間で、「ホンニそれほど迄《まで》に思ってくれるこゝろは、死んでもわすりやアしねえ」などと「傾城買《けいせいがい》四十八手」にあるような台辞《せりふ》を吐きに駕籠《かご》で急ぐかと思うと、心学などと道学めいた黄表紙を書き出しておきながら、いい気なものだと思った。がまた一方では、歌麿の戯画《ざれえ》の書き込みに「京伝といっちゃア色男だと世間で思ってゐるに、うた丸(歌麿《うたまろ》)めが、似顔にかきをつた、いまいましい、筆先ぢやア女がよく惚《ほ》れるが、見ると風上にもゐやがる」とある悪戯《からかい》を思い出し、自分はおかしくなった。

　ところで、京伝がそわそわしはじめたのなら、こっちも用を急がなければと自分は思い、京伝に向かい、実は今日こうして伺ったのはほかでもない、旦那がいうには、近ごろ歌麿は蔦《つた》屋板から遠ざかっていったようだ、こっちの僻目《ひがめ》かしらないが、歌麿は何か蔦屋に面白くない気持をもっていて、わざとよその板元に移ったのだろうか、歌麿と蔦重《つたじゅう》とはこれまで切っても切れぬ間で仲よく進んできたのに、いまになって気持の上での行き違いがあるとは残念である、けど、それはこっちの思うこと、邪推なら仕合わせだが、この際、京伝さんから歌麿の真意を訊《き》いてもらえないだろうか、歌麿にはこれからも大きな仕事をぜひやってもらわなきゃならないので、こっちに気のつかない落度があれば直したい、それを指摘《あて》てもらえないだろうか、ということだが、と自分ははじめて用件らしいものに入った。

「そういえば、さきごろ評判の大童山文五郎の相撲絵で歌麿の描いたのが鶴喜《つるき》と伊勢《いせ》治《じ》からの両方で出ているなア」と京伝は初めて気づいたようにいった。これは大童山という巨大漢が将軍上覧相撲などもあって世間の評判をよび、それを当てこんで各板元が大童山の相撲錦絵《にしきえ》を競作して出した。鶴喜と、馬喰町《ばくろちよう》二丁目板元西村屋与八《よはち》は春英の画、馬喰町三丁目板元山田屋忠助は春英と細田栄之《ほそだえいし》の共画に勝川春山《かつかわしゆんざん》の画、馬喰町二丁目板元森屋治兵衛は勝川春鱗《しゆんりん》の画でそれぞれ図柄を凝らして開板した。芝居と相撲は江府年中行事でも一つの大きな娯楽《たのしみ》だから、相撲取りの似顔絵も役者画くらいに売れる。このとき、歌麿は蔦屋《つたや》とは何かにつけて商売上対立する鶴喜と、山下町の板元伊勢屋治助から大童山を描いて出版させた。ことに伊勢治は、前に春英に高麗蔵《こまぞう》の細絵を出した以外は滑稽本《こつけいぼん》を出している程度で、二流の板元であった。旦那からみると、歌麿が蔦屋から遠のいたばかりでなく、これ見よがしの当てつけにも映る。

それで、この際、旦那は歌麿と旧情をとり戻し、ついで来年の正月興行からの芝居絵を描かせたいのだった。旦那はいま、写楽《しやらく》に三枚続きの「大童山土俵入」を描かせているが、役者画の売れ行き不成績からみて心配になってきたのである。けれど、自分は、写楽の相撲絵のことはいまの京伝には内緒にしておいた。

京伝は、平ぺたい頬を抓《つね》るように撫《な》でていたが、しばらく考えた末にいった。「おめえさんの前だからいえるが、歌麿という人間は鼻柱《はなっぱしら》の強い男だ。あいつは師匠の石燕《せきえん》が天明《てんめい》八年の夏に死んだとき、『自成一家』の印をだれはばかることもなく使うようになった。これで師匠と弟子の間が切れて年明けとなり、自前になったという意気込みだ。『絵本譬喩節《えほんたとえのふし》』でも『卅六貝狂歌合潮干《しおひ》のつと』でも、この『自成一家』の印形がぺったりと捺《お》してあらあな。あいつは、そういう奴だ。だからさ、これまでは蔦重《つたじゅう》のお抱えの画工《えかき》のように世間でも思い、手前《てめえ》の気持の中にもそれがあったのだが、この前の蔦重のお咎《とが》めを機会《しお》に、蔦重からもはなれて一本立ちになるつもりで、そうしたのだろうな」。しかし、自分にはそれが不思議な話で、歌麿といえば今は一流の流行児《はやりっこ》、だれが考えても蔦重のお抱えとは思っていない。むしろ、災難以来、蔦重の立場と逆転している。弱いのは重三郎のほうだ、と自分がいうと、京伝は、いや、そうではない、歌麿は売出し当時から蔦重の世話になってきたので、蔦重には劣等感《よわき》が拭《ぬぐ》えないのだ、だから己れの心からそいつを追い出そうとしているのさ、といった。

　それじゃ、歌麿のその誤解《おもいちがい》を解けば蔦屋に画をまた描いてくれますかね、と自分が京伝に見込みをきくと、京伝は、もそもそしていたが自分の顔を見据えて、「おめえさんでも、まだ歌麿の気持が判じられねえのかえ。ありようは歌麿が高い画料を欲しがってるのさ。蔦屋のを描けば、従来のゆきがかりで、そう高くは取れねえ。そういう束縛《なわ》からも解放《とか》れたいのさ。なにぶんほかの板元に行けば、蔦重の五倍や十倍の画料にはなる上に、いろいろと奉仕《もてなし》がある。茶屋でも女でも板元持ちだということだ。歌麿ってえのは、おめえさんの知ってのように、まだ、女房というのを持っていねえ、なに、家には情婦《いろ》が居るが、こいつはいつでもとり替えられる。それに女房と名のつく女を家に入れたら、悋気《りんき》をやくから、ろくに茶屋遊びもできねえ。そんなわけで、近ごろ口が奢《おご》ってきたあいつは茶屋料理を一箸《はし》つけては酢でもねえ蒟蒻《こんにゃく》でもねえと通ぶって講釈しているそうな。これが伊勢治のような二流板元となると、歌麿先生様々で、後光が背中から射しているので、画料は歌麿の請求する以上に出した上、佳《い》い女をずらりと揃えてのよりどりみどり、豪気な茶屋に何日居つづけようと費用はみんな板元持ち、歌麿のほうは、わが儘《まま》のいいたい放題、けっこうな大尽気取りだあな。蔦《つた》屋《や》のを描いていたのじゃ、歌麿も気がさして、そんなわが儘もよういえねえからな。それもあって、蔦重から離れたのだろうよ」と珍しく一気にいい立てた。さすがの京伝も、羨《うらやま》しい半分、嫉妬《やきもち》半分もあってか、歌麿には少々腹を据えかねているようであった。

自分はそれを聞いて思い当たることがあった。鶴屋板の歌麿形新模様の中に「近世この葉画師、専ら蝶《てふ》のごとくなるを生じ、異国迄《まで》も其《その》恥を伝ふることの歎かはしく、美人画の実意を画て、世のこの葉どもに与る。依て予が筆料は鼻とともに高し、千金の太夫《たいふ》にくらぶれば辻君《つじぎみ》は下直なるものと思ひ、安物を買こむ板元の鼻ひしげを示す」と自ら誇大に書いている。戯筆《ざれふで》めいているが、案外に本心かもしれなかった。他の画師を「木の葉画師」と軽蔑《けいべつ》し、辻君の賤婦《せんぷ》になぞらえて、自らは「千金の太夫」に擬し、画料の安い画工に走る板元どもを侮っているのである。己れの画料は鼻と共に高し、などと広言して憚《はばか》らない。自分は、どうせ歌麿の引札《せんでん》くらいに考えていたが、京伝の話を聞くと、そうでもなさそうだった。

　京伝は、自分の顔をのぞき、「おめえさん、分かるだろう、この木っ葉画師《えかき》には、春英も入っているが、主に豊国のことを指してるんだぜ。近ごろ、若《わ》けえのに豊国がのさばってきたのが、歌麿の癇《かん》に障るのさ」と、解説《えとき》してくれた。

　その口吻《くちぶり》がこれまでとは少し変わっていたので、自分は、おや、と思い、そして気づくことがあった。というのは京伝の内弟子だった左五郎が今年の春、履物屋の後家のもとに入婿したが、女房に商売をやめさせて、曲亭馬琴《きょくていばきん》の名に改まり、もっぱら黄表紙を続々と書き出しているからである。もともと左五郎はこの二年に京伝門人大栄《だいえい》山人《さんじん》の筆名で「尽用而二分狂言《つかいはたしてにぶきょうげん》《廿日余四十両》」という題の黄表紙を出したのだが、京伝が手鎖五十日の間は、京伝のために黄表紙の代作をしていた。その代作がよく出来ていて、世間ではてっきり京伝作だと思いこんでいた。今年から書き出した曲亭馬琴の黄表紙もいたって評判が好く、かれは専門に読本を書きたいといっていた。こういうことが京伝の耳に入り、豊国を「木っ葉画師」と見下す歌麿に共感するものがあるのではなかろうか。つまり、歌麿から見る豊国、京伝から見る馬琴という共通性である。

どちらの場合も、現在《いま》は月とスッポン、釣鐘に提灯《ちょうちん》くらいの違いだが、これから先もこのままで行くとはだれもいい得ない。自分が想像するのは、豊国の若い才能を歌麿がひそかに気にかけ、同様に、馬琴の筋立ての巧妙《うま》さに京伝が内心で怖れているのではないかということである。歌麿のことをいっていた京伝の声音が、豊国のくだりにきて怪しくなったのは、そういう次第ではないかと自分は推測した。

とにかく、こんな具合で京伝を介して歌麿を蔦屋《つたや》に喚《よ》び戻すことはむつかしいと思われたので、自分は長い臀《しり》をようやく上げた。

京伝は、やれやれと、ほっとした顔をした。もちろん自分の草履はとっくに揃えてあった。外に出ると、道の向こうには蒼《あお》い夕靄《ゆうもや》が立っていた。

四の章

蔦屋《つたや》に戻ると、旦那《だんな》が待っていると丁稚《でっち》がいうので、すぐに店から奥に通った。旦那は座敷に墨版の大判絵をいっぱいひろげていたが、自分はひと眼見るなり写楽《しゃらく》のものだと分かった。「大童山土俵入」の三枚続きは、摺師《すりし》が黄版の出来たところを持ってきていた。旦那は自分を見て、ちょっと極《き》まりの悪そうな顔をしたが、「ご苦労だったねえ」と犒《ねぎら》い、京伝《きょうでん》はどういっていたかと気がかりそうにすぐに訊《き》いた。

自分は、ありのままをいうより仕方がないので、その通りに報告した。旦那は、じっと耳を傾けていたが、予期していたのか、思ったほどには失望もせず、そうか、まあ、そんなところだろうな、とひと口いっただけだったが、さすがに元気はなさそうだった。とくに歌麿《うたまろ》のことは、だいぶん気になっている様子だった。

自分は、手持無沙汰《ぶさた》のままに、写楽の大童山の絵や、役者画《え》を手にとって見ていた。墨版の役者画はこれから色サシをするところだろうが、もしかすると、その相談に写楽と摺師とがさっきまで来ていたのかもしれないと思った。

三枚続きの土俵入絵は、中の一枚が大童山の手数入だが、怪童を怪童のように描こうとして型にはまりすぎてぎこちなく、まるで羽子板に貼ったようだった。むしろ両二枚の関取十人のほうに表情があるが、それにしてもぜんたいがまったく面白くなかった。これでは伊勢治板の歌麿「おきた、おひさと大童山文五郎」には歯が立たない。浅草難波屋《あさくさなにわや》おきた、薬研堀《やげんぼり》高島お久など水茶屋の看板娘は歌麿が「好色十二躰《たい》」で評判をとったことだが、この色気の噎《む》せ返る女に相撲の大童山を配する趣向は、さすがに歌麿で、婦女《おんな》も怪童も両方が対照的に生かされている。歌麿がさきごろ出した「山《やま》姥《うば》金太郎」と同一趣向といえばそれまでだが、とにかく相撲取りばかりごろごろと描いている写楽の芸の無さはもののいいようがない。が、もう色版まで出来ているところをみると、旦那はこれを文句なしに売り出すつもりらしい。自分は、人間は貧すれば鈍するで、三年前の災難以来、あれほど鋭かった旦那の眼《まなこ》も曇ってしまい、画の識別がすっかりできなくなったのかと思った。それとも、写楽という男に打ち込んでの逆上か、身上をもりかえしたい一心に眼に狂いがきたのか、それとも周囲《まわり》の不評判に抗《さから》って意地ずくになったのか、そのどれかであろうと思った。

芝居絵のほうは、坂東彦三郎《ばんどうひこさぶろう》の五代三郎近忠、瀬川菊之丞《せがわきくのじよう》の黒主《くろぬし》の妻、沢村宗十郎《さわむらそうじゆうろう》の大伴黒主《おおとものくろぬし》、菊之丞の浜村屋路考《ろこう》、成田屋《なりたや》三升《みます》の荒川太郎、市川鰕蔵《えびぞう》の安倍貞任《あべのさだとう》、中山富三郎《とみさぶろう》の波長五郎の女房といったところが、ばらばらと見えたので、自分は十一月興行ものだと分かった。十一月の都座《みやこざ》は「閏訥子名歌誉《うるうとつしめいかのほまれ》」「鶯宿梅恋初音《おうしゆくばいこいのはつね》」、桐座《きり》が「男山御江戸磐石《おとこやまおえどのいしずえ》」だったからである。

役者の顔の描き方は前と同じだった。三升も鰕蔵も猿から生れ変わってないし、女形の菊之丞も、やっぱりヒネた年増で色気も何もあったものではない。それどころか、とんと、柳原堤《やなぎわらづつみ》の私娼《じごく》が年をかくして厚化粧し、花魁《おいらん》の古着をきているようで、寒気をおぼえる。

異《ちが》っているのは、前は黒雲母摺《きらずり》の大判ばかりだったのに、この八月興行から細判や間判《あいばん》になっていることだった。この墨摺も細判だった。大判のときは首絵だが、細判では頭から足の先まで身体全部が入るので、小さい顔がいかにも描きにくそうだった。

その全身像にしたところで、これまたぎこちないこと夥《おびただ》しく、所作は下手な人形使いの操りのように硬直し、案山子《かがし》に着物をきせたように衣紋が崩れている。女形はどれもこれも猪首《いくび》だ。

が、旦那はこの芝居絵もみんな出すらしい。それも前にも増して種類が多いようだ。こんなものを出せば役者や芝居小屋からまたもや苦情が殺到することは必定で、売れるどころか、絵草紙の店さきにならべていても役者の贔負筋《ひいきすじ》から焼き払われかねまい。まあ燃やされないまでも、返品《かえし》の山をきずくことは間違いなく、前の大判による欠損にまたもや欠損の上積みで、いったい蔦屋耕書堂《つたやこうしょどう》はこの先どういうことになるだろうかと薜羅館《へきらかん》の徳三郎ならずとも暗い気持になった。

自分は旦那に、今度の写楽の絵はどうだえ、と訊かれはしないかと内心びくびくものだったが、そこは口数の少ない旦那のことでべつに感想を求められなかったのには、ほっとした。もっとも、意見をきかれたら自分は批判《わるくち》しないわけにはいかないから、また写楽のことで旦那の気を悪くするのがオチである。それは旦那にも分かっているから、わざときかないのだろう。自分がここに入ったとき、写楽の絵をひろげている旦那が何となくきまり悪そうにしていたのも、その気持の一端《はし》がのぞかれる。

そこに番頭の平吉が入ってきた。旦那は平吉に、いま喜助には京伝のところに使いに行ってもらったところだといったので、平吉は自分に向かい、それはご苦労だったな、と一口いったきりで、首尾はどうだったかともきかなかった。そうして、これから用事がなかったら、いっしょにいっぱいやりに行かないか、と誘ってくれたので、自分は渡りに舟のような心地で、窮屈な旦那の前から立った。旦那は、写楽の墨版に視線を戻していたが、その顔つきは憂鬱《ゆううつ》そうでも、眼には炎が燃えているようであった。

飲屋に入ると平吉は、さっそく京伝の結果をきいた。自分がありのままを話すと、平吉は、酒を口にしながらうなずいて、京伝が歌麿との仲介《なかだち》を断るのははじめから分かっている、そんなことも判断できずに京伝に頼むのは男を下げに行くようなものだといった。自分は、その言い方に少しむっとしたが、平吉も旦那が写楽に執心しているさまがどうにも腹が立ってならないようだった。まるで分別さかりの男が性悪の商売女に狂っているようで見ていられないというのである。そうして平吉はこうもいった。京伝は例の一件で旦那には負い目があるが、義理と理性《ふんべつ》とは別もので、義理にからまれて出来ぬ相談を歌麿にもちこむような男ではない、ああ見えても賢いご仁さ。親しい仲間と飲み食いしても、割勘にしないと承知しない。京伝勘定という名があるくらいだ。そういう合理主義者《かしこさ》だから、歌麿の性質《たち》もよく呑《の》みこんでいる。いったい、蔦屋《つたや》がこうなったからには、これまでの行きがかりで、よし、ひと肌脱ごうというのが人情だが、歌麿は沈みかかった船には決して残らぬ男だ、それはかれの人気にかかわるからだ、落ち目になった板元から自分の画を出すと、自分まで色褪《あ》せてみられる、歌麿くらい人気を気にする画工はいないから、そのへんを充分に読んでいるのだ。鶴喜から開板させているのも鶴喜が相変わらず繁栄しているからで、伊勢治から出させたのは、いまでこそ伊勢治は二流の板元だが、主人《おやじ》はなかなかの才物で、商売も上げ潮に乗っている、一流になるのはもうすぐだという見透しがある、そこから出させば、自分の画で伊勢治がのし上がったように思われるから、あらためて歌麿先生の威力に世間がおどろく、こういう読みがあってのことだ、といった。

それから平吉はこうもいった。歌麿は、いつも真剣刃渡りで歩いているようなところがある。かれくらい画工《えかき》仲間に憎まれているものはいない、なにしろ増上慢を臆面《おくめん》もなく出しているからな。あいつの「錦織歌麿形新模様《にしきおりうたまろかたしんもよう》」の図のなかに「夫《そ》レ吾妻《あづま》にしき絵ハ江都《えど》の名産なり、然《しか》ルを近世この葉画師専ら蟻のごとくに出生し、只紅藍《ただべにあい》の光沢をたのみに、怪敷《あやしき》形を写して、異国迄《まで》もト其耻《そのはじ》を伝る事の歎かはしく、美人画の実意を出て、世の木の葉どもに与へることしかり」と露骨に書きこんでいる。われこそは唯我独尊、ほかの画師はみんな木っ葉だとあざ笑って憚《はばか》らぬ。歌麿は人気絶頂の自分にほかの画師たちの嫉妬《しっと》や憎悪が集っているのをよく知っている。気の弱い男だったら小さくなって謙虚《へりくだ》ってみせるところだろうが、歌麿はわざと有象無象の敵に挑戦しているのだ。これは歌麿の自負というよりも、敵を多勢《おおぜい》もっていることで、自分の筆を落してはならぬ、画はいつも真剣に描かねばならぬという自戒だろうな。画が悪くなって世間の評判が落ちたら、木っ葉画師どもがこのときとばかり軍勢を催して襲いかかってくるにちがいないからな。

いま歌麿のところには株仲間の老舗《しにせ》や新店を入れて四十何軒かの板元が版下画を求めにひしめいている。歌麿の家には板元の主人《おやじ》や番頭が朝から晩まで詰めていて、先生に一目でも拝顔し、版下画の約束を頂こうとしている。ところで、歌麿は一流板元と二、三流の板元とはその待たせる部屋まで違《たが》え、待遇《あしらい》に差別《わけへだて》をつけている。また、主人が行くのと、番頭や手代が行くのとでも待遇が異《ちが》う。早い話、大手の板元に出す茶菓子は、和泉町虎屋《いずみちょうとらや》の饅頭《まんじゅう》、日本橋西河岸唐林《からばやし》の小倉野《おぐらの》、照降町の翁煎餅《おきなせんべい》、仲ノ町《なかちょう》竹村伊勢大掾《たけむらいせだいじょう》の最中など老舗の名物ばかり、もっともそれは到来ものばかりだと蔭口《かげぐち》をきく者があるが、とにかく一応のものを出す。ところが二流板元や番頭程度になると、駄菓子屋の羊羹《ようかん》の切れになる。それも風が吹けば倒れそうなくらい薄切りだと悪口をいうのがいるが、それはまだよいほうで、二流どこの板元の番頭が行くと、菓子はおろか茶一ぱいも出ぬ。歌麿は、横柄にかまえて、板元にさんざんわが儘《まま》をいう。かれを恨んでいる板元は多い。あいつが落ち目になったとき、肚癒《はらい》せにさんざん悪態を吐《は》いてやるのだとかまえている。そういうことも歌麿はぜんぶ先刻承知の上だ。自分の画の人気が落ちたら、こうした板元の敵も画工《えかき》と揃って牙《きば》をむくと覚悟している。

だから、滅多に画の質は落せない、人気が下り坂になったら最後だと、それが己れへの戒めとなっているのだ。歌麿が真剣刃渡りしているのはそういうことさ。

おれは、歌麿のその根性は見上げたものだと思うよ、と平吉は盃《さかずき》を重ねながら自分にいった。ほかの画工ときたら、仲間つきあいをよくし何とか板元にいいようにいってもらおうという魂胆がある。また好事家にもとり入って、讃《ほ》めてもらおうとご馳走《ちそう》したり物を贈ったりしている。げんに、そういう手合いが、お互いに仲間ぼめをし、好事家なんぞは、自分によくする画師のたいこもちをつとめているじゃないか。そこへゆくと歌麿は己れの腕を恃《たの》んでいるだけに、そんな助平《すけべ》根性は塵《ちり》ほどにもない。あいつは、結局味方は己れだけだという気持を骨の髄まで徹している男だ、ああ立派な奴だ、それだからこそ今の地位が保たれるのだと首をふりふりいった。

番頭の平吉が歌麿を賞《ほ》め過ぎるので自分は少々反撥《はんぱつ》をおぼえたものの、一理ないでもない。なるほど歌麿はそういう観念《かんがえ》でいるのかと、平吉の話を近ごろ聞く歌麿の傲《ごう》慢《まん》ぶりに裏打ちするとぴたりと合いそうだ。いくら旦那《だんな》が歌麿の袖《そで》をひいても、当分その見込みのないことがよく納得できた。

自分が、歌麿は蔦屋《つたや》の仕事をしていると高い画料が取れぬので止めたのではないかという京伝の話を持ち出すと、平吉は、それは違う、歌麿はそんなケチな男ではない、京伝は自身の気持を歌麿に当てはめているからそんなことをいうのだろう、といっていた。

さっき旦那がひろげていた写楽の墨版を自分は思い出し、最初《はじめ》の黒雲母《きら》摺《ずり》の大判がみんな細判になってしまったのは、大判の売れ行きが悪いために旦那が経費の節約をはじめたためかと平吉にきいた。それももちろんある、と番頭はいい、蔦屋の経営内容を洩《も》らした。それによると、三年前の身代半分取り上げの傷は深く、金繰りに詰るようになった。処分の前は、勢いのいい蔦屋の業績から金融《かなぐり》も楽で、万事が信用取引だったが、あの災難以来、蔦屋が危ないという声が関係業界にひろがり、急に警戒《ようじん》をみせはじめた。金融は窮屈になり、以前《まえ》はいつでもいいといっていた金貸が返金を催促するようになった。蔦屋が倒産《みせじまい》する前に貸し付けた金をできるだけ早く回収しようという様子が露骨に出ている。紙屋への借金もだいぶん溜《たま》っていて、近ごろはその都度、紙の現金買いになっている。彫師にも摺師にも、賃金が相当とどこっている。もっとも、あの連中は職人気質《かたぎ》から、これまで出入りしていた義理やら人情やらでイヤな顔も見せないで仕事をしているが、このままの状態だと、それがいつまでつづくか分からない。

それに、板元仲間がここぞとばかり蔦屋の悪宣伝をして、明日にも倒れそうだといい触らしている、と平吉はつづけた。これはよそから聞いた話だが、その筆頭は鶴喜《つるき》だそうだ。鶴屋喜兵衛《つるやきへえ》といやア旦那と仲よしで、お咎《とが》めが下る前には、旦那と鶴喜と歌麿と三人で、江ノ島あたりに遊山してまわった評判の間柄だ。蔦屋が災難からいまのように左前になりかかると、鶴喜は旦那を何かと慰め、力づけているが、それは表面《うわべ》のこと、蔭《かげ》に回っては蔦屋が危ないと仲間うちに噂を流している。それを聞く連中は、蔦屋と親しい鶴喜のいうことだから嘘ではなかろうと思い、これをほかに輪をかけてしゃべる。蔦屋の商売が苦しくなったのはそのためで、板元連からの積年の嫉《ねた》みが、ここでどっと出てきたというわけだ。「鶴喜といやア豪気で、親切で、俠気《おとこぎ》で通った男だが、やっぱり蔦屋の商売仇《がたき》だな。この際、蔦屋をいけなくして自分が取って代ろうとしている。いや、おそろしいお仁《ひと》だ」と平吉は鶴喜のやりかたに憤慨していた。

旦那はそれを知っているのか、と自分がきくと、平吉は、うすうすは察しているようだが、旦那はそのことでは何にもいわぬ、おれがそれとなくいってもほんきに相手にしない、これが以前《まえ》の旦那だったら、鶴喜を詰問するところだろうが、いまはそれだけの元気もなく黙っている、旦那の肚《はら》では、そんなことでやり合うよりも、商売でこいとばかり気概を奮い立たせ、眼をつけた写楽の売り出しに執念を燃やしているのさ、と平吉は答え、だが、おめえのいう通り、写楽の画が大判から細判に、黒雲母摺から色摺になったのは、やっぱり蔦屋の資力《ちから》がなくなったからだ、昔の旦那だったら、これはと掘り出した絵師だし、蔦屋の独占《ひとりじめ》だから、金に糸目をつけなかったろう、といった。「それに、旦那も徳三郎さんに写楽の画の売れ具合を帳面で見せられては、いかに強気でも頑張ることはできねえ。徳さんは画のことはからきし駄目だが、帳ヅラには通じている男だからの、これで責められては、旦那もグゥの音が出ないのさ」

と平吉は口の雫《しずく》を手で拭《ふ》いた。

五の章

写楽《しゃらく》の画が俄《にわ》かに蔦屋《つたや》から出なくなった理由《わけ》を人からいろいろ聞かれるが、自分にも本当のことは判らない。が、売れ行きが悪かったので旦那もとうとう写楽を諦《あきら》めたのはたしかである。役者からも毛嫌いされ、芝居小屋からも閉め出されたとなると、役者画の捌《は》け場はない。美人画や風景画と違って、絵草紙屋の店先に置いても売れない品である。写楽の画は黒雲母大判で華々しく登場したが、わずか一年にも満たぬうちに細判を最後につぶれてしまった。これで蔦屋に昔日の財力があればもっと刊行されただろうが、兵糧がなくてはどうにもならない。旦那は矢尽き、刀折れて写楽を投げ出したというほかはない。

だが、自分はそれだけでなく、写楽のほうも厭気《いやき》がさして絵筆を折ったのではないかと思う。はじめの大判の大首絵には、妙な画だが、それなりに写楽の打ち込みがある。精いっぱいの力がみなぎっている。いきなり、黒雲母摺大判という板元の破格の待遇に、絵師としての感激がみえる。已れを見出《みいだ》して起用《つか》ってくれた名伯楽蔦重《つたじゅう》の恩義に酬《むく》いたいという新人らしい情熱がこもっていた。

それが寛政《かんせい》六年の七、八月の三座の役者画になると細判が出てきた。大判もあるが細判がずっと多い。その大判でも雲母摺をやめて黄版になった。このほうがずっと費用《かかり》が少ない。細判だともっと節約できる。

同年の十一月の芝居絵には大判は一枚もない。そのかわり間判《あいはん》があらわれる。間判と細判ばかりだ。大判が相撲画《え》だけになっている。だが、このころに写楽の画がいちばん多いのである。多いから画の出来がいいかというと、決してそうではない。かえって落ちている。悪い癖はますます悪くなり、なかには、いい加減に描《か》いたとしか思えないのがある。自分は、そこに写楽が望みを失って自棄《やけ》になってゆく気持がよみとれるような気がする。

写楽の本領は大首にある。自分は前に、あの奇態な顔に嫌悪を催したものだが、しかし、いまから見ると、その風変わりな顔は、ほかの絵師に描けないものだ。一般の絵師の役者画は顔をきれいに描こうとしている。だから、どの役者もみんな同じ顔になっている。役者衆や贔負筋《ひいきすじ》はよろこぶかもしれないが、どうも物足りない。

自分がこんな気持になったのは、式亭三馬《しきていさんば》から「写楽てえ奴は、役者の顔をそのまま鏡みてえに写そうとしたのでげす。下がった眉《まゆ》、小せえ眼、でかい鼻、つき出た顴《ほお》骨《ぼね》、口の横の皺《しわ》、尖《とが》った顎《あご》、そういう特徴《しるし》を少々ひろげたまでだアね。人間、手前《てめえ》の面の欠点《あら》をあけすけに見せられちゃだれだって天窓《あたま》に血が逆上《のぼ》ろうというものさ。それが役者だからなおいけねえ。いかに蔦重《つたじゅう》でも写楽の画が一年も続けられなかったのは、あの画工《えかき》があんまり役者の真事《ほんごと》を摸《うつ》そうとして、買手に毛嫌いされたからでげす」と聞いたときからだった。三馬にそういわれてみると、たしかにそういう変わった味がある。というのは、近ごろ豊国《とよくに》の大首絵が写楽の真似をしはじめたからだ。さすがに豊国は勘のよさで写楽の異《ちが》った味に眼をつけている。だが、あの画工のことで、写楽ほどには思い切ったことができず、役者を憤《おこ》らせず、売れ行きにも障らぬように、いい加減に按配《あんばい》している。豊国がそう真似せずにはいられないくらい写楽の画は特異なものだった。やはり旦那《だんな》は「遠目のきく男」であった。

しかし、旦那は写楽の大判で押し通すことはできなかった。雲母摺は黄摺に、大判は細判に変わり、次には間判を混ぜるようになる。写楽にとっては、世間の評判は悪い、画は売れない、細判や間判ばかりを押しつけられる、それも種類が多い。こうなると写楽も蔦重《つたじゅう》にもう見捨てられたような気になるだろう。板元から種類を大量に押しつけられるのは、もう雑端もの扱いである。このころの写楽の画が投げやりになり、ただ惰性で前の型通りのものを描いているのは、かれの気持の荒《すさ》みかたを現わしている。そこには、新しい工夫もなければ、水々しい新鮮さもない。それに、大首にこそ写楽の腕の揮《ふる》いどころがあるのに、細判や間判の全身画となると、顔は小さいし、手も足も出ないのだ。

寛政七年になると写楽の芝居絵の開板数はがた減りとなった。みんな細判だ。あとは、相撲絵、武者絵、恵比寿《えびす》絵などになる。旦那はこれを最後に写楽と縁を切ったといっていたが、自分はそうとも限らないと思っている。

写楽は六年の十一月興行の芝居絵でがっくりとなり、七年の役者絵細判となると、もう虚《うつ》ろな状態《ありさま》だったのではないか。いやいや、それとも蔦屋のわが儘《まま》なやり方に我慢に我慢を重ねていたかもしれない。しまいに、武者絵や恵比寿絵などを描かせられるようになっては、もう我慢がならず、堪忍袋の緒が切れたといえる。これでは写楽にはもう用がないというのと同じだ。はっきり口でそういい渡さないだけのことである。役者画で出てきた写楽に、武者絵や恵比寿絵などを描かせるなど、品川あたりの絵草紙屋が田舎者相手の江戸土産に売る錦絵《にしきえ》の安物じゃあるまいし、写楽も、莫迦《ばか》にするな、と蔦重に憤激して姿を消したかもしれないのだ。

写楽との交渉《かけあい》は、いつも旦那が自身でやっていて、番頭の平吉もそっちのけだった。八丁堀《はっちょうぼり》辺に写楽は住んでいるということだが、自分はまだ一度も使いに行ったこともない。蒼白《あおじろ》い顔で、瘠《や》せた身体の、いかにもおどおどした様子の男を蔦屋《つたや》で見かけた。いつも店の横からこっそりと入ってきて、遠慮そうに奥の旦那の居間に通る。黙ってお辞儀するだけで、ものをいったことがない。旦那にいわせると、その男は人見知りが激しく、人とのつき合いが嫌い、酒も飲めず、話をするとひどくどもるそうである。自分たちが、旦那に、あれが写楽さんですかときくと、旦那は、あいまいに笑っているだけで、そうだともそうでないとも答えなかった。店の者は、その男を東洲《とうしゅう》斎写楽《さいしゃらく》だと勝手に決めていたが、自分はいまでもその顔色の悪い男を写楽だと思っている。というのは、写楽の画が出なくなると、その男も蔦屋に来なくなったからである。旦那は、とうとう写楽の素姓を自分たちに打ち明けなかった。番頭の平吉すら知らない。吉原大門前《よしわらおおもんまえ》の徳三郎《とくさぶろう》ぐらいは旦那に聞かされているかもしれないが、徳三郎は画工のことはまるきり興味をもたない男である。

平吉といえば、蔦屋《つたや》をやめて、もぐりの地本屋になったが、その平吉に自分が遇《あ》ったとき、彼はこういった。「写楽を消したのは蔦重《つたじゅう》だぜ。なにしろ、写楽で当てて商運をもり返すつもりで、写楽にあれほど肩を入れて打ちこんだ手前、その当てがはずれたからといってよ、いまさら写楽をお払い箱にもできなかったのさ。そこで、写楽のほうから身を退《ひ》くように役者画は細判の、武者絵の、恵比寿絵の、と押しつけて、写楽いびり出したのさ。そうさ、おれは、はっきりいうがね、ありゃ蔦重が写楽を消したのだ。おらア蔦重をやめたからといって、何ももとの主人のことを悪かいいたかねえが、あの旦那も処罰《おしおき》を受けてからまるきり人間が変わってしまったからの」。自分には巷《ちまた》の隅を風に吹かれて影のように歩いている写楽の姿が見えるような気がした。

歌麿が蔦屋に開板させるようになった。「青楼《せいろう》十二時」の十二枚続き、「名取酒六家《なとりさけろっか》撰《せん》」の六枚続きなどは、どれも大判で、なかなかの力作である。だが、力作はかならずしも上出来とは限らない。「青楼十二時」は背景がなく無地に金砂子を撒《ま》いている。これまでの歌麿の女の姿態《かたち》を按配《あんばい》したというだけで、吉原の女郎がまるで宮仕えの女のようにとり澄ましている。とんと人形のようで、生きた色気も何もない。これにくらべると、鶴喜から開板した三枚続き「婦人泊客之図《ふじんとまりきゃくのず》」は段違いの出来である。

旦那と歌麿との間に話合いがついたのだが、この「青楼十二時」の版下画は自分が歌麿のところに取りに行った。駄菓子でもなかったが、賀久屋の煎餅《せんべい》ぐらいは出た。だが、これも暫《しばら》くぶりだからであろう。歌麿もこの日は暇だったのか、それとも自分を見るのが珍しかったのか、まあ話して行け、と滅多にないことに引きとめた。

「おれは蔦唐丸《つたのからまる》（蔦屋重三郎の狂歌作者名）が役者画を描いてくれといったころは断ったのだ。世間じゃ、おれが蔦屋の災難からこっち蔦屋板の画を一枚も出さなかったばかりか、商売仇《がたき》の鶴喜に開板させていたので、歌麿は友だち甲斐《がい》のねえ男だとか、非人情だとかいう手合もあったようだ。画工《えかき》仲間にも、蔦重は歌麿に酒買《こ》うて尻《けつ》を切られたと蔭《かげ》でぬかす連中も居たようだがの。だが、おれは前から役者画は描かねえ方針だ。役者ってえな芝居小屋で老若男女の見物衆を呼びこんで見物の喜びそうな演技《しばい》をしている。見物衆にも役者に贔負《ひいき》が出る。そんな人気に乗って役者画で画工《えかき》が名を売ろうてえのは、さもしい了簡《りょうけん》だ。それじゃ画工は役者の力をかりてるか、その余禄《よろく》をもらっているようなものじゃねえか。ほかの連中のことは知らねえ、この歌麿は憚《はばか》りながら自力ですすんでいるのだ、おれはどこまでも美人画だ。おれの描く女の画の判る客だけが買《こ》うてくれたらいいのだ。さいわい、おれの画の人気はちっとも落ちねえ。売れて売れて仕方がねえ。役者画を描かいでも、画が売れるてえことをおれは、おれはちゃんと見せてやった。鶴喜に開板させたのも、鶴喜じゃおれに役者絵を描いてくれとはいわなかったからさ。それに、蔦唐丸《つたのからまる》はひところ写楽とかいう画工《えかき》にえらく血道をあげていたからの。歌麿の出る幕じゃなかったわな」。歌麿は浅草蔵前《あさくさくらまえ》の村田にとくべつに誂《あつら》えさせた長煙管《きせる》に薩摩《さつま》国分《こくぶ》の煙草を吹かしながらいった。

自分はそれを聞いて、三年前の京伝《きょうでん》の話を思い出し、やっぱり京伝は旦那が写楽をもり立てようとしていたのが面白くなかったのだとはっきり分かった。歌麿にしてみれば、吉原大門前でしがない地本屋を営み、吉原細見などという刷物をほそぼそと出していた蔦屋《つたや》をあそこまでのし上げたのはおのれの力だと思っている。それなのに、蔦重《つたじゅう》が何を血迷ったか、写楽などというどこの馬の骨か分からぬような画工《えかき》を拾ってきて、いきなり雲母《きら》刷大判錦絵という待遇で売り出し、写楽だけを大事にする。歌麿にとっては不愉快な限りだったのだ。いまをときめく巨匠《おおもの》の歌麿にとって、口が割けてもその不満が人の前では吐けぬことだったが、それだけに憤りが肚《はら》の中に溜《たま》ってい たのであろう。いったい、蔦屋をあれだけの身代にしたのは誰なのだ、おれと政演《まさのぶ》ではないか、酒を買わせた尻《けつ》を切られた、つまり裏切られたのは、おれと政演のほうさ、といいたそうであった。

そうなると、自分は政演の京伝があのとき自分の口から、旦那の頼みをにべもなく断っただけでなく、歌麿との仲介《なかだち》を木で鼻をくくったような様子で刎《は》ねつけたのも、今になって判るような気がした。歌麿と政演とは蔦重を板元株仲間の頭領に押し上げた二本の柱だった。政演は蔦重のたのみで、黄表紙の挿絵を次々と描《か》かせられたばかりでなく、「青楼名君自筆集《せいろうめいくんじひつしゅう》」「吉原新美人合自筆鏡《よしわらしんびじんあわせじひつかがみ》」などの蔦屋板色刷は大評判をよんで、どれだけ蔦重の奉公になったか分からない。自分は、京伝が断ったのは、読本作者として画にはもう関心《かかわり》を失《な》くしたのかと思っていたが、これはとんだ思い違いで、京伝の心にはまだ画工政演《えかきまさのぶ》が棲《す》んでいたのだ。だから京伝も旦那のやり方が面白くなく、歌麿の気持も察していたわけである。嫉《ねた》み心は、だれしもあるが、画工などはよほど執念深いようだ。

歌麿は、自分に渡した「青楼十二時」の版下画がだいぶん自慢のようであった。どうだと出来ばえを自分にきいて鼻をうごめかしているので、自分は困ってしまった。

どう考えても鶴喜から出ている「婦人泊客之図」のほうが傑作である。青い蚊帳《かや》の中に透かして見える女が三人、蚊帳の外に立っている女が三人で、これから寝支度にかかるという趣向もいい。とくに真ん中にべっとりと坐《すわ》って月でも見上げている恰好《かっこう》の女の腰のあたりといったら、震いつきたいような色気がある。こっちがもらった版下画は吉原女郎が官女のようにとりすまして味も素気もない。どうやら歌麿は、これまでの行き方を違えて、わざと女郎を上品に描いたという新趣向らしいが、それを自慢そうにしているだけに、自分は返事に窮した。正直なことをいったのでは歌麿に怒鳴られそうなので、ていさいのいいことを答えて胡麻化《ごま》したが、われながら空しい気持であった。歌麿もその本分を忘れて、こういうものを描いて得意がるようじゃそろそろ将来《さき》が見えていると思った。それとも筆力の衰えか。

六の章

すると、歌麿は自分がその版下画をありがたがっているとでも思ったか、しごく満足のていで、その画の講釈やら色具合の腹案《はらづもり》やら勢よく喋《しゃべ》り出した。機嫌のいいときの歌麿は、少々禿《は》げ上がった小鬢《こびん》を指で掻《か》く癖があるが、いまもその癖をしきりと出し、仕事の疲れか、むくんだ顔を気味悪く光らせ、話題を豊国《とよくに》に転じた。もっとも、わざと豊国という名を口にしないのは歌麿の矜持《ほこり》とみえた。「近ごろの若《わ》けえ画工《えかき》は板元にめっぽう威張ってるそうじゃねえか。こりゃ、よそから聞いた話だがの、伊賀《いが》勘《かん》じゃ、その若けえ画工に画料を奮《はず》むのはもとより、つけ届けには珍しい物を択《えら》び、たびたび芝居を観せたあとは吉原に連れて行き、どんちゃん騒ぎの果には売れっこの女郎を当てがうそうだな。そんな散財をかけても画工は画を描こうとしねえから、伊賀勘じゃ焦《じ》れて、家に置いたんじゃ、ほかの板元が詰めかけて読本の挿絵は描かせるわ、雑客は多いわで、いつになったらてめえとこの絵ができるかわからねえ。そこで伊賀勘じゃ裏長屋二軒を借りて、そこに件《くだん》の画工を招き入れ、毎日朝から馳走《ちそう》攻めで描かしていたそうな。すると、ちょうど桜どきで、その画工はいかに毎日馳走をうけても家の中にとじこもっているのが気鬱《きうつ》になってきた。このままじゃ病気になりそうだ、墨田川堤《すみだがわづつみ》を歩いて保養してえと画工《えかき》はいい出した。伊賀勘はそれを聞いて、もしそいつを外に出したら最後、此《こ》の家には二度と戻ってこねえと思い、知恵を絞ったあげくが、ようがす、花見なら何も墨田川まで行きなさるに及ぶめえ、わっちが花をここに取り寄せますと、大きな枝に花がいっぱいついた桜をめっぽう買いこませ、それを花瓶や樽《たる》などあるたけの容器《いれもの》に生けて部屋いっぱいに飾り、花の色が悪くなったり、散りそうになったら次から次にとと替えて見せたから、その画工も詮方《せんかた》なく毎日伊賀勘の版下画を描いていったそうじゃねえか」と、歌麿はここでひと息ついた。

かれはなま白い顔に血の色を見せてつづけた。「おれはその話を聞いてわが耳を疑ったぜ。まさかと思って、その話をした或《あ》る板元に、そりゃ話が大げさ過ぎるぜ、伊《い》賀屋勘右衛門《がやかんえもん》といやア浜町《はまちょう》のころから文亀堂として鳴らした大の老舗《しにせ》だ、まさかその大手の板元が若けえ画工《えかき》ひとりに、いくら商売とはいえ、そんな見っともねえもてなしをするわけはねえ、といったところ、その板元は、いえ、ほんとうですよ間違いありません、というもんだから、おれもびっくりしたな、もう。近ごろの板元は商売の競争が激しいとは知っていたが、まさか伊賀勘ともあろう大看板が、そんな真似をするとは思わなかったな。また、その若けえ画工《えかき》も画工だ。名題の伊賀勘にそんなとりもちをさせて、平気でいられるのだから、恐れ入った度胸だ」。自分は、それをいうのが歌麿だから奇妙な気がした。これが栄之《えいし》だとか五郷だとか俊満だとか豊広《とよひろ》だとかがいうのだったら話は分かる。が、板元にさんざんわが儘《まま》をいって来たのは歌麿本人ではないか。目糞鼻糞《めくそはなくそ》とはこのことだと思ったが、浮世絵師界の関白を自負している歌麿には、はるか後進の豊国がすでにそんな待遇になっているのが面白くないのであろう。果せるかな、早速、豊国の非難《わるくち》がつづいて口から衝《つ》いて出た。相変わらず、豊国とは名ざしせずに、若けえ画工《えかき》という言い方だった。

「その若けえ画工の絵は、おれの眼から見たら、とんとまやかしものさ。おめえもよくその絵を見るがいい。清長《きよなが》が入っているかと思うと豊原のもうけついでいる。かと思うと勝川春英《かつかわしゅんえい》のもちらちら見受けられる。あっちこっちの画工の絵を拾って来た寄木細工のようなものさね。てめえのはどこにあるのか分かりゃしねえ。器用に真似ごとのうめえ画工だの。あんな画がどうして持てはやされるのか、おいらにはさっぱり分からねえ。役者画にしたって、隈取《くまどり》や鬘《かつら》などの奇体さばかりを狙い、面相なぞまるで絵になってねえ。河原崎座《かわらざきざ》の春興行『柳桜曾我幗《やなぎさくらそがのうつしえ》』の鰕蔵《えびぞう》の景清《かげきよ》はどうだえ。鬢《び》鬘《ん》は大げさの、鼻は鷲鼻《わしばな》の、口は歯をむき出しの、顎《あご》は濃い藍隈《あいぐま》の、と悪人面をこれでもかこれでもかと描《か》けば描くほど役者が死んでいる。肉づけが無《ね》えから干ものみてえにかさかさし、衣紋でも小道具でも万事が粗っぽいわな。刀など、ただの木刀にしかみえねえ。美人画にしたところで、面相に品がなく卑しいやな。眼を大きく描いて眼尻《めじり》を上げているのは、ありゃ、どうした了簡だね。あんなことをして人を惹《ひ》きつけようというのかえ。色気を出すつもりでいて上すべりの形ばかりだから、卑俗《いやし》いところだけが目につく。おいらの絵柄もずいぶんと黙って盗《と》られているようだ」。歌麿は豊国が自分の絵の構図《かたち》を盗用しているのに腹を据えかねているようだった。だが、正面切って抗議するのも大人気ないと思っているのだ。もし歌麿が豊国と喧嘩《けんか》したら、世間は大よろこびだろうし、豊国も相手にとって不足なかろうが、その代り歌麿は若けえ画工《えかき》と同じ場所に降りてくることになる。

「その若けえ画工からみると、おめえのところで出した写楽の役者画はてえしたもんだった。おれは稀代《きたい》の天才絵師がふいに現われたと仰天したものさ。あんな感覚《しんけい》や着《おも》想《いっき》は凡百《ぼんびゃく》の画工にあるもんじゃねえ。おれはさすがに遠目のきく蔦重《つたじゅう》だと感じ入った。それが、どうだ、一年も経たねえうちに蔦重は写楽を放り出してしまったじゃねえか。おれは蔦重の考えが分からなかったから、この前、蔦唐丸《つたのからまる》が来たとき、訊《き》いてみたら、口のなかでもそもそいっていたが、けっきょくは写楽の絵が売れず、資金《もとで》が続かなかったということらしいな。世の中は盲目千人とはよくいったものだ。写楽の画が分からずに、若けえ画工のしようもねえ絵が売れるんだからの。その上すべりの人気にひかれて板元どもがそいつをとり合いしているのだから、盲目千人に輪をかけたようなものさ。いや、それにしても写楽は惜しいことをした。蔦唐丸も、そのときに、おれにそういって来たら、回転資金《まわすかね》ぐらいは融通してやれたのになア」。自分は歌麿の顔を思わず見た。豊国の罵倒《ばとう》もいい、板元への嘲笑《ちょうしょう》もいい。だが、蔦屋で写楽の絵をしきりと刊行しているとき、この歌麿は蔦重に賞讃《しょうさん》の言葉をかけてきただろうか。激励の手紙一つ送ってきただろうか。そのときは歌麿の鶴喜《つるき》への裏切り行為がはじまっていたのだ。番頭の平吉の言い草ではないが、歌麿もまた蔦重が新人《あらて》の写楽を大事にするのが面白くなかったのだ。歌麿も写楽に嫉妬《しっと》していたのだ。対手《あいて》が消えてしまえば、どう讃《ほ》めようと、もう安心である。讃めることで、自身の人間も大きく見られる。対手はもう居なくなったのだ。豊国は生きているから、歌麿の罵詈雑言《ばりぞうごん》の対象にされる。

豊国の画はたしかに粗い。写楽のような個性も無ければ、歌麿のような優美妖艶《ようえん》もない。だが、民衆《みんな》は好事家流の鑑賞を必要としなくなったのだ。欲しいのは、だれにでも解り易い絵であり、だれもが自分の家に飾って愉《たの》しみたい絵であろう。そのためには、数多く、種類に富んだ絵柄が求められる。豊国は若いのに弟子を夥《おびただ》しく持っている。ちょっと頭に名が浮かぶだけでも、国政、国長、国満、国貞、国安、国丸、国次、国照、国直、国信、国芳、国忠、国種、国勝、国虎、国兼、国歳、国宗、国彦、国時、国幸、国綱、国花女、国為、国宅、国英、国景、国近など、クニというだけでも口がだるくなるほど居る。これが豊国の門下集団だ。もっとも、このうち半分は後代の弟子だが、それでも当時は、うようよといた。豊国はこれらの弟子を総動員《うごか》して、株仲間の古店新店四十何軒、それに鑑札なしの店を入れて地本錦絵《にしきえ》問屋七十余軒の求めに応じている。画工《えかき》も、世の中とともに変わっているのだ。写楽は、その新しい世の中についてゆけなかったために没落した画工ではないか、所詮《しょせん》、写楽は豊国の前に敗れたのだ、と説をなす人があるが、と自分が歌麿にいうと、歌麿は眼をむいて憤り、

「莫迦《ばか》野郎。そんな有象無象をいくら集めたって弟子じゃねえ。本当の弟子というのはな、師匠の秘奥の腕を血肉といっしょに分けてもらった奴だ。そんなのは、師匠の一生に二人と居るか居ねえかだ。おめえ、長《な》げえこと板元の手代をしていて、それぐれえのことがまだ分からねえか。そんな了簡《りょうけん》だから、いつまでも手代でぼやぼやして

いるのだ。……おいおい、喜助が帰るそうだよ。履物は揃えておいたかえ」と、女房ではない同棲《どうせい》の女に手を鳴らした。自分は、版下画を歌麿に取り上げられないだけが幸いで、這々《ほうほう》のていで逃げ出した。

寛政八年の夏に旦那《だんな》は脚気《かっけ》を患って床についた。歌麿の画でいま一度の再興を図ったものの、前とは事情が違っている。歌麿は蔦重《つたじゅう》の一手販売ではなくなっていた。鶴喜をはじめ、和泉市《いずみいち》、若狭屋《わかさや》、近江屋《おうみ》、岩戸屋《いわと》、西村永寿堂、山口屋忠助、山城屋《やましろや》藤《とう》右衛門《えもん》、森屋治兵衛など五十軒ぐらいの板元に及び、なかには、歌麿がはっきり画料を目当てに描いたと思われる名もない板元のも入っている。こうなっては、歌麿も蔦重の支えにはならない。それに蔦屋から出す画よりも、よその絵がいいとなっては、なおさらである。旦那の脚気が、翌年の五月に、あっさりと命とりになったのは、商売の不振を苦にしていたのがこたえたのだと思う。

その日、五月六日の朝、旦那は眼をさまして、妻やわれわれを見まわし、おれには今日の午《うま》の刻にお迎えがくるようになっている、といった。いったん眼を閉じたが、午になると眼を再び開いて、妻にあとのことを頼み、われわれにもいちいち眼をむけて訣別《わかれ》を見せた。午の刻が過ぎると、眼を瞑《つむ》ったまま旦那は微笑し、「おい、拍子木が鳴ってるぜ、なぜ幕明きが遅《お》せえのだ？」といい終って息が絶えた。まだ四十八歳の若さだった。財産は残ってなかった。写楽が消えてから二年しか経っていなかった。

歌麿は、それより九年生きて文化三年に死んだ。文化元年に石田玉山という大坂の絵師が「絵本太閤記《えほんたいこうき》」の錦絵を描いて、評判となったが、これは将軍家斉《いえなり》の私生活を諷《ふう》したものとして大坂奉行所《ぶぎようしよ》の吟味をうけた。江戸でも調べたところ同様の図柄を歌麿も豊国も一枚絵に描き、春英も描いていた。三人は五十日間の手鎖の罰を受けた。このとき、板元が十貫文の過料とは、蔦屋《つたや》の身代半分潰《つぶ》しの処分からくらべると、いかにも軽すぎる。自分は板元のだれかが町奉行所に蔦屋のことを実際以上に輪をかけて密告《さ》していたのではないかと思う。心当たりがないでもないが、証拠のないことである。

歌麿は、この手鎖五十日の処罰が、それほど丈夫でない身体にこたえ、急に虚弱《よわ》まった。そうなると板元は容赦をしなかった。歌麿が描けなくなる前に一枚でも版下画をもらおうと、かれのもとに殺到した。その結果、歌麿は過労に陥って死んだ。五十三歳だった。歌麿は死ぬ少し前から仕事ができないので、註文《ちゆうもん》の若干《すこしばかり》を弟子の秀麿《ひでまろ》に代筆させた。秀麿は師匠の絵に紛《まご》うだけの腕がない。たった一人の弟子でも、ほんとうの弟子ではなかったのである。

豊国は若いだけに、この処刑はそれほど打撃《こたえ》なかった。かれはますます弟子をふやした。そのなかから師匠以上に名をなす弟子も出た。自分は、歌麿から聞いた言葉に共感するが、それが当たらなかったところが妙である。

京伝《きょうでん》も、弟子の曲亭馬琴《きょくていばきん》に敗北《まけ》た。物語作者として馬琴の右に出る者はいない。京伝は心学などとり入れた黄表紙に行き詰って、「忠臣水滸伝《ちゅうしんすいこでん》」や「双蝶記《そうちょうき》」などの読本をかいた。が、これは馬琴の読本の巧者にはかなわず、京伝と馬琴の師弟は互いに敵意を燃やして争ったが、とうとう京伝の失意となった。その京伝は死ぬ前に、自分の書いた「骨董集《こっとうしゅう》」の考証を他人が盗用したと憤激していいふらしていたが、その激《げき》昂《こう》のために心悸《しんき》が昂《たか》ぶって急死した、という風聞を自分は聞いた。

自分はもう七十近くになっている。いまでは浅草《あさくさ》の馬道《うまみち》に、しがない絵草紙や黄表紙をならべる店を出しているが、往時《むかし》のことを想うと、まったく天井に貼られた一枚の煤《すす》けた墨摺《すみずり》の絵を見るようである。

解説

葉室　麟

本書には「軍師の境遇」と「逃亡者」、「板元画譜」の三篇が収録されている。

表題作「軍師の境遇」は平成二十六年のNHK大河ドラマ「軍師官兵衛」の主人公である黒田《くろだ》官兵衛《かんべえ》（如水《じょすい》）の物語だ。「逃亡者」は黒田官兵衛と時代を同じくする戦国大名細川忠興に仕えた鉄砲の名人稲富直家《いなとみなおいえ》を描いている。「板元画譜」は、一世を風靡《ふうび》した江戸の板元蔦屋《つたや》の使用人である男が山東京伝《さんとうきょうでん》や喜多川歌麿《きたがわうたまろ》ら戯作《げさく》者や絵師たちの嫉妬《しっと》、反目、野心に彩られた姿を見つめるとともに、蔦屋の主人重三郎《じゅうざぶろう》の興亡について語っていく。

もし、共通する言葉をあげるとしたら、

――脇役

だろう。黒田官兵衛は軍師として豊臣秀吉の陰にひそんでいた印象があり、稲富直家は鉄砲の技術を用いられただけで史上の存在感は薄い。重三郎は、洒落本《しゃれぼん》や狂歌本、浮世絵のプロデューサーとして黒子の役割を果たした。いずれも大きな物語の中では日陰の存在としてあつかわれる人物たちが、短編の中でくっきりとした光をあてられている。

中でもタイトルとなった黒田官兵衛について著者は丹念な筆で描き出している。官兵衛については吉川英治の「黒田如水」、司馬《しば》遼太郎《りようたろう》の「播磨灘《はりまなだ》物語」がある。

それぞれの作家が官兵衛をどうとらえたかを比べてみると面白い。清張作品の官兵衛は短編ではあるが、それだけに吉川、司馬作品とは違った趣があるからだ。

吉川作品の官兵衛は、播磨の大名小寺《こでら》家に仕える若き家老の官兵衛が時代の激動の中で自らの見識に賭《か》けて織田信長の陣営につき、悪戦苦闘していく青春小説の匂いがある。

織田方に謀反した荒木村重《あらきむらしげ》を説得するため有岡城《ありおか》に赴いた官兵衛は失敗して土牢《つちろう》に幽閉される。苦悶《くもん》の中で人間としての成長を遂げるのが吉川作品の大きなテーマだ。

一方、司馬作品は、黒田家の出自から描き、キリシタンに関心を持つなど、戦国大名としては異質の、ヒューマンな官兵衛の人物像を描き出す。官兵衛は、関ヶ原の戦の際には、九州で兵を募るのに金銀を積み上げて牢人たちを集めた。秀吉に通じる商業感覚を持ち、何より合理主義をわきまえていることが乱世を生き延びる官兵衛の武器だった。近代人を思わせる官兵衛がしだいに戦国の英雄とは一味違った策士としての風貌《ふうぼう》を備えていく機微が明らかにされていく。

一方、「軍師の境遇」は織田と毛利の間に挟まれた小大名の若き家老として自らの行くべき道を模索する官兵衛の姿から物語が始まる。織田方に付いた官兵衛は、羽柴《はしば》秀吉のもとで毛利と戦う間に中国の戦国時代に登場する、縦横家の蘇秦《そしん》、張儀《ちょうぎ》を思わせる知略を発揮していく。

縦横家とは中国の九流十家の一つであり、外交政略術とでもいうべきものだ。強国として中国統一を果たそうとする秦《しん》と、これに抗する六国（燕《えん》、趙《ちょう》、韓《かん》、魏《ぎ》、斉《せい》、楚《そ》）の間を遊説した蘇秦は、六国が同盟して秦に対抗する〈合縦《がっしょう》〉の策を説いた。張儀は蘇秦の策を破るべく六国をそれぞれ秦と結ばせる〈連衡〉の策を立てて丁々発止と謀略を戦わせたとされる。

蘇秦は伝説的な人物で史実はよくわからないが、〈合縦〉の策の成功により、一時は六国の宰相を兼ねるほどの大出世をとげ、その後、一転、暗殺されたという。

張儀は若い頃、盗みの疑いをかけられ、袋叩《ふくろだた》きにされ、手足に傷を負って家に戻っても、妻に向かって、「舌さえあれば十分だ」と嘯《うそむ》いたという逸話を持つ。

いずれも外交術で世を渡った男たちだ。日本の戦国期において、この縦横家に似た活躍をしたのが官兵衛だった。中国に出陣した秀吉から、

「どうであろう、播磨だけは戦によらずこっちの味方につけたいと思うが。官兵衛。そなたが一つ、働いてみてくれぬか？」

と囁かれたのをきっかけに播磨の諸豪族を口説き落としていく。さらに岡山の浮田直家も密書一通で織田陣営に下すという辣腕をふるうが、織田信長に謀反した摂津の荒木村重の説得工作に失敗して、土牢に閉じ込められてしまう。

官兵衛は拷問にも等しい牢内での生活を強いられながら、節を曲げず、毛利方に寝返ろうとはしない。そこに官兵衛の人間としての真実を見たのが吉川作品だが、本作の官兵衛は蘇秦や張儀のような謀略家の肝太さを持っている。官兵衛を救出するため牢内に忍び込んだ家臣に対し、焦るな、と諭す。

「おれのことは心配するな。ここにいても、むざむざと死にはせぬ。必ず出られる日が来る。おれはそれを信じているから、あせりはせぬ。無理をしたら失敗する。無理をせぬのが、おれの流儀じゃ」

この自信は時勢への冷徹な観察力がもたらしたものだ、と言っていい。官兵衛は織田信長の勢力がさらに拡大するという政治的な判断の確信を牢内にあっても失わないのだ。

本作では主君小寺政職《まさもと》の娘波津《はつ》姫《ひめ》と官兵衛の淡い交情が描かれて花を添えている。だが、官兵衛の真骨頂はリアリズムに徹した生き方にある。描き出されているのは政治的人間としての官兵衛だ。

だからこそ、牢に閉じ込められている間に寝返りを疑った信長の命で、人質に差し

出していたわが子松寿《しょうじゅ》を殺された（実際には盟友竹中半兵衛の配慮により生きていた）と聞いても、とっさに、

「いえ、御案じ下さいますな。かようになりましたのも、不肖なそれがしの軽率な行動からでございます。お疑いをいただきましたのもあたりまえ、何人でも疑われるのが当然でございます。したがって人質としてのわが子が命を断たれましたのも、世の習いの常、せめて敵の手でなく、お味方の手で生命を失いましたのが、慰めでございます」

と言ってのける。このとき、官兵衛が憤りや悲しみを露《あら》わにしたらどうなっただろうか。信長は官兵衛が恨みを抱いて、背くに違いないと疑い、その場で殺してしまったかもしれない。だからこそ、やせ衰え、垢《あか》に汚れ、片足が不自由となった無残な姿で信長の前に横たわった官兵衛は、白刃の上を素足で歩くような政治的な演技をしたのだ。

官兵衛はその後、秀吉の陣営に戻り、さらなる中国攻めに加わるが、突如、信長が明智光秀に討たれたという〈本能寺の変〉の報に接した際、動揺する秀吉を、

「信長様のなくなられた今、あなた様の御運が開けたのでございます。これからは、あなた様の天下ですぞ！」

と励ました。土牢への幽閉という辛酸をなめた官兵衛は、信長の死という奇禍にも

動揺しない非情な軍師に成長していた。それだけに天下人となった秀吉から警戒され、隠居して韜晦《とうかい》するしかなくなる。

タイトルの「軍師の境遇」とは、ありあまる才ゆえに、秀吉に疑心を抱かれ、身を縮めるようにして生きるしかなかった官兵衛の苦衷を表している。

官兵衛はその才と努力のわりに大きく報われたとは言い難く、著者は、「もし、秀吉という人物がいなかったら、如水は天下を握ったかもしれない。そういう意味では、不運な武将であった」と結んでいる。吉川作品とも司馬作品とも違う、清張作品での黒田官兵衛への切り口は、

――不運

に尽きるようだ。そして、不運という言葉は「逃亡者」の稲富直家にも通じる。

直家は鉄砲の技術をもって細川忠興に仕えるが、名人気質が災いして忠興とは反りが合わない。

関ヶ原の戦のおり、忠興は徳川家康に味方した。大坂の細川屋敷にいた忠興の愛妻で、ガラシャという名のキリシタンの洗礼名で有名な於玉は大坂方の人質になることを拒んで死を選ぶ。

この悲劇の際、忠興が於玉の護衛のため大坂屋敷に残した〈鉄砲名人〉の直家は逃

亡した。このため、忠興に憎まれ、他の大名への仕官を妨害される。

著者は直家が〈逃亡〉した際の心理を次のように記している。

——忠興はかほどまでの名人を召し抱えておきながら、それにふさわしい待遇をせぬ。また信用もせぬ。忠興の驕慢《きょうまん》は、つねに已れを卑しく見下しているように思える。(中略)武士は戦場に行って手柄をあらわすこそ本意なれ。女房を守ってあたら鉄砲と共に亡びねばならぬとは、はてさて情けないことである、と思い直した。彼は忠興の得手勝手を思い出し、さらばよし、と逃亡を決心した。

直家は官兵衛のような、したたかな軍師ではなく一介の砲術師だった。愚直なまでの技術者の正直さが〈不運〉をもたらしたとも言える。

また、「板元画譜」は、かつて一世を風靡《ふうび》した板元、蔦屋重三郎が松平定信《まつだいらさだのぶ》の〈寛政の改革〉という政治に翻弄《ほんろう》される物語だ。弾圧され、店の経営がじり貧となった重三郎は、再起を図って写楽《しゃらく》の絵にかけるが失敗する。重三郎は重篤の病床で、

「おい、拍子木が鳴ってるぜ、なぜ幕明きが遅《お》せえのだ?」

と言って息絶えた。いかに努力しても政治の狭間《はざま》に沈むしかなかった重三郎の〈不運〉が浮かび上がる。三篇の小説に描かれた人物たちの報われざる生き方に共鳴する

読者も多いのではないだろうか。

大きな運を持った主役の傍らで失意の人生を生きた〈脇役〉たちは、それぞれが人間の真実を伝えているからだ。

本書は、昭和六十二年七月に小社より刊行した文庫を改版したものです。

なお本文中には、今日の人権擁護の見地に照らして、不適切と思われる語句や表現がありますが、作品全体として差別を助長するものではなく、また著者が故人である点も考慮して、原文のままとしました。

軍師《ぐんし》の境遇《きょうぐう》

新装版《しんそうばん》

松本清張《まつもとせいちょう》

昭和62年 7月25日 初版発行
平成8年 9月10日 旧版23版発行
令和7年 6月10日 改版8版発行

発行者●山下直久

発行●株式会社KADOKAWA
〒102-8177 東京都千代田区富士見2-13-3
電話 0570-002-301(ナビダイヤル)

角川文庫 18107

印刷所●株式会社KADOKAWA
製本所●株式会社KADOKAWA

表紙画●和田三造

ISBN978-4-04-100971-0 C0193

角川文庫発刊に際して

角川源義

　第二次世界大戦の敗北は、軍事力の敗北であった以上に、私たちの若い文化力の敗退であった。私たちの文化が戦争に対して如何に無力であり、単なるあだ花に過ぎなかったかを、私たちは身を以て体験し痛感した。西洋近代文化の摂取にとって、明治以後八十年の歳月は決して短かすぎたとは言えない。にもかかわらず、近代文化の伝統を確立し、自由な批判と柔軟な良識に富む文化層として自らを形成することに私たちは失敗して来た。そしてこれは、各層への文化の普及滲透を任務とする出版人の責任でもあった。

　一九四五年以来、私たちは再び振出しに戻り、第一歩から踏み出すことを余儀なくされた。これは大きな不幸ではあるが、反面、これまでの混沌・未熟・歪曲の中にあった我が国の文化に秩序と確たる基礎を齎らすためには絶好の機会でもある。角川書店は、このような祖国の文化的危機にあたり、微力をも顧みず再建の礎石たるべき抱負と決意とをもって出発したが、ここに創立以来の念願を果すべく角川文庫を発刊する。これまで刊行されたあらゆる全集叢書文庫類の長所と短所とを検討し、古今東西の不朽の典籍を、良心的編集のもとに、廉価に、そして書架にふさわしい美本として、多くのひとびとに提供しようとする。しかし私たちは徒らに百科全書的な知識のジレッタントを作ることを目的とせず、あくまで祖国の文化に秩序と再建への道を示し、この文庫を角川書店の栄ある事業として、今後永久に継続発展せしめ、学芸と教養との殿堂として大成せんことを期したい。多くの読書子の愛情ある忠言と支持とによって、この希望と抱負とを完遂せしめられんことを願う。

一九四九年五月三日

角川文庫ベストセラー

小説帝銀事件　新装版　松本清張

乱灯　江戸影絵　(上)(下)　松本清張

夜の足音　短篇時代小説選　松本清張

蔵の中　短篇時代小説選　松本清張

落差　(上)(下)　新装版　松本清張

占領下の昭和23年1月26日、豊島区の帝国銀行で発生した毒殺強盗事件。捜査本部は旧軍関係者を疑うが、画家・平沢貞通に自白だけで死刑判決が下る。昭和史の闇に挑んだ清張史観の出発点となった記念碑的名作。

江戸城の目安箱に入れられた一通の書面。それを読んだ将軍徳川吉宗は大岡越前守に探索を命じるが、その最中に芝の寺の尼僧が殺され、旗本大久保家の存在が浮上する。将軍家世嗣をめぐる思惑。本格歴史長編。

無宿人の竜助は、岡っ引きの粂吉から奇妙な仕事を持ちかけられる。離縁になった若妻の夜の相手をしろという。表題作の他、「噂始末」「三人の留守居役」「破談変異」「廃物」「背伸び」の、時代小説計6編。

備前屋の主人、庄兵衛は、娘婿への相続を発表し、仕合せの中にいた。ところがその夜、店の蔵で雇人が殺される。表題作の他、「酒井の刃傷」「西蓮寺の参詣人」「七種粥」「大黒屋」の、時代小説計5編。

日本史教科書編纂の分野で名を馳せる島地章吾助教授は、学生時代の友人の妻などに浮気心を働かせていた。教科書出版社の思惑にうまく乗り、島地は自分の欲望のまま人生を謳歌していたのだが……社会派長編。

角川文庫ベストセラー

松本清張の日本史探訪　松本清張

独自の史眼を持つ、社会派推理小説の巨星が、日本史の空白の真相をめぐって作家や碩学と大いに語る。日本の黎明期の謎に挑み、時の権力者の政治手腕を問う。聖徳太子、豊臣秀吉など13のテーマを収録。

彷徨える帝（上）（下）　安部龍太郎

室町幕府が開かれて百年。二つに分かれていた朝廷も一つに戻り、旧南朝方は逼塞を余儀なくされていた。幕府を崩壊させる秘密が込められた能面をめぐり、旧南朝方、将軍義教、赤松氏の決死の争奪戦が始まる！

武田家滅亡　伊東潤

戦国時代最強を誇った武田の軍団は、なぜ信長の侵攻からわずかひと月で跡形もなく潰えてしまったのか？　戦国史上最大ともいえるその謎を、本格歴史小説界の俊英が解き明かす壮大な歴史長編。

雷桜　宇江佐真理

乳飲み子の頃に何者かにさらわれた庄屋の愛娘・遊（ゆう）。15年の時を経て、遊は、狼女となって帰還した。そして身分違いの恋に落ちるが——。数奇な運命を辿った女性の凛とした生涯を描く、長編時代ロマン。

三日月が円くなるまで　小十郎始末記　宇江佐真理

仙石藩と、隣接する島北藩は、かねてより不仲だった。島北藩江戸屋敷に潜り込み、顔を潰された藩主の汚名を雪ごうとする仙石藩士。小十郎はその助太刀を命じられる。青年武士の江戸の青春を描く時代小説。

角川文庫ベストセラー

吉原花魁

宇江佐真理・平岩弓枝・藤沢周平 他
編/縄田一男

苦界に生きた女たちの悲哀を描く時代小説アンソロジー。隆慶一郎、平岩弓枝、宇江佐真理、杉本章子、南原幹雄、山田風太郎、藤沢周平、松井今朝子の名手8人による豪華共演。縄田一男による編、解説で贈る。

妻は、くノ一　全十巻

風野真知雄

平戸藩の御船手方書物天文係の雙星彦馬は藩きっての変わり者。その彼のもとに清楚な美人、織江が嫁に来た!? だが織江はすぐに失踪。彦馬は妻を探しに江戸へ向かう。実は織江は、凄腕のくノ一だったのだ!

姫は、三十一

風野真知雄

平戸藩の江戸屋敷に住む清湖姫は、微妙なお年頃のお姫様。市井に出歩き町角で起こる不思議な出来事を調べるのが好き。この年になって急に、素敵な男性が次々と現れて……恋に事件に、花のお江戸を駆け巡る!

嗤う伊右衛門

京極夏彦

鶴屋南北「東海道四谷怪談」と実録小説「四谷雑談集」を下敷きに、伊右衛門とお岩夫婦の物語を怪しく美しく、新たによみがえらせる。愛憎、美と醜、正気と狂気……全ての境界をゆるがせる著者渾身の傑作怪談。

覘き小平次

京極夏彦

幽霊役者の木幡小平次、女房お塚、そして二人の周りでうごめく者たちの、愛憎、欲望、悲嘆、執着……人間たちの哀しい愛の華が咲き誇る、これぞ文芸の極み。第16回山本周五郎賞受賞作!!

角川文庫ベストセラー

北斗の人　新装版　司馬遼太郎

剣客にふさわしからぬ含羞と繊細さをもった少年は、北斗七星に誓いを立て、剣術を学ぶため江戸に出るが、なお独自の剣の道を究めるべく廻国修行に旅立つ。北辰一刀流を開いた千葉周作の青年期を爽やかに描く。

豊臣家の人々　新装版　司馬遼太郎

貧農の家に生まれ、関白にまで昇りつめた豊臣秀吉の奇蹟は、彼の縁者たちを異常な運命に巻き込んだ。平凡な彼らに与えられた非凡な栄達は、凋落の予兆となる悲劇をもたらす。豊臣衰亡を浮き彫りにする連作長編。

おんなの戦　司馬遼太郎・澤田ふじ子・永井路子・新田次郎 他　編／縄田一男

信長の妹・お市とその娘たち浅井三姉妹のほか、北政所、千姫など、戦国乱世を生き抜いた女たちを描くアンソロジー。永井路子、南條範夫、新田次郎、井上友一郎、司馬遼太郎、澤田ふじ子による豪華6編。

雲竜　火盗改鬼与力　鳥羽　亮

町奉行とは別に置かれた「火付盗賊改方」略称「火盗改」は、その強大な権限と広域の取締りで凶悪犯たちを追い詰めた。与力・雲井竜之介が、5人の密偵を潜らせ事件を追う。書き下ろしシリーズ第1弾！

闇の梟　火盗改鬼与力　鳥羽　亮

吉原近くで斬られた男は、火盗改同心・風間の密偵だった。密偵は、死者を出さない手口の「梟党」と呼ばれる盗賊を探っていたが、太刀筋は武士のものと思われた。与力・雲井竜之介が謎に挑む。シリーズ第2弾。

角川文庫ベストセラー